KB167114

우리가 정말 알아야 할 우리 고전
조선 후기 인물전

초판 1쇄 발행 | 2005년 6월 25일
2쇄 발행 | 2014년 3월 5일

글 | 전재교
펴낸이 | 조미현

펴낸곳 | (주)현암사
등록 | 1951년 12월 24일 · 제10-126호
주소 | 121-839 서울시 마포구 동교로 12안길 35
전화 | 365-5051 · 팩스 | 313-2729
전자우편 | editor@hyeonamsa.com
홈페이지 | www.hyeonamsa.com

ISBN 978-89-323-1298-9 03810

우리가 정말 알아야 할 우리 고전

조선 후기 인물전

우리가 정말 알아야 할 우리 고전

조선 후기 인물전

글 | 진재교

현암사

우리 고전 읽기의 즐거움

문학 작품은 사회와 삶과 가치관을 총체적으로 담고 있는 문화의 창고이다. 때로는 이야기로, 때로는 노래로, 혹은 다른 형식으로 갖가지 삶의 모습과 다양한 가치를 전해 주며, 읽는 이에게 기쁨과 위안을 주는 것이 문학의 힘이다.

고전 문학 작품은 우선 시기적으로 오래된 작품을 말한다. 그러므로 낡은 이야기일 수 있다. 그러나 그 속에 담긴 가치와 의미는 결코 낡은 것이 아니다. 시대가 바뀌고 독자가 달라져도 고전이라는 이름으로 여전히 많은 사람에게 읽히는 작품 속에는 인간 삶의 본질을 꿰뚫는 근본적인 가치가 담겨 있다. 그것은 시대에 따라 퇴색되거나 민족이 다르다고 하여 외면될 수 있는 일시적이고 지역적인 것이 아니다. 시대와 민족의 벽을 넘어 사람이면 누구나 공감할 수 있는 보편적이고 세계적인 것이다. 그렇기 때문에 우리가 톨스토이나 셰익스피어 작품에서 감동을 느끼고, 심청전을 각색한 오페라가 미국 무대에서 갈채를 받을 수도 있다.

우리 고전은 당연히 우리 민족이 살아온 삶의 궤적을 담고 있다. 그 속에 우리의 지난 역사가 있고 생활이 있고 문화와 가치관이 있다. 타인에게 관대하고 자신에게 엄격한 공동체 의식, 선비 문화 속에 녹아 있던 자연 친화 의식, 강자에게 비굴하지 않고 고난에 굴복하지 않는 당당하고 끈질긴 생명력, 고달픈 삶을 해학으로 풀어내며 서러운 약자에게는 아름다운 결말을 만들어 주는 넉넉함…….

사람과 사람, 사람과 자연의 '어울림'을 중요하게 생각했던 우리의 가치관은 생활 속에 그대로 녹아서 문학 작품에 표현되었다. 우리 고전 문학 작품에는 역사가 기록하지 않은 서민의 일상이 사실적으로 전개되며 우리의 토속 문화와 생활, 언어, 습속이 구체적으로 드러난다. 작품 속 인물들이 사는 방식, 그들이 구사하는 말, 그들의 생활 도구와 의식주 모든 것이 우리의 피 속에 지금도 녹아 흐르고 있음이 분명하지만 우리 의식에서는 이미 잊힌 것들이다.

그것은 분명 우리 것이되 우리에게 낯설다. 고전을 읽음으로써 우리는 일상에서 벗어나 그 낯선 세계를 체험하는 기쁨을 얻게 된다. 몰랐던 것을 새롭게 아는 것이 아니라 잊었던 것을 되찾는 신선함이다. 처음 가는 장소에서 언젠가 본 듯한 느낌을 받을 때의 그 어리둥절한 생소함, 바로 그 신선한 충동을 우리 고전 작품은 우리에게 안겨 준다. 거기에는 일상을 벗어났으되 나의 뿌리를 이탈하지 않았다는 안도감까지 함께 있다. 그것은 남의 나라 고전이 아닌 우리 고전에서만 받을 수 있는 선물이다.

우리 고전을 읽어야 한다는 데는 이미 많은 사람이 공감한다. 고전 읽기를 통해서 내가 한국인임을 자각하고, 한국인이 어떻게 살아 왔으며, 어떻게 살아가야 할지 알게 하는 문화의 힘을 느낄 수 있다.

하지만 고전은 지난 시대의 언어로 쓰인 까닭에 지금 우리가, 우리의 청소년이 읽으려면 지금의 언어로 고쳐 쓰는 작업이 반드시 선행되어야 한다.

우리가 쉽게 접하는 세계의 고전 작품도 그 나라 사람들이 시대마다 새롭게 고쳐 쓰는 작업을 거듭한 결과물이다. 우리는 그런 작업에서 많이 늦은 것이 사실이다. 이제라도 우리 고전을 새롭게 고쳐 쓰는 작업을 할 수 있는 것은 우리의 문화 역량이 여기에 이르렀다는 반증이다.

현재 우리가 겪는 수많은 갈등과 문제를 극복할 해결의 실마리를 고전 속에서 찾을 수 있다고 확신하면서 우리 고전을 지금의 언어로 고쳐 쓰는 작업을 시작한다. 이 작업은 여기에서 멈추지 않고 앞으로도 시대에 맞추어 꾸준히 계속될 것이다. 또 고전을 읽는 데서 끝나지 않을 것이다. 우리 고전은 우리의 독자적 상상력의 원천으로서, 요즘 시대의 화두가 된 '문화 콘텐츠'의 발판이 되어 새로운 형식, 새로운 작품으로 끝없이 재생산되리라고 믿는다.

'우리가 정말 알아야 할 우리 고전'을 기획하면서 우리는 다음과 같은 몇 가지 원칙을 세웠다.

먼저 작품 선정에서 한글 · 한문 작품을 가리지 않고, 초 · 중 · 고 교과서에 수록된 작품을 우선하되 새롭게 발굴한 것, 지금의 우리에게도 의미 있고 재미있는 작품을 포함시키기로 하였다.

그와 함께 각 작품의 전공 학자들이 적극적으로 참여하여 판본 선정과 내용 고증에 최대한 정성을 쏟았다. 아울러 원전의 내용과 언어 감각을 훼손

하지 않으면서도 글맛을 살리기 위해 윤문 과정을 여러 차례 거쳤다.

마지막으로 시각 효과를 높이기 위해 내용에 맞는 그림을 곁들였다. 그림만으로도 전체 작품의 흐름을 알 수 있도록 화가와 필자가 협의하여 그림 내용을 구성했으며, 색다른 그림 구성을 위해 순수 화가와 사진가를 영입하였다.

경험은 지혜로운 스승이다. 지난 시간 속에는 수많은 경험이 농축된 거대한 지혜의 바다가 출렁이고 있다. 고전은 그 바다에 떠 있는 배라고 할 수 있다.

자, 이제 고전이라는 배를 타고 시간 여행을 떠나 보자. 우리의 여행은 과거에서 출발하여 앞으로 미래로 쉼 없이 흘러갈 것이며, 더 넓은 세계에서 더 많은 사람을 만나며 끝없이 또 다른 영역을 개척해 갈 것이다.

2004년 1월

기획 위원

글 읽는 순서

규범을 넘어 시대에 맞서다

참된 삶을 찾아가다 — 음악가

참된 삶을 찾아가다 — 화가

세속의 삶을 거부하다

개성 있는 삶을 살다

민간 속 다양한 생활 모습

규범을 넘어 시대에 맞서다

박효랑전朴孝娘傳 | 안석경*

성산星山에 사는 죽산竹山 박씨朴氏 집안에 효성스러운 두 자매가 있는데, 문헌공文憲公 박원형朴元亨의 후손이며 선비 박수하朴壽河의 딸이다. 박수하는 어려서 아버지를 잃고 다른 형제도 없이 구십이나 되는 늙은 어머니를 효성을 다해 극진히 모셔서 고장에서 칭찬이 자자했다.

두 자매는 어린 나이에 어머니가 돌아가시자, 몹시 슬퍼하고 예법을 잘 지켜 그때부터 효녀라는 이름을 얻었다. 그들은 자라서 모두 문장과 역사를 익혀 자못 의리도 알았으며, 일 처리가 뛰어났다. 박수하는 두 딸을 매우 사랑하고 귀하게 여겨 집안의 크고 작은 일을 막론하고 반드시 함께 상의했다.

기축년己丑年, 대구大邱에 사는 박경여朴慶餘가 박수하의 선산에 몰래 무덤을 쓴 일이 일어났다. 박경여는 재산이 매우 많고 벼슬을 한데다 권력마저 가져, 박수하가 관청에 소송을 걸었지만 이기지 못했다. 서울로 올라가 송사하려고 하자, 큰딸이 말했다.

"저들은 권력이 있으니 우리 집안이 끝내 대적할 수 없습니다. 지방 관청에서도 이와 같으니, 보나마나 조정의 높은 벼슬아치 중에서도 박경여를 돕는 자가 있을 것입니다. 할머님께서 아직 살아 계시니, 아버님께서 서울 천리 길을 가셔서 헛걸음해서는 안 될 것입니다."

이에 박수하가 말했다.

"네 말이 옳긴 하다만 육십 평생 선산을 지켰는데 이렇게 앉아서 그냥 잃을 수는 없다. 서울로 가려는 내 뜻은 이미 결정되었으니, 너는 다시 말하지 말거라."

드디어 박수하는 걸어서 서울에 올라가 격쟁*하여 그러한 사정을 조정에 알렸다. 조정에서는 경상도에 사건을 재조사하라는 명령을 내렸으나, 조사가 미루어져 해를 넘겼다. 그러자 박경여가 비석을 만들고 나무를 베어 박수하의 선영을 마음대로 어지럽히니, 박수하는 박경여의 종들에게 욕하고 매질을 하였다.

그러자 박경여는 관찰사에게 무고죄로 고소하였고, 관찰사는 박수하를 심문하고 몰래 친척이라는 핑계로 박경여의 편을 들어주었다. 박수하가 사건을 공정하게 처리하지 않았다고 주장하자, 관찰사는 화를 내며 곧 성산에 도착하여 박수하에게 심한 매질을 하고 형틀을 채운 뒤 옥에 가두었다. 그러자 박수하는 그만 7일 만에 죽고 말았다.

곤장치기(왼쪽)와 소곤(오른쪽) 곤(棍)은 범죄자를 다룰 때 사용하였다. 중곤(重棍)·대곤(大棍)·중곤(中棍)·소곤(小棍) 및 치도곤(治盜棍) 등이 있는데, 범죄의 경중에 따라 다르게 사용하였다. 본래 곤을 때리는 방법과 횟수 등이 있었으나, 잘 지켜지지 않았다. 김윤보 『형정도첩(刑政圖帖)』에서

박수하가 옥에 갇혀 죽을 때 아직 태어나지 않은 아이의 이름을 '추의追意'라 짓고, 차고 있던 칼을 풀어서 큰딸에게 주었다. 또 병을 간호하던 사람에게 피 묻은 옷을 주며 말했다.

"자손 중에 나를 위해 복수하려는 자가 있을 터이니, 훗날 반드시 이 옷을 보여 주세요."

그는 말을 마치자마자 죽었다. 큰딸은 이 소식을 듣고 기절하였다가 얼마 후 다시 깨어나 통곡했다.

"여자로 태어나 멀리 있는 원수를 달려가 죽이지 못하는 것이 한스럽구나!"

큰소리로 통곡하며 도끼를 부여잡고 나서자, 남녀 종 몇 명이 그 뒤를 따라갔다. 즉시 박경여의 조상 무덤에 직접 올라가 열 손가락 모두 피가 철철 흐르도록 무덤을 파헤쳤다. 그리고 물과 불을 사용하고 쇠와 나무로 마구 쳐서 박경여 선조의 관을 불태워 버렸다. 그러나 박경여는 끝내 오지 않았다. 그러자 큰딸은 관청에 가서 울며 하소연하면서 머리를 관청의 문에 탕탕 부딪쳤으나, 관청에서는 문을 걸어 닫고 그녀를 끝내 들여보내지 않았다.

7~8일 후, 박경여가 칼과 창을 쥔 수백 명을 이끌고 와서 선조의 무덤을 살폈다. 그러자 큰딸이 할머니와 새어머니에게 울면서 말했다.

"원수가 왔으니, 목숨을 걸고 제 손으로 찔러 죽이겠습니다."

할머니와 새어머니가 손을 잡으며 울면서 말했다.

"너는 연약한 몸이라 필시 원수를 갚지 못하고 죽을 것이다. 우선 우리를 봐서라도 그만두어라."

그러자 큰딸은 단호하게 말했다.

"아버지를 죽인 원수가 가까이 있는데, 어찌 그냥 둘 수 있겠습니까!"

일어나 칼을 잡고 말에 올라 즉시 적중에 쳐들어갔다. 그러나 박경여와 그 무리가 크게 소리를 지르자 여러 사람이 큰딸을 칼로 찔러 그 자리에서 죽였다. 큰딸이 죽을 무렵에 남자 종에게 소리쳤다.

"동달아! 아버지의 원수를 갚지 못하였는데 목숨이 끊어지려 하는구나. 너에게 아버지 복수를 맡기마."

그녀는 말을 마치자마자 죽었다. 남자 종 동달과 여자 종 시양도 싸우다가 죽으니, 이때가 5월 5일이었다.

큰딸의 친척 할아버지 박상朴爽이 관청으로 달려가 고발하자, 6일 동안 염도 하지 못하고 두 번이나 시체를 부검했다. 큰딸의 시체는 찌는 듯한 여름인데도 얼굴색과 모습이 살아 있는 듯하고 묻어 있는 핏자국도 아직 선명하게 남아 있었다. 보는 사람들은 모두 얼굴을 가리고 눈물을 흘렸다.

하지만 형사 사건의 조서(옥안獄案)가 거짓으로 작성되었고, 살인을 명령한 박경여는 여전히 편안히 지냈다. 이런 상황이 발생하자, 박효랑이 울부짖으며 말했다.

"내가 언니처럼 아버지의 원수를 갚으려다 죽지도 못하니, 거짓 조서가 작성되고 저 원수 박경여가 죽지 않는 꼴을 보는구나. 아! 죽은 언닌들 어찌 눈을 편히 감을 수 있을까!"

박효랑이 드디어 서울로 격쟁하러 떠나려고 행장을 꾸리자, 할머니와 새어머니가 이런저런 사정을 말하면서 만류했다. 하지만 박효랑은 단호하게 말했다.

"인생이 이 지경에 이르렀으니, 죽고 사는 것은 이미 결정 났습니다. 나머지 일은 모두 하찮은 것이니, 돌아볼 겨를이 뭐 있겠습니까?"

조상을 모신 사당에 가서 울면서 하직 인사를 하고, 또 아버지와 언니의 빈소에 가서 통곡하며 절을 올리면서 하직 인사를 하였다. 박효랑이 울면서 서울로 구백 리 길을 가니, 행인들은 손짓하며 말했다.

"쩟쩟! 영남에 사는 박효랑이 복수하러 가는 길이로구먼."

마침내 박효랑은 서울에 올라와 격쟁을 하였다. 이럴 경우 일단 감옥에 가두는 것이 관례였다. 하지만 감옥을 주관하던 관리가 불쌍히 여겨 마음씨 좋은 여자 죄수를 택하여 보호해 주었다. 박효랑이 석방되자 큰 집안의 여자 종들이 쟁반에 밥과 마실 물을 줄지어 가지고 와서 잘 대접했다. 박효랑은 울면서 사양하고 모두 받지 않았다.

박효랑은 두 번째 격쟁을 하였지만 그래도 해결하지 못했다. 그러자 이번에는 높은 관리가 왕래할 때 그 수레를 부여잡고 울면서 하소연하니, 보는

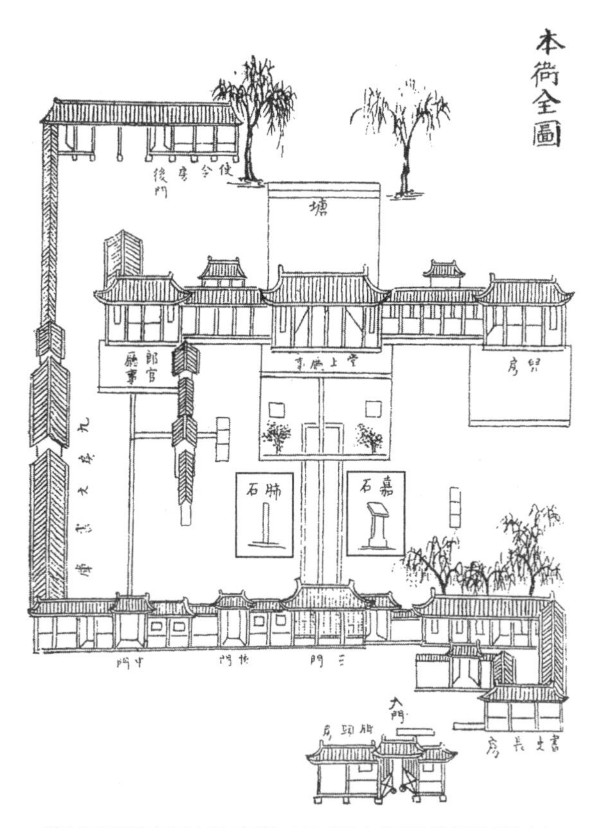

형조 추관(秋官)이라고도 하는데 법률, 송사, 형옥, 노예 등을 담당하던 관청이다.

사람들이 모두 눈물을 흘렸다. 박효랑은 다시 담당 관청에 들어가 사건의 전말을 남김없이 진술하니, 사건은 또 경상도로 보내졌다. 박효랑이 하소연하며 말했다.

"사건이 경상도에 내려간다면 전혀 원한을 풀 가망이 없습니다."

그리고 박효랑은 계속 서울에 머물러 있으면서 돌아가지 않고, 글을 보내 할머니와 새어머니께 말했다.

"옥사가 아직도 해결될 기약이 없기에 저는 우선 서울에 머물면서 사건이 해결될 때까지 기다리고 있겠습니다. 그러다 보면 떠나고 머무르고 죽고 사는 것을 미리 정할 수 없겠지요. 장례 치를 날짜를 잡았다고 들었는데, 어찌 그다지도 빨리 잡으셨는지요. 해를 넘기도록 장례를 치르지 않아 남들이 이런저런 말을 하는 줄 압니다만, 원한을 품고 죽은 우리 언니의 혼령은 반드시 어두운 황천에서도 밝게 알리라 생각됩니다. 그러니 아버지의 원수를 갚기 전에 지하에 들어가게 해서는 안 될 것입니다. 만약 옥사가 지체되어 원한을 풀 가망이 없다면 저는 죽은 언니를 따라 아버지의 옆에 묻히겠습니다."

박효랑의 집에서 결국 장례를 치르지 않았다.

오랜 시간이 흘러 관찰사가 영남에 내려와 두 박씨의 사건 기록을 살펴보았다. 그곳에 박경여는 큰딸이 스스로 자결했다고 말하고, 검시한 보고서에도 한 차례 칼에 찔린 상처가 있다고 되어 있었다.

이윽고 박효랑의 여종 설례雪禮가 관찰사에게 아뢰었다.

"수년 전에 시신을 검사할 적에는 칼자국 두 군데, 몽둥이 상처 세 군데가 있다고 했습니다. 지금 목에 칼자국이 하나라고 하니, 이는 아전들이 허위로 농간을 부린 것이옵니다. 관찰사께서는 관을 열어 시신을 다시 검사하소서."

"시신을 관에 넣은 지 벌써 1년이 지났으니 어찌 다시 검시할 수 있단 말이더냐?"

이 말을 듣고 설례가 울면서 말했다.

"원통하게 죽은 시신은 썩지 않을 것이니, 관을 열고 다시 시신을 명확하게 검사하소서."

관찰사가 성산의 사또와 함께 앉아서 관을 열었다. 의복은 이미 검게 부패하였지만 냄새가 심하게 나지 않았고, 시신과 핏자국은 조금도 변하지 않았는데, 다섯 군데 상처가 분명하였다. 관찰사가 탄식하며 기이하게 여기

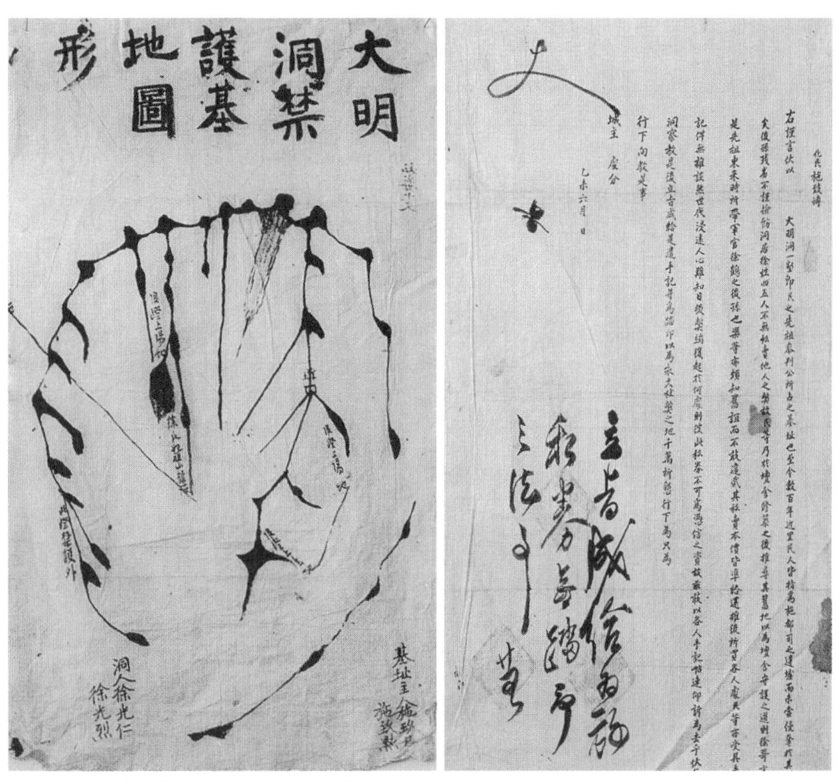

소지(所志) 일반 평민, 천민 등이 관부에 올리는 등장(等狀), 청원서, 진정서 등을 말한다. 그 내용은 소송, 청원, 진정 등 다양하다. 영남대학교 중앙도서관 소장

고, 사건 기록을 고쳐서 조정에 보고하였다. 박경여는 그래도 벌을 받지 않았다.

그러자 삼남과 경기 지역의 유생 7,000여 명이 상소하여 박씨의 마을에 정려문*을 내리고, 박경여의 죄를 바로잡아 줄 것을 청하자, 임금이 해당 관청에 바르게 처리하라 명하고 박효랑을 정려*하였지만 박경여는 끝까지 벌을 받지 않았다.

6~7년 후, 성산의 사또가 고을을 순찰하던 중 어떤 아이가 숲 속에서 칼을 던졌는데 칼이 말안장에 꽂혔다. 사또가 깜짝 놀라 그 이유를 물으니, 아이가 말했다.

"당신은 나의 원수! 내가 바로 박효랑의 아우다."

"너의 원수는 바로 이전 사또이지, 내가 아니란다."

그리고 사또가 위로하며 달랬다. 아이는 박추의朴追意였고, 바로 박수하가 죽은 뒤 태어난 자식이었다.

박수하를 죽게 만든 그 관찰사는 조용한 성품에 문장을 잘하여 관직이 재상까지 올랐으며, 대제학大提學을 맡아 누구나 우러러 존경하는 군자다운 사람이다. 하지만 그는 순간의 분노를 참지 못하고 경솔하게 죄 없는 사람을 죽여, 원한이 박수하 집안 사람의 골수에 사무치게 하였다. 어찌 그를 군자이면서 어진 사람이라 할 수 있겠는가? 그 관찰사는 늙어서 외아들을 잃고 손자도 없어 쓸쓸하게 애통해하며 눈물을 흘리며 죽었다고 한다.

아! 원한을 지닌 사람이 독기를 품으면 하늘이 선하지 못한 사람에게 재앙을 내린다고 한다. 하지만 이 사람은 군자다운 점이 그나마 약간 있어서 용서를 받은 것은 아닐까?

작은딸은 시집가기 전에 일찍 죽었는데, 언제 죽었는지는 알지 못한다.

무신년戊申年(1728년)에 정희량*이 반란을 일으킬 때, 그 아내가 간절히 만류하였지만, 정희량은 듣지 않았다. 그는 병사를 모으는 날 자칭 '대장군'이라 하고 아내에게 음식을 마련하라 재촉하고, 이를 가지고 동계 선생*의 묘에 고하려고 하였는데, 그 아내가 음식을 마련하지 않았다. 정희량이 크게 노하여 장군의 복장을 성대히 차려입고 집에 들어가 아내를 꾸짖었다.

"묘에 고하고 단에 오르려 하였는데, 날이 저물어 못하게 되었소. 왜 제수 음식을 제때 마련하지 않는 게요!"

"임금의 명령이 없었는데 대장직을 누가 제수했단 말입니까? 동계 선생께서도 반드시 역적이 된 자손의 제사를 받지 않을 것입니다. 저는 차마 당신의 행동을 보지 못하겠습니다."

그녀는 말을 마치고 스스로 목을 매어 죽었다.

혹자는 다음과 같은 이야기를 한다.

"정희량은 젊어서부터 명성을 얻어 영남 지역이 모두 그 아래에 들어갔다. 정희량이 전처를 잃고 어진 부인을 찾았는데, 이때 자결한 부인이 스스로 시집갈 곳을 택하여 정희량에게 시집을 왔다. 그녀는 단묘端妙라는 사내아이를 하나 낳았는데, 정희량이 붙잡혀 죽자 단묘는 연좌되어 종이 되었다. 지금 그는 열네 살이다. 그 아이를 본 사람이 있는데 그는 사리를 잘 알고 언변이 뛰어나며 짚신을 만드는 솜씨가 무척 뛰어나 이를 팔아 생활하고 있다고 한다. 하지만 그가 내년에 열다섯 살이 되면 나라에서 목을 베어 죽인다."

나두동羅斗冬은 호남의 이름난 의로운 검객이다. 정희량과 함께 난을 일으키자 그 아내가 나두동을 크게 꾸짖으며 말했다.

"임금과 신하의 의리를 어찌 이렇게 짓밟는단 말이오. 처음 걸출한 선비라고 여겨 그대의 아내가 되었는데, 지금 역적의 우두머리가 될 줄은 내 꿈에도 몰랐소. 차마 당신을 보지 못하겠소."

그녀는 말을 마치고 곧 목을 매어 죽었다.

어떤 사람은 '자결한 두 여자 선비女士 중 한 명은 박수하의 작은딸이다.' 라고 말한다. 알 만한 사람들에게 그 사실을 모두 물어보았지만 분명하게 대답해 주지 않았으니 사실인지 아닌지는 알 수 없다. 하지만 그녀들은 모두 열녀烈女임에 틀림없다.

* 안석경(安錫儆) | 1718~1774년. 본관은 순흥(順興), 호는 삽교(霅橋). 안중관(安重觀)의 아들이다. 원주에 살면서 문장으로 이름을 날렸으며, 참봉을 지냈다. 저서로는 『삽교집(霅橋集)』과 야담집 『삽교만록(霅橋漫錄)』이 있다.
* 격쟁(擊錚) | 원통한 일이 있는 사람이 임금이 거둥하는 길가에서 꽹과리를 쳐서 자신의 일을 말하는 것이다. 조선시대에 일반 백성이 자신의 억울한 일을 해결하기 위한 최후의 방법으로 종종 사용했다.
* 정려문(旌閭門) | 충신, 효자, 열녀가 사는 마을에 문을 세워 표창하는 것.
* 정려(旌閭) | 『조선왕조실록』을 보면, 영조 2년 12월 20일에 나라에서 정려문을 내린다.
* 정희량(鄭希亮) | ?~1728년. 동계 정온의 후손으로 안음(安陰)에 거주했는데, 1728년에 이인좌(李麟佐)와 공모하여 반란을 일으켰다.
* 동계 선생(桐溪先生) | 정온(鄭蘊, 1569~1641년)을 가리킨다. 그는 1636년 병자호란 때 이조참판에 있으면서 명나라와의 의리를 내세워 화친 주장에 적극 반대했다.

만덕전萬德傳 | 채제공*

만덕은 성이 김金이며 제주도 양민의 딸이다. 어려서 어머니를 여의고 의지할 곳이 없어 기생집에 의탁하여 살았다. 만덕이 성장하자 관청에서 기생妓生의 문서에 그녀의 이름을 올렸다. 만덕이 비록 미천한 기생에 종사하였으나, 스스로 기생으로 처신하지 않았다.

만덕이 스무 살 무렵, 관청에 자신의 사정을 눈물로 호소하였다. 그러자 관청에서 그 처지를 가엾게 여겨 기생의 문서에서 이름을 빼, 양민의 신분을 회복시켜 주었다. 만덕은 양민의 신분이 되었으나, 탐라의 남정네를 촌스럽게 여겨 남편으로 맞이하지 않았다.

만덕은 돈을 버는 재주를 가졌다. 특히 물가의 변동을 잘 알아 적절한 시기에 물품을 사고팔았다. 그녀는 수십 년 뒤 이름이 날 정도로 돈을 모았다.

정조 19년 을묘년乙卯年(1795년) 제주도에 크게 흉년이 들어 백성이 계속 굶어 죽었다. 그러자 정조

윤제홍, 한라산도 제주도에 파견 나갔을 때 올랐던 한라산을 회상하면서 그린 작품. 화면 중앙에 백록담, 뒷부분에 봉우리가 병풍처럼 서 있고, 백록담 아래 흰 사슴 탄 노인을 그렸다. 개인 소장

임금이 '곡식을 배에 싣고 가서 백성을 구제하라.' 는 어명을 내렸다. 아득한 남해 바다 팔백 리 길을 돛단배가 베틀의 북처럼 자주 왕래하더라도 제때에 도달하지 못하는 경우가 많자, 만덕은 많은 돈을 내어 여러 고을의 뱃사공에게 육지의 쌀을 사와서 제때에 제주도로 운반해 오도록 하였다.

만덕은 사 가지고 온 십 분의 일의 쌀로 자신의 친척을 구휼하고, 나머지는 모두 관청에다 실어다 바치니, 굶주린 사람들이 그 소문을 듣고 관청의 뜰에 구름처럼 모여들었다. 관청에서 굶주린 정도에 따라 백성에게 골고루 쌀을 나누어 주었다. 그러자 남녀 모두 나와서 '우리를 살린 이는 만덕이다.' 라고 하면서 만덕의 은혜를 칭찬했다.

관청에서 백성을 구제하는 일이 끝나자, 제주 목사가 백성을 구제한 만덕의 일을 조정에 보고하니, 정조 임금께서 매우 기특하게 여겨 문서를 내렸다.

'만덕의 소원은 뭐든지 들어주도록 하라.'

목사가 만덕을 불러 임금의 어명을 알려 주며 물었다.

"네 소원이 무엇이냐?"

"별다른 소원은 없습니다만, 서울에 한 번 들어가 임금님 계신 곳을 바라보고, 이어 금강산에 들어가 일만 이천 봉을 구경할 수 있다면 죽어도 여한이 없겠습니다."

당시 나라의 법으로 제주도 여성들은 바다를 건너 육지에 오는 것이 금지되어 있었다. 제주 목사가 만덕의 소원을 아뢰니, 정조 임금이 소원을 들어주라고 명했다. 또 관청에서 서울로 올 때까지 말을 제공하고 각 여관에서 교대로 음식을 대접하게 하였다.

만덕은 돛단배 하나로 구름 낀 아득한 바다를 건너서 병진년丙辰年(1796년) 가을에 서울로 들어왔다. 한두 번 나를 만났는데, 나는 만덕을 만나 본 사실을 글로 써서 임금께 아뢰었다. 정조 임금이 선혜청*에 명하여 달마다 식량

만덕이 기행한 금강산의 절경

만폭동 이풍익(1804~1887년)의 「동유첩」 중 한 폭 그림. 내려다보면서 그린 시원한 구도와 치밀한 먹선에 맑은 담채를 살짝 얹은 만폭동의 실경과 정취를 선명하게 보여 준다. 성균관대학교박물관 소장

총석정 관동팔경의 하나로 금강산을 소재로 한 진경산수화의 대표 소재 중 하나이다. 6각형의 현무암 돌기둥이 여러 개 같이 서 있어 절경을 이룬다. 총석정에서 보는 일출은 매우 유명하며, 연암 박지원은 「총석정관일출(叢石亭觀日出)」이라는 장편시를 짓기도 하였다. 성균관대학교박물관 소장

을 주게 하고, 며칠 후에는 내의원* 의녀에 임명하여 여러 의녀의 우두머리로 삼았다. 관례에 따라 만덕이 중전께서 거처하시는 궁궐에 나아가 중전과 빈궁*께 문안을 드릴 적에, 빈궁께서 궁녀를 보내 말했다.

"네가 여자의 몸으로 의롭게 굶주린 수많은 백성을 구하였으니, 참으로 기특하구나."

그러고는 상을 후하게 내렸다.

반년을 지낸 뒤 정조 정사년丁巳年(1797년) 늦은 봄에 만덕은 금강산으로 들어가서 만폭동·중향성 등의 기이한 경치를 차례로 구경했다. 금부처를 보면 이마를 땅에 대고 절을 하며 공양에 정성을 다했다. 제주도에 불법佛法이 전해지지 않았으므로 만덕은 쉰여덟의 나이에 절집과 불상을 처음으로 보았던 것이다.

또한 안문령鴈門嶺을 넘고 유점사*를 거쳐 고성으로 내려가서 삼일포*에서 뱃놀이를 하고 통천通川의 총석정叢石亭에도 올랐다. 천하의 좋은 경치를 다 본 뒤에 다시 서울로 돌아왔다. 그녀는 며칠을 머문 뒤 내전(중전이 있는 곳)에 나아가 고향 제주로 돌아가겠다고 하니, 중전과 빈궁이 전처럼 상을 내려 주었다.

이때 만덕의 이름이 서울에 가득하여 삼정승 이하 사대부들이 한 번만이라도 만덕의 얼굴 보기를 원했다.

만덕이 떠나려고 내게 하직 인사를 하면서 아쉬운 목소리로 말했다.

"이제 살아생전에 다시 정승님의 얼굴을 뵐 수 없겠군요."

이윽고 눈물을 글썽거렸다. 그러자 나는 말했다.

"옛날 진나라 시황제와 한나라 무제는 바다 밖에 삼신산三神山이 있다고 여겼네. 세상에서 우리나라 한라산을 영주산*이라 하고, 금강산을 봉래산蓬萊山이라 하지. 자네는 제주에서 성장하여 한라산에 올라 백록담 물을 마시고, 이번에 또 금강산을 두루 답사하였으니, 삼신산 중 두 곳을 직접 유람한 셈이네. 천하의 수많은 남자조차도 이렇게 한 자가 어디 있겠는가. 지금 작별하는 마당에 왜 마음 약한 아녀자와 같은 태도를 취하는가."

그러고는 이러한 일들을 기록하여 「만덕전」을 짓고는 웃으면서 주었다.

* 채제공(蔡濟恭) | 1720~1799년. 본관은 평강(平康), 호는 번암(樊巖). 규장각제학 · 한성판윤 · 강화유수와 좌의정과 영의정을 지냈다. 화성 건설을 담당하였으며 문장을 잘 지었다. 영조와 정조대에 정치를 안정시키는 데 크게 기여하였다. 저서로 『번암집樊巖集』 59권이 있다.
* 선혜청(宣惠廳) | 대동법(大同法)의 시행에 따라 대동미(大同米)와 대동포(大同布) 등을 담당하던 관청.
* 내의원(內醫院) | 궁중의 의약(醫藥)을 담당하던 관청.
* 빈궁(嬪宮) | 세자의 부인.
* 유점사(楡岾寺) | 금강산에 있는 절 이름.
* 삼일포(三日浦) | 신라시대에 영랑(永郞) · 술랑(述郞) · 남석랑(南石郞) · 안상랑(安祥郞) 네 명의 국선(國仙)이 뱃놀이를 하다가 빼어난 경치에 매료되어 3일 동안 돌아가는 것을 잊었다고 하여 삼일포라는 이름을 얻었다.
* 영주산(瀛洲山) | 삼신산(三神山)의 하나로, 진나라 시황제와 한나라 무제가 불사약을 구하러 사신을 보냈다는 곳이다.

다모전茶母傳 | 송지양*

김金 조이*는 한성부의 다모*이다. 조선조 순조 임금 임진년壬辰年(1832년)에 경기·충청·황해 삼도에 큰 가뭄이 들자, 한성부에서 백성에게 술 빚는 것을 금지시켰다. 그래서 이 법을 어기는 자는 죄의 무겁고 가벼움에 따라 유배를 보내거나 벌금형에 처하였고, 술 빚는 범인을 고의로 숨겨 주는 관리도 용서하지 않았다.

관리들은 술 빚는 사람을 빨리 잡아들이지 못했다가 자신에게 죄가 미칠까 두려워, 백성에게 몰래 술 빚는 자를 고발하게 하고 고발자에게는 포상금의 십 분의 이를 나누어 주었다. 이 때문에 고발자가 많아져 관리들은 술 빚는 자를 귀신같이 적발했다.

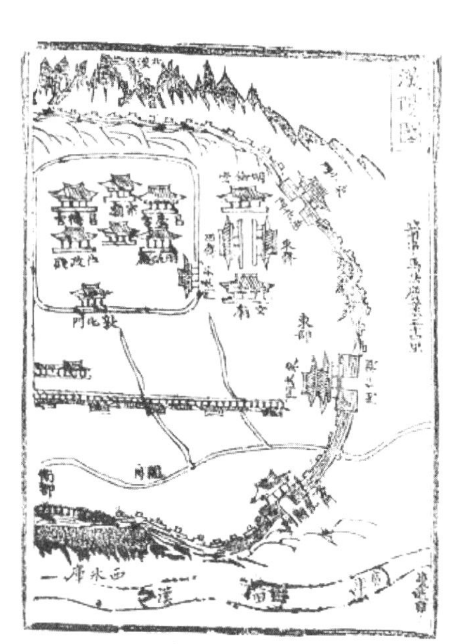

한양도(漢陽圖) 서울의 사대문 안의 '성균관' 일부 지역을 그린 목판 지도. 현재 모습과 거의 비슷하다. 한국학중앙연구원 장서각 소장

어느 날 한성부 소속 아전과 관원들이 남산 아래 어느 거리에 이르자 후미진 곳에 몸을 숨기고 다모를 불렀다. 다리 끝 쪽의 몇 번째 집을 가리키면서 말했다.

"저 집은 양반 집이라 곧바로 들어갈 수 없으니, 자네가 먼저 들어가 안채를 수색해 보게나. 자네가 몰래 술 빚는 범인을 잡았다고 크게 소리치면 우리가 바로 뒤쫓아 들어감세."

다모는 아전이 시키는 대로 발꿈치를 들고 안채의 아랫목으로 살금살금 들어가 수색을 하였다. 과연 서너 되쯤 들어갈 만한 술 단지에 맛있는 술이 막 익고 있었다. 다모가 그 술 단지를 안고 나오자, 주인 할멈이 그 모습을 보고는 화들짝 놀랐다. 그러자 주인 할멈은 눈에 초점을 잃고 입에 거품을 물며 사지가 마비된 채 새파랗게 겁에 질린 얼굴로 기절해 버렸다. 다모가 술 단지를 놓고 할멈을 부둥켜안고 재빨리 따뜻한 물로 조금씩 입을 적셔 주었더니 조금 뒤 할멈이 정신을 차렸다. 다모가 꾸짖으며 말했다.

"조정의 명령이 매우 엄하거늘, 왜 양반의 신분으로 법을 어긴단 말입니까."

할멈은 겨우 대답했다.

"우리 집 생원 영감이 평소 지병을 앓고 있다네. 우리 영감이 좋아하는 술을 마시지 못하자 그 뒤로는 음식물조차 삼키지 못하고 병도 고질이 되었고, 가을부터 겨울 내내 끼니마저 자주 먹지 못하는 형편일세. 마침 며칠 전에 곡식 몇 되를 구걸해 영감의 병 조리를 위해 두려움을 무릅쓰고 몰래 술을 빚었다네. 내 부득이 법을 어겼으나, 이리 잡히리라고는 생각지도 못했는데……. 부디 보살님 같은 자비심으로 내 처지를 불쌍히 여기고 제발 사정 좀 봐 주게. 내 죽어서라도 그 은혜는 잊지 않음세."

그 말을 들은 다모는 처지를 매우 딱하게 여겨 술 단지를 재에 쏟아 부었다. 그리고 사기그릇을 가지고 문을 나왔다. 관원이 물었다.

"범인은 잡았느냐?"

다모는 태연하게 웃으며 말했다.

"범인은커녕 죽은 시체라도 나올 판이네요."

그러고는 곧장 콩죽 파는 가게에 가서 죽 한 사발을 사서 할멈에게 주었다.

"할멈이 끼니조차 잇지 못하기에 드리는 것입니다. 그런데 누가 몰래 술 빚는 사실을 알고 있나요?"

"쌀도 내가 직접 찧었고, 누룩도 집에서 내가 지키면서 직접 빚었기 때문에 아는 사람은 아무도 없을 걸세."

"그럼 혹시 누구에게 판 적이 있나요?"

"이 늙은이가 오직 영감의 병 수발을 위해 술을 빚었을 뿐일세. 항아리의 크기도 겨우 술 몇 바가지 정도이니, 다른 사람에게 팔았다면 어떻게 남은 술이 있어 영감에게 줄 수 있겠나. 그 말은 당치도 않다네."

"그럼 맛을 본 사람은 있습니까?"

"어제 아침 성묘를 가던 차에 젊은 생원인 시숙이 잠시 들른 적이 있다네. 시숙의 집도 매우 가난하여 나 역시 아침밥을 차려 줄 형편도 못 되는데다 빈속으로 인사하는 것도 뭣하기에 내가 술 한 잔을 떠서 권한 적이 있었어. 그 밖에 다른 사람에게 마시라고 준 적은 없네."

"송구스럽지만, 시숙과 영감은 동복형제인가요?"

"그렇다네."

다모가 시숙의 나이, 모습과 체형, 키, 수염에 대해 꼬치꼬치 캐물으니, 할멈은 질문에 하나하나 대답했다. 다모는 알았다고 하고서 문을 나와 한성부 소속의 관원에게 말했다.

"이 양반 집은 몰래 술을 빚은 적이 없소. 주인 할멈이 나를 보고 놀라 쓰러

소줏고리 조선시대에 맑은 술을 내리는 데 쓰는 도구. 옛 기록에 '술은 근력을 북돋우고 묵은 병을 낫게 한다.' 고 하였다.

져 기절하기에, 할멈이 혹시 죽을까 걱정되어 깨어나는 것을 보고 나오느라 이렇게 늦었습니다."

다모가 관원들을 따라 한성부로 돌아가던 길에 할멈의 시숙이 뒷짐을 진 채 사거리에서 서성거리며 한성부 관원들이 돌아오기를 기다리는 것을 보았다. 그는 주인 할멈이 말한 용모와 똑같았다. 다모는 다짜고짜 손을 들어 그 시숙의 뺨을 때리고 침을 뱉으며 꾸짖었다.

"네가 양반이란 말이더냐! 양반이란 자가 몰래 술을 빚었다고 형수를 고발하여 포상금이나 받아 먹으려고 하다니!"

이 소리에 크게 놀란 거리의 사람들이 빙 둘러 에워싸고 구경했다. 다모의 말을 들은 관원들은 화를 내며 말했다.

"네가 할멈의 사주를 받고 우리를 속이고 도리어 고발자에게 욕까지 한단 말이냐!"

다모의 머리채를 틀어쥐고서 주부* 앞으로 데려가 이 사실을 있는 대로 보고했다. 주부가 다모에게 그 사실을 물으니, 정황을 있는 그대로 아뢰었다. 주부는 겉으로 화를 내는 척하면서 말했다.

"몰래 술을 빚은 범인을 숨겨 주었으니, 그 행동은 용서할 수 없다. 매 스무 대를 쳐라."

주부는 유시*에 관청의 일이 끝나자, 다모를 조용히 불러서 돈 열 꿰미를 주면서 말했다.

"자네가 몰래 술을 빚은 범인을 숨겨 주었는데 그 죄를 용서한다면 나라의 법이 확립되지 않기 때문에 매질을 하게 되었구나. 하지만 자네는 의로운 사람일세. 그 행동이 훌륭하여 돈 열 꿰미로 상을 주는 것이니 받게."

그러자 다모는 밤중에 남산 아래 그 양반 집에 가서 주인 할멈에게 상으로 받은 돈 열 꿰미를 주면서 말했다.

"내가 관청에 소속되었으니 몰래 술 빚은 범인을 숨겨 주어 매질을 받는 것은 당연하지요. 하지만 할멈이 몰래 빚은 술이 아니었다면 상금을 어찌 받을 수 있었겠습니까? 그래서 상금을 할멈께 주려고 합니다. 할멈께서 이처럼 가난하게 사시니, 상금 중 반은 땔감을 사고 나머지 반으로 쌀을 사면 겨울 내내 굶주림과 추위를 충분히 면할 수 있겠네요. 행여나 다시는 몰래 술을 빚지 마세요."

할멈은 부끄러워하면서도 한편으로 매우 기뻤다.

"나를 불쌍하게 여긴 자네의 은혜로 벌금형을 면하게 되었는데, 다시 내 무슨 면목으로 그 상금까지 받을 수 있겠나."

할멈은 이렇게 말하고는 한사코 사양했다. 하지만 다모는 돈을 할미 앞에 놓아두고 뒤도 돌아보지 않고 떠나가 버렸다.

* 송지양(宋持養) | 1782~?년. 호는 낭산(朗山). 정언과 수찬, 교리 등을 지냈다. 저서로는 『낭산문고(朗山文稿)』가 있다.
* 조이[召史] | 양인(良人)의 아내나 과부를 이르는데, 원래 한자음은 '소사' 지만 이두로 '조이' 라 읽는다.
* 다모(茶母) | 차를 끓이는 일을 하던 관청의 노비다. 조선은 여성 용의자 및 죄수를 다룰 때 다모나 의녀를 이용하였다.
* 주부(主簿) | 조선시대의 관직. 한성부(漢城府)를 비롯한 각 관청에서 일을 맡아 보던 종6품의 벼슬아치.
* 유시(酉時) | 오후 5시~7시.

계섬전桂纖傳 | 심노숭*

계섬은 서울의 이름난 기생인데, 본래 송화현*의 여자 종으로 대대로 고을의 아전을 지낸 집안 출신이다. 그녀의 사람됨은 넉넉하고, 눈망울은 초롱초롱 빛이 났다.

계섬이 일곱 살이 될 무렵 아버지가 죽고, 열두 살에는 어머니마저 죽었다. 열여섯 살이 되자 주인집의 구사*로 예속되었는데, 소리를 배워 자못 이름을 날렸다. 마침내 귀족의 잔치나 한량패들의 술잔치에 그녀의 소리가 없으면 부끄럽게 여길 정도가 되었다.

그러자 시랑* 벼슬을 지낸 원의손*이 계섬의 명성을 탐내어 그녀를 자기 집에 두었다. 계섬은 그 집에 10년이나 있었는데도 한마디에 의가 상해 바로 인사하고 떠나 버렸다.

태학사太學士(대제학을 말함)를 지낸 이공李公 정보*는 늘그막에 관직을 그만두고 소리를 즐기며 기생과 함께 지냈다. 그는 곡조와 가락의 오묘한 것까지도 잘 이해하여 남녀 명창들이 그의 문하에서 많이 배출되었다.

이정보는 그 중에서도 계섬을 가장 사랑하여 늘 자신의 곁에 두고 그녀의 재능을 기특하게 여겼다. 그렇지만 사사롭게 좋아한 것은 아니었다. 이정보는 새로운 곡조를 마련해서 수년 동안 계섬을 가르치고 수련을 시키니 계섬의 노래는 더욱 향상되었고 높은 경지에까지 오르게 되었다. 마침내 계섬의 노래는 억지로 잘 부르려고 하지 않아도 입에서 자연스럽게 나왔고, 그 소리는 집 대들보까지 은은하게 울려 퍼졌다.

그래서 계섬은 온 나라에 이름을 떨치게 되었다. 지방에서 소리하는 기생들도 서울에 적을 두고 소리를 배울 때 모두 계섬에게 몰려들었다. 학사學士와 대부大夫들마저 노래와 시로 계섬을 기리는 일도 있었다.

한번은 계섬이 공*의 집에 있을 때 이런 일이 있었다.

원의손이라는 사람이 공에게 매번 문안을 드릴 적에 자기에게 계섬을 보내 주도록 청탁을 하였다. 공이 여러 번 그에게 갈 것을 강요했으나 계섬은 따르지 않았다. 공이 죽자 계섬은 아버지의 장사를 지낼 때와 같이 공을 위해 곡哭을 하였다.

마침 나라에서 큰 잔치를 하기 위해 잔치를 주관하는 관청을 설치하고, 여러 기생은 날마다 관청에 모여 기예技藝를 익히도록 하였다. 계섬은 아침 저녁으로 관청을 오가면서 돌아가신 이정보의 제사 음식을 마련하여 제를 올렸다. 그런데 관청은 이정보의 집과 멀리 떨어져 있었다. 그래서 관청의 여러 담당관이 그녀가 힘들고 괴로울 것 같아 말을 빌려 주고 관청에까지 타고 오도록 배려하였다. 게다가 계섬이 공의 장례에 곡哭을 하다 목소리를 잃을까 염려하니, 계섬은 곡마저 못하고 훌쩍이기만 하였다.

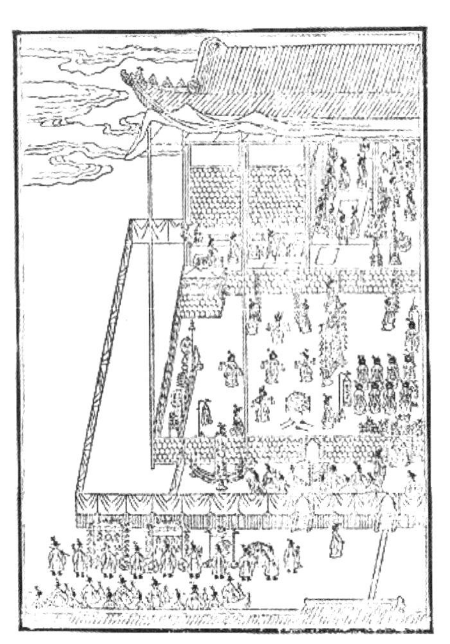

통명전진찬도(通明殿進饌圖) 나라에 경축이 있을 때 연 잔치를 그림으로 그려 나무에 새겨 찍어 낸 목판화. 이러한 잔치를 그림으로 그린 것은 의궤(儀軌)에 속한다. 한국학중앙연구원 장서각 소장

장례를 마치자 계섬은 날마다 음식을 마련해서 공의 무덤을 돌보고, 술 한 순배에 한 곡조, 한 번

곡하는 것을 온종일하고 돌아왔다. 공의 자제들이 그 말을 듣고, 부끄럽게 여겨 무덤 지키는 노비를 꾸짖었다. 계섬이 이 소문을 듣고 매우 한스럽게 여겨 이후로 다시는 공의 무덤가에 가지 않았다.

계섬은 호협한 젊은 무리와 노닐다가 술자리가 무르익으면 소리를 했는데, 이따금 울음이 나와 스스로 마음을 가다듬지 못했다. 뒤에 계섬은 서울의 큰 부자 한상찬에게 갔는데, 그는 엄청난 재물과 돈으로 그녀의 환심을 사려고 했다. 하지만 계섬은 오히려 답답하기만 하고 즐겁지 않자, 끝내 그 곁을 떠나고 말았다.

계섬은 나이 마흔에 갑자기 불도佛道를 사모하여 산에 들어가려는 마음을 굳혔다. 마침 관동 지방에 아름다운 산수가 많다는 얘기를 듣고 비녀와 가락지, 옷가지를 팔아 밭을 사서는 강원도 정선군에 있는 산속에 집을 짓고 떠나려 하였다. 그러자 예전에 함께 노닐던 서울의 많은 자제가 모두 그만두기를 권했다. 계섬은 술자리를 마련해 기쁜 말을 남기며 즐겁게 작별을 나누다가 갑자기 탄식하면서 말했다.

"공들은 떠나려는 저를 붙잡으시는데, 그 마음은 매우 고맙습니다. 그렇지만 공들께서도 한번 생각해 보십시오. 제가 아직 늙지 않아 공들께서 오히려 어여삐 여겨 주시지만, 만약 제가 늙고 또 죽을 지경이 되면 비록 공들이라 하더라도 반드시 저를 버릴 것이니, 그때 가서 제가 비록 한탄하더라도 후회할 수 없을 것입니다. 제가 지금 늙지 않았을 때 공들을 떠나려는 것은 훗날 늙어서 공들에게 버림받지 않으려는 것뿐이랍니다."

계섬은 이날 즉시 말을 타고 산속으로 들어가 버렸다. 이후 계섬은 짧은 베치마를 걷어 올리고 짚신을 신고 손에는 조그만 광주리를 들고는 나물과 버섯을 따러 산꼭대기와 물가를 오가고, 밤마다 불법을 생각하며 조용하게 살았다.

그때 역적 홍국영*이 막 권세를 놓고 집에 머물면서 맘껏 노닐다가 구사

丘史를 하사받았는데, 계섬도 거기에 들어 있었다. 홍국영이 공문서로 계섬을 오라고 재촉하니 계섬은 어쩔 수 없이 응할 수밖에 없었다. 계섬은 홍국영을 따라 잔치에 나갔다. 조정의 경대부들이 그 자리에 가득했고, 계섬이 한 곡을 하면 그들은 다투어 금과 비단을 내렸다.

계섬은 지금도 "그 사람들이 어찌 저의 재주를 사랑하고 소리를 감상할 줄 알아서 그러했으리오! 홍국영에게 아첨하려 한 것뿐이니, 세상사가 다 한바탕 꿈같구려. 홍국영의 그때 일은 참으로 가소로운 것이라 꿈에서도 박장대소하면서 깔깔대어 마지않았답니다."고 그 당시의 일을 말하곤 했다.

홍국영이 쫓겨나자 계섬은 기생의 장부에서 빠져 산중으로 다시 돌아가려 하였다. 마침 그때 심용*이 풍류를 즐겨 계섬의 소리를 좋아했다. 그래서 계섬이 오래도록 따라 노닐게 되었다. 심용의 시골 별장은 경기 서쪽 파산*에 있었다. 마침내 계섬이 심용을 따라 시곡촌*에 거주하게 되었는데, 그곳은 미륵산에 있는 내 집에서 겨우 오 리밖에 되지 않았다.

내가 일찍이 그곳에 한 번 가 보았다. 심용은 집 뒤 산속 숲으로 울을 삼고 깎인 바위로 섬돌을 삼았다. 초가의 버팀목은 대여섯 개이고 창문과 기둥, 방과 빗살창이 구불구불 서로 통하고 그윽하게 이어져 있었다. 그곳에는 병풍 · 책상 · 술동이 · 그릇이 나란히 놓여 있는데 화사하고 깔끔한 것이 볼 만했다.

집 앞 조그만 밭에는 채소를 심어 놓았으며, 마을 가운데 있는 논 몇 마지기는 사람을 부려 농사를 지어 먹고살았다. 계섬은 마늘과 고기를 끊고 날마다 방 안에서 불경을 외우며 지내니 동네에서 보살이라 일컬었고, 계섬 역시 보살처럼 살았다.

정사년丁巳年(1797년) 여름 내가 우상정*에서 요양을 하고 있는데, 하루는 계섬이 나귀를 타고 방문했다. 그때 그녀의 나이가 예순둘인데도 머리도 세지 않고, 말도 유창하게 하며 기운도 정정했다. 자신의 인생을 이야기하다가 문득 슬픈 표정을 지으며 말했다.

"제가 오십 평생을 살며 세상물정을 많이 알게 되었지요. 세상 사는 즐거움이 한둘이 아니지만, 부귀는 거기에 들어 있지 않았습니다. 그런데 제가 가장 얻을 수 없었던 것은 진정한 만남이었지요. 제가 젊어서부터 온 나라에 알려져 함께 노닌 이들이 다 한때의 현인과 호걸이었습니다. 저들은 저마다 호화스런 저택과 휘황한 비단으로 제 마음을 맞추려 했습니다. 하지만 저들이 저와 가까워지려 힘쓰면 쓸수록 제 마음은 더욱 맞지 않았답니다. 이제 제가 한 번 떠나온 뒤로는 저들은 결국 다 길 가는 사람과 같을 뿐이랍니다.

석양도(夕陽圖) 지운영(池雲永, 1852~1935년)의 그림을 나무에 새긴 판화. 계섬은 산속에서 그림과 같은 곳에서 생활하였다. 한국학중앙연구원 장서각 소장

이공께서 일찍이 '지금 세상에 남자로도 너만한 사람이 없으니, 너는 끝내 진정한 만남을 이루지 못한 채 죽을 것이다.' 하셨어요. 하지만 이는 그 재주와 현명함이 저만한 이가 없음을 말한 것이 아니라, 만남의 어려움을 말한 것입니다. 당시 저는 공의 말씀이 꼭 그렇지는 않을 것이라고 여겼지만 지금 와서 보니 그렇게 되어 버렸네요.

아! 공께서는 앞일을 내다보는 것이 아마 신통한 경지인 듯합니다. 비록 그렇지만 제가 무슨 말을 할 수 있겠는지요?

지난 역사를 살펴보건대 진정한 만남을 한 이가 몇이나 되겠습니까? 저는 비록 진정한 만남을 이루지 못했지만 그래도 유유자적*하며 살았습니다. 하지만 제대로 만나지 못하면서도 떠나지 못하다가 결국은 버림까지 받은 사람의 경우는 오히려 어떤 마음이겠습니까?

불교에 삼생과 육도*의 설이 있으니, 제가 계율대로 수행하면 내세에서는 진정한 만남을 이룰 것입니다. 만약 그렇게 하지 못하더라도 석가여래에 귀의歸依한 것만으로 만족합니다."

그녀는 말을 마치고서는 감정에 북받쳐 울먹울먹하였다. 나 역시 그를 위해 크게 탄식했다.

아! 옛날의 호걸스러운 선비들이 스스로 자기를 알아주는 임금을 만났다 생각하여 부귀에 노는 것을 그만두지 않다가, 끝내 명예도 없어지고 자기 몸은 더럽게 되어 천하의 비웃음을 당하였다. 저들이 이른바 '만났다' 는 것은 꼭 '참 만남' 이 아니라는 것을 어찌해서 알지 못했을까? 끝내 스스로 죽을 줄 알면서도 오히려 부귀에 머뭇거리고 연연해하며, 차마 부귀를 잃지 못한다 몸부림치며 두려워했다. 어떤 이는 부귀를 거의 보전할 수 있다고 생각하지만 그 몸이 부귀를 떠나지 않으면 부귀도 따라 잃게 됨을 전혀 알지 못하니, 어찌 한탄하지 않으리오!

오직 부귀에 얽매이지 않아야만 제 한 몸 자립할 수 있는 법, 만나지 못하면 그만두고 만나면 행할 뿐이다. 그러나 비록 그 만남도 진실로 오래 행할 수 없다면, 만나지 못한다 하더라도 무엇을 근심하리오! 곧 진정한 만남의 권한은 내게 있는 것이니, 왕과 같이 높은 사람일지라도 그것을 빼앗을 수는 없을 것이다.

계섬의 이른바 "내가 남을 버리지, 남에게 버림받기를 원하지 않는다." 는 것은 자기를 중하게 여기고 남을 가벼이 여기며, 이목구비耳目口鼻를 가벼이 여기고 심지心志를 중하게 여겨, 마음이 탁 트여 어디에도 얽매이지 않은 경우일 것이다. 그 또한 어려운 일이라 할 만하다.

그러나 계섬이 유독 진정으로 만나지 못한 것에 한이 없을 수 없어 지금 늙어 백발이 되어서도 못 잊고 있는 것이다. 되돌아보니 계섬에게 만일 진정한 만남이 있었더라면 꼭 그렇게 떠나지는 않았을 것이다.

계섬은 자식이 없었다. 밭을 사서 조카에게 부모의 제사를 맡기고는 자신이 죽으면 화장시켜 달라고 하였다. 내가 함흥 땅 기생 가련이 죽자 그의 묘에 '함경도 땅 이름난 기생 가련의 묘關北名妓可憐之墓' 라고 표시해 준 사람이 있어, 지금도 사람들이 길을 가다 그곳을 가리키며 안다고 말해 주었다. 계섬이 나의 이야기를 듣고 기뻐하다가 잠시 후 탄식하며 말했다.

"이것이야말로 진정한 만남이군요."

내가 그녀의 전傳을 지어 그녀에게 읽어 주면서 "내가 너에게는 진정한 만남이 아니겠느냐?" 말하고 서로 크게 웃었다.

* 심노숭(沈魯崇) | 1762~1837년. 본관은 청송(青松), 호는 효전(孝田). 심낙수의 아들로 문장에 뛰어났다. 임천군수와 광주판관을 지냈다. 정조가 죽자 경상도 장기현으로 유배를 갔는데, 그곳에서 『효전산고(孝田散稿)』를 지었다.
* 송화현(松禾縣) | 황해도 중서부에 있는 고을 이름.
* 구사(丘史) | 종친이나 공신 또는 당상관 등에게 배당한 노비로 주로 관노비 중에서 뽑았다.
* 시랑(侍郞) | 조선시대 종1품의 관직.
* 원의손(元義孫) | 1726~1781년. 영조 대에 대사헌(大司憲)을 지낸 인물.
* 이정보(李鼎輔) | 1693~1766년. 이조판서를 거쳐 세손의 사부가 되었고, 시조 78수를 남겼다.
* 공(公) | 높은 벼슬을 한 사람이나 어른을 높여 부르는 말. 여기서는 이정보를 말한다.
* 홍국영(洪國榮) | 1748~1780년. 정조를 임금의 자리에 올리는 데 큰 역할을 하였다. 정조 즉위 후 갖은 횡포와 전횡을 일삼다가 1779년에 실각하여 강릉에서 서른한 살의 나이로 죽었다.
* 심용(沈鏞) | 1711~1788년. 고상한 취미와 풍류 생활로 유명했던 인물이다. 당시 가객과 악공의 활동을 후원해 주기도 했다.
* 파산(坡山) | 지금의 경기도 파주(坡州).
* 시곡촌(柴谷村) | 지금의 경기도 파주시 광탄면 신산리를 말한다. 속칭 시궁굴이라 부른다.
* 우상정(雨床亭) | 이 글을 쓴 심노숭의 부친 심낙수(沈樂洙)가 만든 정자.
* 유유자적(悠悠自適) | 속세를 떠나 한가롭게 지낸다는 뜻.
* 삼생(三生)과 육도(六塗) | 삼생은 전생(前生)·현생(現生)·후생(後生)을 의미하며, 육도는 중생(衆生)이 선악(善惡)의 원인에 의하여 윤회(輪廻)하는 여섯 가지 세계를 말한다.

우온전 禹媼傳 | 서형수*

할미는, 이름은 합정合貞이고 관서*의 의주義州 사람으로, 평산平山에 사는 우하형*의 소실이다. 본래 천한 신분으로 태어나 의주 관아의 주탕비*로 관의 장부에 이름이 올라 있었다.

우하형은 처음 무과에 급제하여 의주義州의 부윤* 밑에 있었다. 이때 할미가 우하형의 사랑을 받았다. 우하형이 자신의 밥이며 빨래 등을 모두 할미에게 맡겼다. 할미는 부지런히 힘써 우하형은 먹고 입는 것을 걱정하지 않아도 되었다.

마침 의주에 국경을 넘은 죄로 참수형에 처할 죄수 아홉 명이 있었는데, 의주 부윤이 우하형에게 형을 집행할 장소를 감독하게 하였다. 우하형이 형을 집행할 장소에 도착하여 죄수들에게 말했다.

"너희들은 살길을 찾으려다가 죽게 된 것이렷다."

"그렇습니다."

"살길을 찾다 죽게 되었고, 죽을 상황이 되었는데도 도망치지 못한다면 사내가 아닐세."

곧 죄수들의 결박을 풀어 주며 말했다.

"속히 도망가거라."

죄수들이 모두 어리둥절해하며 도망가지 않자, 군졸들에게 몽둥이를 휘두르며 쫓아 보내게 하였다. 우하형은 의주 부

육모방망이
조선시대 포졸과 순라군이 지니고 다니던 호신용 무기로 나무 중에 가장 단단하다는 박달나무로 만든다. 경희대학교박물관 소장

윤에게 돌아가 죄수들이 모두 도망쳤다고 보고했다. 의주 부윤은 그 사실을 알고 우하형을 매우 대단하게 여겼고, 동료들 역시 모두 대단하다고 수군거렸다.

그런데 할미만이 우하형을 걱정하며 행장을 꾸려 주자, 우하형은 이상하게 여겼다. 할미가 말했다.

"공께서 마음대로 아홉 사람의 목숨을 살려 주셨으니, 곧 헐뜯는 말이 들릴 것입니다."

과연 며칠이 지나자, 우하형이 뇌물을 받고 사형수를 놓아주었다는 유언비어流言蜚語가 떠돌았다. 그러자 우하형이 의주 부윤에게 알리지도 않는 채 곧바로 떠나려는데, 할미가 우하형에게 말했다.

"공께서는 지금 떠나시는데, 서울로 가서 벼슬하실 작정입니까? 아니면 고향집으로 돌아갈 생각이신가요?"

"내 가난하여 노자도 없는 형편에 서울로 간들 어디에 의지해 살 수 있겠나. 고향인 평산에 돌아가 다 쓰러져 가는 집에서 늙어 죽을 수밖에……."

그러자 할미가 말했다.

"그런 말씀 마옵소서. 제가 사람의 상을 조금 볼 줄 아는데 공의 골격은 못 되도 장수는 되옵니다. 제가 전부터 품을 팔아 조금씩 재물을 늘려 놓았습죠. 이는 늙어서 쓸 요량으로 마련한 것인데, 아마 은자 육백 냥 정도는 되옵니다. 공께서 이것을 가지고 동쪽으로 가셔서 좋은 의복에 날랜 말을 사고 경저*에 머물며 벼슬을 구하십시오. 저는 우선 아무 집에 몸을 의탁하여 공께서 관서 지방을 다스릴 때까지 기다리겠사옵니다."

그러자 우하형이 기뻐하며 말했다.

"자네 말대로라면 다행일세."

곧 할미는 허리에 찬 전대에서 은자 육백 냥을 건네주었다.

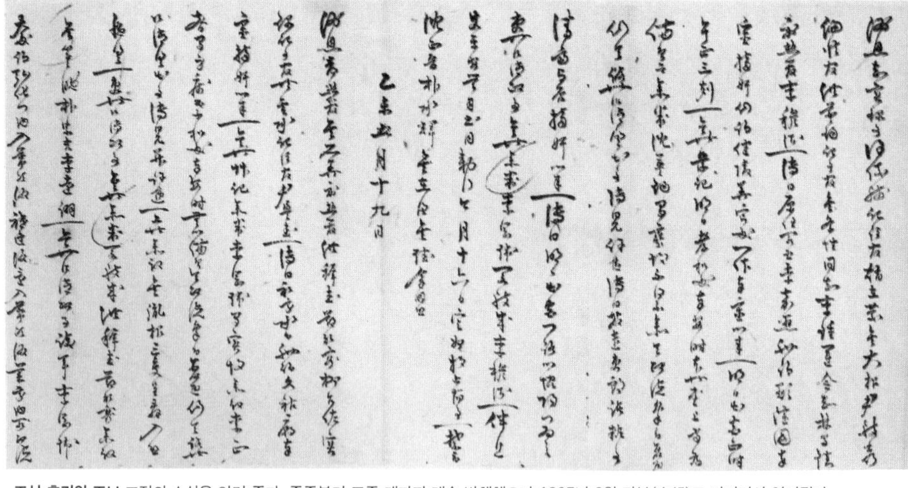

조선 후기의 조보 조정의 소식을 알려 준다. 중종부터 고종 대까지 계속 발행했으나 1895년 2월 관보(官報)로 바뀌면서 없어졌다. 도판은 을미년 5월 16일에서 19일까지의 조정 소식을 싣고 있다.

우하형이 떠난 뒤 할미는 고을에 사는 나이 든 홀아비 장교에게 가서 몸을 의탁했다. 처음 그 집에 들어갈 때 장교에게 이렇게 말했다.

"제가 이제 집안 살림을 맡을 것이니, 재산 장부를 잘 기록하여 출납을 분명히 하겠습니다."

그러자 장교가 말했다.

"이제부터는 죽을 때까지 자네 살림인데, 왜 하나하나 셈을 한단 말인가?"

할미는 들은 체도 않고 기어코 장교에게 낱낱이 캐묻고는 직접 매년 거둔 각종 곡물이 얼마며, 해마다 들어오는 베 · 비단 · 솜은 얼마인지, 그리고 현재 있는 솥 · 시루 · 광주리의 개수, 심지어 닭 · 돼지 · 소금 · 장까지 남김없이 문서로 작성하여 보관했다. 그런 뒤에야 자물쇠를 가지고 살림을 주관했다. 그리고 절약해서 일상 용품을 쓰고, 때를 맞추어 재화를 늘렸다. 새벽부터 밤늦게까지 살림을 잘 꾸려, 점차 재산이 넉넉해졌다.

어느 날, 할미가 장교에게 말했다.

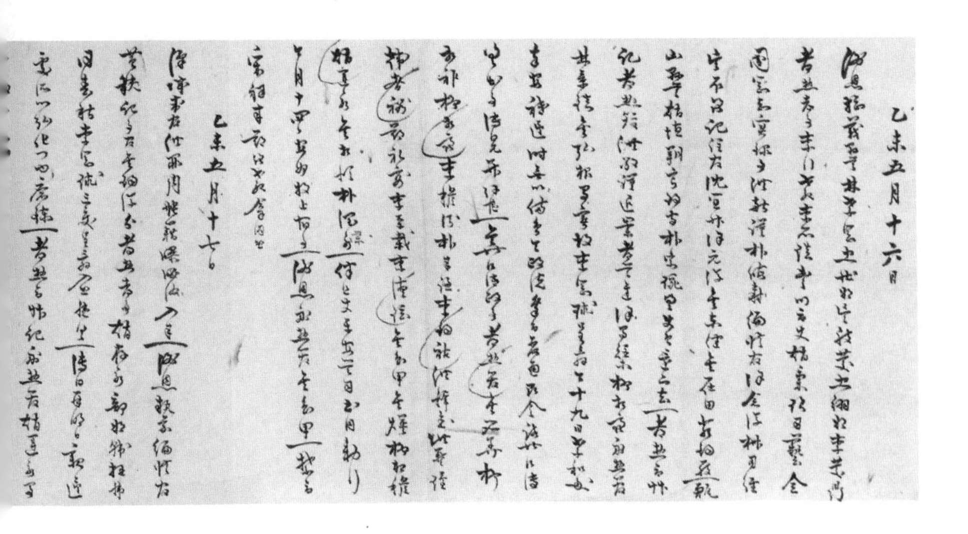
乙未五月十六日

乙未五月十七

"내가 조금 글을 알아 조보의 정목*을 자주 보았답니다. 당신이 꼭 고을 사람에게 이를 빌려다 주시지요."

"어려운 일이 아닐세."

장교가 매번 조보를 빌려서 가지고 오면 할미는 묵묵히 우하형의 이름이 있는가를 살펴보았다. 몇 년이 안 되어 우하형이 선전관*에서 점차 관직이 올라 7년 만에 관서의 초산楚山 수령으로 나가게 되었다. 그제야 할미는 집 안에 있는 문서를 가져다 놓고 장교를 불러 우하형과 다짐한 옛일을 자세히 말해 주었다.

"내가 당신의 아내가 된 지 7년 동안 사발 하나라도 모자란다면 할 말이 없겠지만, 당신이 지금 이 문서를 가지고 살펴보시면 어떤 것은 갑절이나 많아졌고, 어떤 것은 몇 십 배나 불었으니, 부인으로서 부끄럽지 않습니다. 당신께선 몸을 잘 돌보세요. 저는 이만 떠나렵니다."

장교는 화들짝 놀라 말렸지만 마음을 돌릴 수 없음을 깨닫고는 눈물을 흘리며 보냈다. 할미가 드디어 남장을 하고 지게꾼 한 명을 데리고 바삐 초산으로 가니, 우하형이 부임한 지 겨우 이틀째였다. 할미는 관아에 소송하는 백성인양 관아의 뜰에 들어가서 말했다.

"사또께 은밀히 아뢸 일이 있으니, 옆에 있는 사람을 물리치고 대청에 오르게 해주십시오."

우하형은 이상하게 여기면서 올라오게 하였다. 대청에 오르더니,

"방으로 들어가도 되겠는지요?"

하고 말했다. 우하형은 더욱 이상하게 여겼다. 할미가 방에 들어 와서는,

"공께서는 의주에서 모시고 잠자리를 같이 했던 옛사람을 모르시겠습니까?"

고 하자 우하형은 깜짝 놀라며 기뻐했다.

"어떻게 이럴 수가 있단 말인가?"

그러고는 다시 한참을 바라보았다.

"옳아, 옳아. 내가 자네를 찾으려고 했는데, 자네가 먼저 나를 찾아왔네그려."

그전에 우하형은 상처*하고 며느리에게 집안 살림을 맡겼는데, 할미가 오자 서둘러 부인의 의복을 마련해 안채로 맞아들였다. 그런 다음 집안 살림을 할미에게 맡기고 며느리에겐 말을 잘 따르게 했다.

이제 할미는 엄연한 한 집안의 안주인이 되어 공경히 제사를 받들고, 친척들을 잘 섬기고, 은혜로 종들을 거느렸다. 사람들이 혀를 차면서 할미를 어질다고 칭찬했다.

그 뒤 우하형은 관서의 몇몇 고을 수령을 지내다가 마침내 절도사까지 올랐다. 그리고 칠십여 세로 생을 마치니, 할미는 그다지 슬퍼하지 않다가 상喪을 마치고 나서 적자嫡子에게 말했다.

"선친께서는 시골의 일개 무관武官으로 절도사에 오르시고 칠십여 세까지 천수를 누렸으니, 돌아가셨지만 유감이 없을 것이고 자네들 역시 유감이 없을 것이네. 내가 예전에 선친께서 어려울 때 선친을 알게 되었고 선친께서 높은 지위에 오르도록 도움을 준 적이 있었다네. 게다가 내가 한 말이 우연히 맞아 지금껏 선친께 의탁해 잘 살아왔으니, 이만하면 만족스럽지 않겠는가. 나는 여한이 없으니 이제 내가 죽지 않으면 무엇을 하겠는가?"

바로 방에 들어가 문을 닫고 음식을 먹지 않고 죽었다. 우하형의 여러 친척이 모두 모여 말했다.

"이분이 아니었으면, 오늘날의 우하형이 있을 수 있었겠는가. 이런 사람에게 보답하지 않는다면 예禮를 어디에 쓰겠는가."

할미를 평산 동쪽 십 리에 위치한 마당리馬堂里의 절도사 우하형의 묘소 오른쪽 십 보쯤에 장사 지내고 별도로 사당을 세워 대대로 제사를 지냈는데, 지금까지도 우하형의 집안사람들이 제사를 계속 지내고 있다.

* 서형수(徐瀅修) | 1749~1824년. 본관은 달성(達城), 호는 명고(明皐). 광주목사와 이조참판, 경기관찰사를 지냈다. 1799년에 청나라에 다녀왔는데, 1806년 벽파(僻派)계열이 김조순(金祖淳) 등에 밀려 죽을 때 연루되어 유배지에서 죽었다. 저서로는 『명고전집(明皐全集)』이 있다.
* 관서(關西) | 마천령의 서쪽 지방, 곧 평안도와 황해도 북부 지역을 말한다.
* 우하형(禹夏亨) | 생몰년 미상. 본관은 단양(丹陽). 1710년 무과에 급제하고 1728년 이인좌(李麟佐)의 난 때 공을 세웠다. 1742년 회령 부사 등을 지냈다.
* 주탕비(酒湯婢) | 관청에서 허드렛일을 하는 여자 종.
* 부윤(府尹) | 조선시대의 종2품으로 지방 관청의 우두머리.
* 경저(京邸) | 각 지방 관아에서 서울에 둔 출장소이다. 서울로 출장 온 지방 벼슬아치들의 편의를 돕거나 업무를 대행해 주고 연락 사무를 맡기도 하였다.
* 조보(朝報)의 정목(政目) | 조보는 조선시대에 조정의 결정 사항이나 상소문, 관리의 임면 등을 알리는 관의 문서이고, 정목은 벼슬아치의 임명과 해임을 적은 기록이다.
* 선전관(宣傳官) | 선전관청(宣傳官廳)에 속한 무관 벼슬 또는 그 벼슬아치. 정3품부터 종9품까지 있다.
* 상처(喪妻) | 부인이 죽은 것을 말한다.

은애전銀愛傳 | 이덕무*

정조 경술년 6월, 임금께서 여러 옥사에 관련된 기록을 심리하여 김은애金銀愛와 신여척申汝倜을 살리라 명하고, 이어 전傳을 지어 규장각의 일력*에 실으라고 명하셨다.

은애는 성이 김金이고 강진현 탑동리* 양인良人의 딸이다. 그 마을에 사는 노파 안씨安氏는 예전에 기생이었다. 안씨는 성질이 험악하고 황당하며, 수다스러운데다가 온몸에 옴이 나서 가려운 곳을 마음대로 긁지 못하면 신경질을 부리며 함부로 말했다.

안씨는 예전에 은애의 어머니에게 쌀 · 콩 · 소금 · 메주 등을 얻어가곤 하였다. 언젠가 은애의 어머니가 이러한 것을 주지 않자 노파는 화를 내고 해치려는 생각을 품었다.

같은 마을에 사는 동자 최정련崔正連은 노파의 고종손이다. 열네댓 살로 어리고 예쁘장하게 생겼다. 노파가 혼인을 미끼로 그를 유혹하며 말했다.

"네 생각에 은애 같은 여자면 어떠니?"

정련이 웃으며 대답했다.

"저와 같은 고운 은애라면 좋지요."

"네가 은애와 연애했다고 소문만 내면, 내가 일을 성사시켜 주지."

"예!"

"내가 옴을 앓고 있는데 의원 말이 약값이 무척 비싸다고 하니, 만일 계획이 성공하면 네가 약값을 치러 주어야 해."

정련은 그리하겠다고 대답했다.

하루는 노파의 남편이 집으로 들어오자, 노파가 이렇게 말했다.

"은애가 정련을 좋아하여 나더러 중매를 서 달라고 하지 않겠소. 아, 글쎄 내가 우리 집에서 만나게 해주었더니, 그만 정련의 할머니에게 발각되어 담을 기어 넘어 도망하였지 뭐예요."

이 말을 들은 남편은 노파를 꾸짖었다.

"정련은 천한 집안 소생이고 은애는 양인 처녀니, 제발 그런 말 좀 입 밖에 꺼내지 마오."

하지만 온 성안에 노파가 퍼뜨린 거짓 소문이 퍼져 은애가 시집갈 수 없을 지경이 되었다.

마을 사람 중에 김양준金養俊만이 은애가 결백하다는 사실을 잘 알고 아내

신윤복, 표모봉욕(빨래하던 여인이 욕을 보다) 젊은 아낙이 빨래를 하다 말고 오른쪽을 바라보고 있고, 젊은 상좌는 탕건까지 내팽개치고 젊은 아낙에게 다가가려 하고, 옆에서 늙은 할미가 붙잡고 있는 모습이다. 조선 후기 남녀간의 자연스러운 만남은 흔한 일이 아니었다. 당시 여성이 남성에게 욕을 당하면 목숨을 버리는 경우가 허다하였다. 간송미술관 소장

로 삼았다. 하지만 거짓 소문은 더욱 심해져 차마 들을 수 없을 정도로 부풀어졌다. 기유년己酉年 윤 5월 25일에 안씨 노파가 큰소리로 마구 떠들어 댔다.

"은애와 중매를 서 주면 약값을 치러 주겠다고 정련과 약속했는데, 은애가 갑자기 저버리고 다른 사람에게 시집을 가 버리는 바람에 약속대로 약값을 치르지 않아 내 병이 그때부터 악화되었구나. 아이고! 저 은애는 나의 원수로다!"

이 말을 들은 마을 사람들은 서로 돌아보며 깜짝 놀라 눈만 끔뻑이고 손사래를 치며 말을 하지 못했다.

은애는 본래 강하고 독한 성격이었으므로 2년 동안 노파의 거짓된 무고와 모욕을 묵묵히 받아 왔다. 그러나 일이 이 지경에 이르자, 더는 원한이 맺혀 실로 견딜 수 없었다. 그래서 안씨 노파를 찔러 죽여 억울한 원한을 한 번 갚고자 했지만, 그럴 상황이 아니었다.

이튿날 은애는 다른 식구 없이 혼자 자는 노파를 엿보고서, 초저녁 무렵 부엌칼을 들고 소매와 치맛자락을 걷어붙이고 잽싸게 안씨 노파가 자고 있는 방으로 들어갔다. 희미한 등잔불 아래 노파가 혼자 자려고 몸을 반쯤 드러낸 채 치마만 걸치고 있었다. 은애가 칼을 비껴들고 앞으로 다가서서 눈썹을 치켜세우고 노파의 죄를 물었다.

"어제의 무고와 모욕은 평소보다 훨씬 심했소. 이제야 내가 분을 풀려고 하니, 이 칼 맛을 좀 봐야겠소."

하지만 노파 생각에 연약한 약골이 뭐하겠는가 싶었다.

"그래 찌를 테면 한번 찔러 봐라."

이때 은애가 냅다 소리를 질렀다.

"여러 말이 필요 없구나."

몸을 비끼며 잽싸게 목구멍 왼쪽을 찔렀으나 노파가 죽지 않고 살아서 칼

쥔 팔을 잡았다. 그러자 은애가 이를 홱 뿌리치며 또 목구멍 오른쪽을 찔렀다. 노파가 오른쪽으로 쓰러지자, 은애는 옆에서 걸터앉은 채로 노파의 어깨와 위를 찌르고 또 어깨 · 겨드랑이 · 팔 · 목 · 젖을 찔렀다. 모두 왼쪽 부위였다. 끝으로 오른쪽 척추에 있는 등을 찔렀는데, 두세 번을 찌르고 소리를 지르며 또 찔렀다.

은애는 한 번 찌르면서 한 번씩 욕하였는데 모두 열여덟 번을 찔렀다. 그러고는 칼에 묻은 핏자국을 씻을 겨를도 없이 마루에 내려와 문을 나서 급히 정련의 집으로 가서 남은 분을 풀려 하였다. 하지만 길이 먼데다 이 상황을 안 어머니가 울면서 말려 그냥 집으로 돌아왔다. 은애는 그때 열여덟 살이었다.

이정*이 달려가 관아에 사건을 고하니, 현감 박재순朴載淳이 위엄 있는 모습으로, 노파의 시신을 놓고 칼에 찔린 부위를 검사하면서 은애에게 캐물었다.

"무엇 때문에 노파를 찔렀느냐? 또 노파는 건장하고 너는 연약하다. 지금 상처 부위가 너무 참혹하여 혼자서 한 소행이 아닌 것 같다. 숨김없이 사실대로 고하거라."

당시에 형을 집행하는 관원官員들이 흉악한 얼굴로 늘어서 있는데다, 형장刑杖이 주위에 가득하여 관련된 사람들은 겁에 질려 벌벌 떨고 있었다. 은애는 목에 칼을 쓰고 손에 수갑을 찼으며, 다리가 묶여 꼼짝할 수도 없었다. 은애는 몸이 연약해 축 늘어져 거의 버틸 수조차 없었으나, 두려워하는 기색도 없이 꿋꿋하게 대답했다.

"아! 사또께서는 백성의 부모이시니 저의 말을 좀 들어 보십시오. 처녀가 무고와 모욕을 당하면 몸을 더럽히지 않아도 더럽혀진 것과 같습니다. 기생 출신인 노파가 감히 처녀를 억울하게 무고하고 모욕하니, 고금古今 천하에 어찌 이런 일이 있을 수 있단 말입니까? 제가 이를 참을 수 없어 노파를 찔렀습니다. 저 비록 어리석지만 살인하면 죽는다고 들었습니다. 어제 노파를

新註無冤錄序
上古聖人治天下豈欲加刑於民哉刑之蓋不得已而用

『**신주무원록(新註無冤錄)**』 1438년 최치운 등이 원나라 왕여가 편찬한 『무원록(無冤錄)』에 주석과 해설을 더하고 음과 뜻을 붙여 편찬한 의서. 첫 구절에서 "옛날 성인이 천하를 다스릴 적에 어찌 백성에게 형벌을 가하고자 하였겠는가? 대개는 부득이 형벌을 사용하였다." 하여 형벌을 신중하게 사용하라고 강조하였다. 서울대학교 규장각 소장

죽였으니 오늘 제가 죽을 것은 저 자신도 잘 알고 있습니다.

그러나 제가 노파를 찔러 죽였지만 사람을 억울하게 무고하고 모욕한 죄에 대해 관가에서 아무런 조치가 없으니, 지금이라도 당장 정련을 잡아 죽여 주소서. 사또께서는 다시 생각해 보십시오. 제가 지금껏 혼자서 무고와 모욕을 받았는데, 어떤 사람이 저를 도와서 살인을 행했겠습니까?"

현감이 한참 동안 크게 탄식하고는, 노파를 찌르던 당시 입었던 의복을 가져다가 검사해 보니, 모두 붉게 물들어서 모시 적삼과 치마의 빛깔을 구별할 수 없을 정도였다. 현감은 한편으론 놀라고, 한편으론 대단하게 여겨 용서해 주고 싶어도 법을 어길 수 없어 죄를 논하는 고소장을 어물어물 꾸며 관찰사에게 올렸다.

관찰사 윤행원尹行元도 추관*에게 단단히 주의를 주어 함께 모의한 자가 누구인가 캐묻게 하고, 처형 시기를 늦추어 아홉 차례나 신문하였으나 진술하는 말이 한결같았다. 어린 정련은 노파의 잘못된 꾐에 빠졌기 때문에 죄를 묻지 않았다.

경술년庚戌年 여름에, 나라에 큰 경사가 있어 사형수를 기록하여 올릴 적에 관찰사 윤시동尹蓍東이 이 옥사獄事를 올렸는데, 옥사를 심판한 말이 매우 완곡했다. 정조가 불쌍히 여겨 살리고자 하였으나, 중요한 사안인지라 형조에 명하여 대신들과 함께 의논하게 하였다. 정승 채제공蔡濟恭이 논의를 올렸다.

"은애가 원통한 심정에서 원한을 풀었지만 살인죄를 범하였으니, 신은 감히 용서하는 논의를 올릴 수는 없습니다."

그러자 정조는 이렇게 비답*을 내렸다.

"처녀가 음란하다는 모함은 천하의 지극히 원통한 일이다. 은애 같은 여자는 한 번 죽는 것쯤이야 쉽게 여기지만, 죽으면 진실을 아는 사람이 없겠기에 칼을 쥐고 원수를 죽여 마을에 자신은 잘못이 없고, 그 노파는 죽어 마땅하다는 사실을 분명히 알게 한 것이도다. 은애가 만약 열국*의 세상에 태어났더라면 그 행적은 다르더라도 섭영*과 이름을 견주었을 것이니, 당연히 역사를 기록하는 자가 전傳을 지어야 할 것이다.

옛날 황해도 지방에 사는 처녀가 살인을 한 사건은 이 옥사와 같았는데, 감사가 사면을 청하자 선왕께서 칭찬하시고 명을 내려 사면시켜 주셨다. 그 처녀가 감옥에서 나오자, 천금을 가지고 온 중매가 구름처럼 모여들었고, 그 처녀는 마침내 사대부의 아내가 되어 지금까지 아름다운 이야기로 전해진다.

그러나 은애는 원통함을 꾹 참고 있다가 시집간 뒤에야 원한을 갚았으니, 더욱 행하기 어려운 일이다. 은애를 용서하지 않으면 어떻게 세상의 가르침을 바로 세우겠는가? 특별히 사형을 면하게 하노라."

* 이덕무(李德懋) | 1741~1793년. 본관은 전주(全州), 호는 아정(雅亭) · 청장관(青莊館). 박학다식한 실학자였지만, 서자(庶子)라 크게 쓰이지 못했다. 1799년에 규장각 검서관이 되어 박제가, 유득공, 이서구 등과 사검서(四檢書)로 이름을 날렸다. 글씨와 그림에도 뛰어났으며, 저서로 『청장관전서(青莊館全書)』가 있다.
* 일력(日曆) | 사관이 그날그날의 일을 기록한 책이다.
* 강진현(康津縣) 탑동리(塔洞里) | 지금의 전라남도 강진군을 이른다.
* 이정(里正) | 조선시대 지방 행정 조직의 최말단인 리(里)의 책임자를 말한다. 보통 낮은 신분의 사람들이 임명되기도 하여 이정(里丁)이라고도 하였다.
* 추관(推官) | 중대한 일을 범한 죄인을 신문하던 벼슬아치를 말한다.
* 비답(批答) | 임금이 상소문의 끝에 적는 가부(可否)의 답.
* 열국(列國) | 여러 나라가 각축을 벌이는 것을 말하는데, 여기서는 중국의 춘추시대를 가리킨다.
* 섭영(攝榮) | 중국 한(韓)나라의 재상을 죽인 자객 섭정의 누나. 사마천의 『사기(史記)』「자객열전(刺客列傳)」에 '한나라에서 범인의 신원을 알 수 없어 상금을 걸고 시신을 저자거리에 놓고 찾았는데, 섭영은 죽음을 두려워하지 않고 가서 자신의 동생임을 밝히고 시신 옆에서 숨을 거두었다.' 는 구절이 나온다.

참된 삶을 찾아가다

음악가

김성기전金聖基傳 | 정래교*

거문고 연주자 김성기*는 처음에는 상방궁인*이었다. 성품이 음률을 좋아하여 작업장에서 궁인弓人의 일은 하지 않고 사람을 따라서 거문고를 배웠다.

김성기는 정교한 법을 터득하여 마침내 활 만드는 일을 버리고 거문고에 오로지 종사했다. 악공樂工으로 솜씨가 좋은 자는 모두 그의 밑에서 나왔다. 그는 퉁소와 비파를 두루 연주하였는데, 그 솜씨가 매우 오묘한 경지에 이르렀다. 스스로 새로운 소리를 만들었으며, 일부 사람들은 김성기 악보를 배워 명성을 날린 경우도 많았다.

그러자 서울에서는 김성기가 만든 새로운 악보가 널리 유행하였다. 손님이 많은 잔치 집에서는 아무리 예인藝人을 많이 불러 놀더라도, 김성기를 초청하지 않으면 모두 뭔가 부족하다고 생각했다.

그러나 김성기는 집이 가난하고 이리저리 돌아다녀 처자식은 굶주림에 시달리거나 추위를 면하지 못했다. 그는 만년에 서호*가에서 세를 얻어

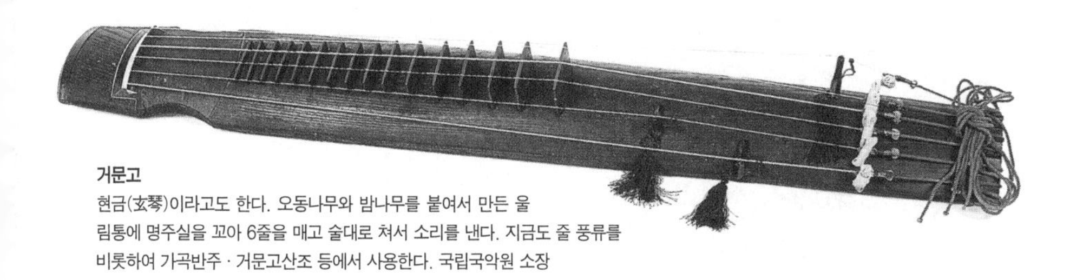

거문고
현금(玄琴)이라고도 한다. 오동나무와 밤나무를 붙여서 만든 울림통에 명주실을 꼬아 6줄을 매고 술대로 쳐서 소리를 낸다. 지금도 줄 풍류를 비롯하여 가곡반주 · 거문고산조 등에서 사용한다. 국립국악원 소장

살았다. 그리고 조그만 배를 사서 도롱이를 입고 삿갓을 쓰고는 낚싯대 하나 들고 서호를 왕래하며 고기를 잡아 살면서 스스로 호를 조은釣隱이라 하였다.

김성기는 매번 바람이 고요하고 달빛이 밝은 밤이면, 노를 저어 강의 중류로 나아가 퉁소를 꺼내어 서너 곡을 연주하였다. 그러면 애원하고 청량한 소리가 하늘까지 닿았으며, 강가에서 듣는 이들도 대부분 배회하며 떠나지 못했다.

대궐의 노비였던 목호룡*이란 자가 역모 사건을 고발해서 큰 옥사를 일으켰다. 목호룡은 여러 사대부를 죽인 공으로 군君에 봉해져, 그 기세로 많은 사람을 괴롭혔다. 전에 그 무리가 크게 모여 술을 마신 적이 있었다. 그들은 말안장을 갖추고 예禮를 다해 김성기에게 연주를 부탁했으나, 김성기는 병을 핑계로 가지 않았다.

심부름하는 자가 여러 명 왔으나, 오히려 누워서 움직이지도 않았다. 목호룡이 심하게 화를 내며 협박하면서 말했다.

"만약 오지 않으면 내 장차 크게 욕을 보일 것이다."

김성기는 때마침 손님과 함께 비파를 뜯고 있다가 이 말을 듣고 성을 내며 심부름하러

비파 우리나라에 향비파와 당비파가 전한다. 향비파는 5현의 악기로 중국에서 들어 온 당비파와 약간 다르다. 당비파는 4현의 악기다. 국립국악원 소장

온 자 앞에다 비파를 던지고 꾸짖어 말했다.

"자네들 돌아가 목호룡에게 고하여라. 내 나이 칠십인데 무엇을 두려워 하겠느냐? 목호룡이 고발을 잘한다 하니 또 나를 나라에 고발하여 죽여 보라고 일러라."

그러자 목호룡이 기가 꺾여 모임을 끝냈다.

이로부터 김성기는 서울 도성에 발걸음을 끊고 들어가지 않았으며 남에게 나아가 연주하는 일도 드물었다. 그러나 마음에 맞는 사람이 방문하여 강가에 오면 곧 퉁소를 연주하며 기뻐하였지만, 몇 곡만 연주하다 그치고 지나치게 많이 하지는 않았다.

내 어릴 때부터 김성기의 이름을 익숙하게 들었다. 일찍이 나는 친구의 집에서 김성기를 만난 적이 있는데 수염과 머리가 희며 어깨가 높고 뼈대는 각이 진데다 입에서는 숨을 헐떡거리고 기침 소리가 끊이질 않았다.

내가 김성기에게 부탁하여 억지로 비파를 뜯게 하였더니 김성기는 영산靈山 변치음*을 연주하였다. 함께 자리에 있던 손님들이 그 소리를 듣고 슬퍼 눈물을 흘리지 않은 이가 없었다.

비록 김성기는 늙어 죽을 때가 되었는데도 손끝에서 나온 그의 연주 솜씨로 사람을 감동시켜 눈물까지 흘리게 하였으니, 한창 때의 연주 솜씨가 어찌했던가를 짐작할 수 있다.

김성기는 사람됨이 정결하고 말수가 적었으며 술을 좋아하지 않았다. 가난하게 강가에 살면서 몸을 마치고자 하였으니, 이 어찌 마음속의 지킴이 없다면 그렇게 할 수 있겠는가?

하물며 목호룡을 꾸짖는 늠름한 기상을 보면 그를 쉽게 범하지 못할 것이다. 아! 이 또한 뇌해청*의 무리일 것이다. 세상의 사대부들이 나아가고 물러나는 경우, 지조나 절개도 없이 옳지 못한 이에게 자신의 자취를 더럽힌 자들이 김금사를 보면 부끄러움을 알 것이다.

* 정래교(鄭來僑) | 1681~1757년. 본관은 하동(河東), 호는 완암(浣巖). 경성의 여항인(閭巷人, 중인)이다. 승문원 제술관을 지냈다. 문장이 뛰어났으며, 한시를 잘 지어 시인으로 이름을 날렸다. 저서로는 『완암집(浣巖集)』이 있다.
* 김성기 | 조선 숙종과 영조 때의 가인(歌人)으로 거문고·퉁소·비파를 잘 다루었다.
* 상방궁인(上方弓人) | 대궐에서 활 만드는 일에 종사하던 장인.
* 서호(西湖) | 지금의 서강(西江) 즉 마포와 양화 사이를 일컫는다.
* 목호룡(睦虎龍) | 1684~1724년. 본관은 사천. 처음 노론(老論)에 속했다가 1722년 소론(少論)에 가담하여 김일경(金一鏡)의 사주로 노론의 대신(大臣)을 포함한 역모 사건을 고발해 공신에 올랐다. 영조가 즉위하자 이 사건이 무고임이 밝혀져 죽임을 당했다.
* 변치음(變徵音) | 음악의 칠음(七音) 가운데 하나로 가락이 슬프고 장엄하다.
* 뇌해청(雷海清) | 중국 당나라시대의 음악가. 그가 악기를 던지자 반란을 일으킨 안녹산이 그 기세를 잃었다고 한다.

민득량전閔得亮傳 | 이덕주*

민득량은 호서湖西 지방 가림군嘉林郡 사람이다. 젊어서 가야금을 좋아해 가야금 연주자에게 배우기를 청하니, 가야금 연주자가 말했다.

"애초에 나는 가야금 연주를 잘해 장가를 들지 않으려고 하였으나, 당신은 장가를 들고 나서 배우는 것이 좋겠다."

그러자 민득량은

"선생님만이 오직 제 짝이십니다."

고 하였다. 오로지 그렇게 말하니 가야금 연주자가 민득량을 좋게 여기고, 가야금 타는 모든 기법을 민득량에게 전해 주었다. 민득량도 스스로 기뻐하며 그 일을 매우 부지런히 하였고, 왕왕 이웃 마을 사람들에게 가야금을 연주해 주면 사람들이 연주를 잘한다고 칭찬했다.

얼마 뒤 민득량은 가야금 연주를 잘하는 사람으로 모든 군郡과 읍邑에 알려졌다. 또 용모가 좋고 음주飮酒를 즐겨하였다. 그러자 그 소문을 들은 사람들은 대부분 민득량이 행동을 가볍게 하고 주색잡기와 소리하는 기생을 좋아한다고 말했다.

민득량은 이미 나이가 찬 뒤에도 혼인할 사람이 없었다. 사람들에게 혼인을 하고자 하면 그들은 반드시 기뻐하지 않으며 말했다.

"바로 그 사람은 가야금 연주를 잘하는 민씨 집안의 자식이 아닌가? 누가 자기 딸을 저 박명薄命한 사람에게 기꺼이 주려고 하겠는가?"

이런 까닭으로 민득량은 끝내 장가가지 못하다가, 천민의 자식으로 남의 집에서 일을 하는 여자에게 장가들었다. 민득량은 형제가 없는데다 부인도 자식이 없었다. 민득량이 그것을 걱정스러워하다가 다시 아이를 잘 낳아 기르는 여자를 구하였다. 그러나 민득량이 매우 가난하여 함께 살 수 있는 사람이 없었다. 마침 한 여자가 있었는데, 이웃 사람에게 의지해 지내며 오래도록 지아비가 없는 사람이었다. 민득량이 그 여자와 정을 통하여 여자가 임신을 하게 되었지만, 남의 집 일을 하는 그의 아내는 여전히 자식이 없

신윤복, 청금상련 부분 후원 연못가에서 선비가 기생을 데리고 노는 광경을 그렸다. 기생이 타는 가야금을 감상하는 선비, 떨어져서 이들을 물끄러미 쳐다보는 선비의 모습이 사뭇 대조적이다. 간송미술관 소장

가야금 가얏고라고도 한다. 오동나무에 명주실을 꼬아 세로로 12줄을 매어 각 줄마다 기러기 발을 받쳐 놓고 손가락으로 뜯어서 소리를 낸다. 국립국악원 소장

었다. 민득량의 아내는 임신한 여자를 미워해 여자의 주인에게 하소연하자, 주인집에서 임신한 여자를 매질하여 내쫓아 버렸다. 이때 민득량이 찾아 나섰지만, 아내도 집을 나가 버려 간 곳을 알지 못했다.

민득량이 오래도록 장가들지 못하다가, 가야금 연주하는 직업을 버리고 장가들기를 바랐다. 이미 나이가 많이 든지라 장가들지 못하자 다시 옛날의 가야금을 가지고 연주하며 말했다.

"가야금 연주가 나에게 아내가 없도록 만들었구나. 저 가야금 연주가 나에게 아내가 없도록 만들었어. 이 세상에 누가 다시 가야금 연주하는 법을 전하리오? 이제 나는 늙고, 가야금을 연주할 수 없다면 무엇을 기대하겠는가. 내 차라리 가야금을 연주하고 그것을 즐기며 내 여생을 마칠 것이다."

민득량은 예술적 재능이 많았고, 포를 잘 쏘았으며, 칼로 자르고 톱질하며 갈고 깎는 일에도 솜씨가 뛰어났다. 그의 용모는 매우 기이하였지만 행동은 퍽 신중하였다. 그러나 득량은 행동이 가볍다고 소문이 났다.

지난날 내가 가야금을 배우려 하자 사람들은 혹 그것을 비난하여 말했다.
"음악을 배우는 사람은 모두 방탕한 것을 좇으니 배우는 것이 옳지 않다."
나는 이 말을 믿지 않았지만, 다시는 가야금을 배우지 않았다.
무릇 종鐘이란 화가 나서 그것을 치면 사나운 소리가 나고, 슬퍼서 그것을

치면 애잔한 소리가 나니, 사물이 가슴속에 있는 마음에 서로 비추고 호응하기 때문이다.

옛날 중국 고대의 순舜임금이 남훈전南薰殿이라는 궁궐에서 거문고를 연주한 것이 곧 성인의 음악이 되었고, 백아*가 그것을 연주하자 우뚝우뚝한 산의 모습과 도도한 물결을 상상할 수 있었다. 기녀는 음탕한 소리를 들려주어 귀를 즐겁게 하고 정情을 흐트러지게 한다.

가야금 연주하는 것은 하나같지만, 이처럼 고르지 못한 것은 마음으로 취하는 바가 다르기 때문이다. 그러므로 사물은 진실로 이치가 그러하지만, 정은 진실로 보는 데 어려움이 있다. 또한 겉모습은 다 같은 것이지만 마음은 진실로 밝혀 내는 데 어려움이 있는 것이다. 이 어찌 민득량의 경우에만 해당되는 것이겠으며, 어찌 나의 가야금에만 해당되는 것이겠는가?

* 이덕주(李德胄) | 1695~1751년. 본관은 전주(全州), 호는 하정(苄亭). 이수광(李晬光)의 5대 손이다. 남인 출신으로 서인이 집권하자 가림(嘉林)으로 낙향하여 독서로 곤궁한 생활을 하였다. 문장과 예제(禮制, 상례에 관한 제도)에 관심을 기울였다. 저서로는 『하정선생문집(苄亭先生文集)』이 있다.
* 백아(伯牙) | 중국 고대에 거문고 연주를 잘한 사람. 백아가 연주하면 종자기가 잘 감상하였으나, 종자기가 죽자 백아가 거문고 줄을 끊어 다시 연주를 하지 않았다는 '백아절현(伯牙絶絃)'의 고사가 전해진다.

유우춘전柳遇春傳 | 유득공*

서기공*은 악률에 밝고 객을 좋아하였다. 객이 오면 술상을 차리라 명하여 거문고를 연주하고 피리를 불어 술자리를 도왔다. 나는 그를 쫓아 노닐면서 즐겼다. 내가 해금을 들고 서기공에게 가서 손으로 해금을 뜯어 벌레와 새 울음소리를 내었더니 서기공이 듣고는 매우 놀라 말했다.

"좁쌀이나 한 그릇을 주어라. 이는 비렁뱅이 깡깡이 소리로다."

내가 말했다.

"어째서 그렇습니까?"

서기공이 말했다.

"자네가 음악을 알지 못하는 것이 심하구먼! 나라에는 두 가지 음악이 있으니, 하나는 아악雅樂이요, 또 하나는 속악俗樂이라네. 아악은 옛 음악이요, 속악은 후대의 음악이지. 사직社稷과 문묘文廟에서는 아악을 쓰고, 종묘宗廟에서는 속악을 섞어 쓰니, 이것이 이원법부*라 한다네. 군대에는 세악*이 있는데, 용맹을 돋우어 개선하는 것과 완만하고 미묘한 소리까지 갖추어지지 않은 것이 없으므로 연회에서 보통 이 음악을 사용하지. 이에 철鐵의 거문고, 안安의 피리, 동東의 장구, 복卜의 필률*이 있고*, 유우춘과 호궁기*는 나란히 해금으로 명성을 얻고 있다네. 자네가 만약 이를 좋아한다면 어찌하여 따라가 배우지 않고 이런 거렁뱅이 깡깡이 소리를 낸단 말인가? 지금 저 거렁뱅이들은 해금으로 남의 대문에 기대어 영감과 할멈, 어린아이, 가축, 온갖 짐승, 닭, 오리, 온갖 벌레의 소리를 낸 뒤, 곡식 따위를 받은 뒤에야 떠

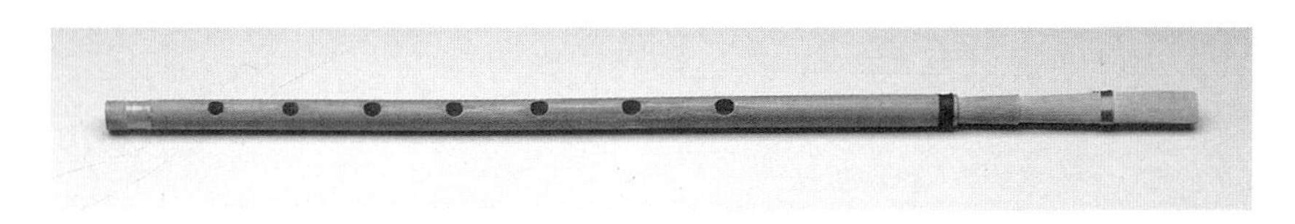

세피리 피리는 국악기 중 관(管)에 구멍을 뚫고 입으로 불어서 소리를 내는 악기로 향피리, 당피리, 세피리를 가리킨다.
국립국악원 소장

나가니, 그대의 해금이 곧 이러한 수준이 아니겠는가?"

내가 서기공의 말을 듣고는 심히 부끄러워 그 해금을 싸서 치워 버리고 여러 달 동안 풀지 않았다.

하루는 종인인 금대거사*가 나를 찾아왔는데, 거사는 옛 현감 유운경柳雲卿의 아들이다. 운경은 젊었을 때 기개가 호탕하여 말 타기와 활쏘기를 잘하였다. 그는 영조 무신년(1728년)에 호적湖賊을 토벌하여* 군공軍功을 드러냈는데, 이인좌의 여자 종을 가까이하여 아들 둘을 낳았다. 나는 조용히 거사에게 물었다.

"두 동생은 지금 어디에 있는지요?"

거사가 말했다.

"아! 모두 살아 있지요. 내 친구 중 변방의 고을에서 수령을 하고 있는 자가 있어요. 내가 발을 싸매고 이천 리를 달려가 오천 전을 얻어 이장군 집에 돌아가 두 동생을 빼내었어요. 큰 아우는 남대문 밖에 살며 망건을 팔고 있으며, 작은 아우는 용호영*에 적을 두었는데 해금을 잘 타서 지금 유우춘의 해금이라고 일컫는 자가 바로 이 아우랍니다."

내가 깜짝 놀라 비로소 서기공의 말을 기억하고, 명가의 후예가 군졸로 떨어진 것을 슬퍼하였다. 하지만 유우춘이 기예 하나로 능력을 발휘하여 세상에 이름이 나서 생계의 밑천이 된 것은 기뻐하였다.

드디어 거사를 따라 십자교* 서쪽에 유우춘의 집을 방문하니 초가집이 매우 깨끗하였다. 그곳에는 늙으신 어머님만 있었는데, 그녀는 울면서 옛일을 이야기하고는 종년을 불러 유우춘을 찾아 손님이 오신 것을 알리게 했다. 얼마 뒤 유우춘이 왔는데, 함께 말해 보니 그는 충성스럽고 근실한 무인武人이었다.

그 뒤 달 밝은 밤에 내가 구등*을 밝혀 독서를 하고 있는데, 검은 조갑*을 입은 네 명이 기침을 하면서 들어왔다. 그 중 한 명이 바로 유우춘이었다. 또한 큰 호리병에 술과 돼지다리 한 개, 남색 전대에 붉은 침시* 5, 60개를 싸서 세 사람이 나누어 가지고 왔다. 유우춘이 소매를 걷고 크게 웃으며 말했다.

"오늘 밤 장차 서생을 놀라게 해드리리라."

그는 한 사람에게 무릎을 꿇고 술을 따르게 했다. 유우춘은 반쯤 취하였을 때 돌아보며 말했다.

"잘들 해보자."

세 사람은 품속에서 피리 하나, 해금 하나, 필률 하나를 꺼내어 합주를 하고 장차 끝나려 할 때 유우춘이 해금 타는 자의 곁에 나아가 해금을 뺏으며 말했다.

"유우춘의 해금을 어찌 듣지 않을 수 있겠는가?"

그러고는 익숙한 솜씨로 천천히 연주하니 그 소리가 처절하고 강개慷慨하여 이루다 표현할 수 없었다. 잠시 뒤 그는 해금을 던져 버리고 크게 웃으며 떠나 버렸다.

얼마 뒤 금대거사가 돌아가기 위해 유우춘의 집에서 행장을 꾸리고 있었다. 유우춘이 술을 준비하고는 나를 불렀는데 자리에 큰 구리 항아리를 두었다. 그 이유를 물었더니 유우춘이 대답했다.

"술에 취해 토할 것을 대비한 것이지요."

술을 따르는데 술잔이 사발이었다. 다른 방에서는 소의 염통을 구워 술이

한 순배 돌면 구운 염통을 베어서 주지 않고 쟁반에 받쳐 젓가락 한 쌍을 놓아두고 종년을 시켜 무릎 꿇고 올리게 하였다. 그 법이 사군자士君子들이 모여 술 마실 때와 달랐다. 이때 내가 주머니 속의 해금을 가지고 가서 꺼내어 보여 주며 물었다.

"자네, 해금 잘한다고 들었네. 이 해금은 어떤가? 지난번에 내가 벌레와 새 우는 소리를 내었더니 사람들이 거렁뱅이 깡깡이 소리라고 하였네. 내 심히 그것을 병통으로 여기니, 어찌하면 거렁뱅이 깡깡이 소리를 안 할 수 있겠는가?"

유우춘이 손뼉을 치고 크게 웃으며 말했다.

"그대의 말씀은 참으로 현실과 동떨어졌군요. 모기의 앵앵하는 소리, 파리의 붕붕하는 소리, 공인들의 뚝딱뚝딱하는 소리, 선비들의 개굴개굴 글 읽는 소리 등 무릇 천하의 소리는 모두 먹을 것을 구하는 데 뜻이 있으니, 나의 해금과 거렁뱅이 깡깡이가 무엇이 다르겠습니까? 또한 내가 해금을 배운 것은 노모가 계시기 때문이니 신묘하지 않다면 어찌 노모를 봉양할 수 있겠습니까? 비록 신묘한 내 해금도 신묘하지 않은 거렁뱅이 해금의 신묘한 이치보다는 못하답니다. 무릇 나의 해금과 거렁뱅이의 해금은 사실 그 재질은 한 가지입니다. 해금이란 말총으로 활을 매고 송진을 발라 만든 것으로 현악기도 아니고 관악기도 아니며, 타는 것도 아니고 부는 것도 아니지요.

처음 내가 이 해금을 배워 3년 만에 성취하였고, 다섯

해금 깡깡이 혹은 깽깽이라 부른다. 말총으로 만든 활을 안 줄과 바깥 줄 사이에 넣고 문질러서 소리를 낸다. 삼현 육각을 비롯, 궁중음악, 민속악, 반주악에서도 피리 · 대금과 함께 빼놓을 수 없는 중요한 가락악기다. 국립국악원 소장

손가락에는 굳은살이 다 박혔답니다. 기예가 더욱 나아갈수록 급료는 많아지지 않고, 사람들은 더욱 내 음악을 알아보지 못했지요. 반면에 지금 저 거렁뱅이들은 낡은 해금 하나를 만진 지 수개월 만에 듣는 자가 겹겹이 둘러서고, 곡이 끝나면 따르는 자가 수십 명이랍니다. 그들이 하루벌이로 곡식 한 말과 돈을 가득 가지고 돌아오는 것은, 다른 데 있지 않습니다. 알아주는 자가 많기 때문이지요. 지금 유우춘의 해금은 온 나라가 알고 있으나, 그 명성을 듣고 알 뿐이요, 그 해금 소리를 듣고 아는 자들은 몇이나 되겠습니까?

종실의 대신들이 밤에 악공들을 부르면 각각 악기를 안고 종종걸음으로 당堂에 올라갑니다. 촛불이 밝은데, 모시는 자들이 말하죠.

'잘하면 상이 있을 것이다.'

그러면 몸을 굽실거리며 '예.' 라 말하고는 곧 현악이 관악을 맞추지 않고 관악이 현악을 맞추지 않았는데도 장단과 빠르기는 아득히 맞아 돌아갑니다. 미미하게 읊조리고 작게 씹는 소리도 문밖으로 나오지 않을 때 얼핏 보며 막연히 앉은 자리에 기대어 자려고 하다가 이윽고 하품을 하고 기지개를 켜며 말합니다.

'이제 그만두어라.' 고 말하면 '예.' 하고 내려옵니다.

돌아와 생각해 보면 스스로 연주한 것을 스스로 듣고 온 것뿐이랍니다. 귀족 집안의 공자들과 우쭐대는 명사들의 맑은 담론과 고상한 모임에도 저는 일찍이 해금을 안고 자리하지 않은 적이 없습니다. 혹은 문장을 비평하기도 하고 혹은 과명*을 비교하기도 하여 술이 취하고 등불에 불똥이 앉을 즈음 뜻이 높아지고 태도가 심각하여 붓이 떨어지고 종이가 날아다니다 홀연히 돌아보며 이렇게 말합니다.

'네가 해금의 시초를 아느냐?'

그러면 몸을 굽히고 대답하죠.

'알지 못합니다.'

'옛적에 혜강*이 만든 것이니라.'

다시 몸을 굽혀 대답하죠.

'아, 예. 그렇군요!'

또 누군가 웃으며 말하지요.

'해奚부족의 거문고니라. 혜강의 혜자嵇字는 아니니라.'

좌중이 분분해지니, 무엇이 나의 해금과 상관이 있는 말이겠습니까! 만약 봄바람이 호탕하고 복사꽃과 버들가지가 만발하여 모시는 별감들과 화류계의 젊은이들이 무계*에 나와 노닐 적에 기생과 의녀들이 높이 쪽을 지고 기름으로 머리를 바르고는 날씬한 말에 붉은 담요를 깔고 걸터앉아 끊임없이 옵니다. 연희와 노래가 행해지고 익살꾼들이 섞여 앉아 농지거리를 합니다.

처음에 '요취곡*'을 연주하다 바꿔 '영산회상*'을 연주합니다. 이에 손을 빨리 하여 신성新聲을 내어 엉켰다가 풀어지고 막혔다가 다시 통하게 합니다. 헝클어진 머리蓬頭亂髮에 찌그러진 갓과 찢어진 옷을 입은 무리가 고개를 흔들고 눈을 끔벅이며 부채로 땅을 치며 '좋구나! 좋아!' 라 말하며 이것을 호탕하게 부른다고 생각하지만, 오히려 그 미미한 것까지는 깨닫지 못합니다.

나의 동료 중 호궁기라는 사람이 있지요. 한가한 날 서로 만나 자루를 풀어 해금을 어루만지며 푸른 하늘을 응시하지만, 뜻은 손가락 끝에 두어 터럭만큼이라도 틀리면 크게 웃으며 일전一錢을 줍니다. 그러나 일찍이 서로가 돈을 많이 준 적이 없습니다. 그러므로 나의 해금을 알아주는 이는 호궁기뿐입니다만, 궁기가 나의 해금을 아는 것은 오히려 내가 나의 해금이 더욱 정묘함을 앎만 같지 못합니다.

지금 그대는 거렁뱅이처럼 공력이 적게 들면서도 사람들이 알아주는 것을 버리고, 나처럼 공력이 많이 드나 사람들이 알아주지 않는 것을 배우려고 하니 이상하지 않습니까?"

유우춘은 노모가 돌아가시자 자기의 업을 버리고 다시는 나에게 들르지 않았다. 아마도 그는 효자로서 악공들 사이에 숨은 은자일 것이다. 그가 '기예가 더욱 높아질수록 사람들은 알아주지 않는다.' 고 말한 것이, 어찌 유독 유우춘의 해금뿐이겠는가?

* 유득공(柳得恭) | 1748~1807년. 본관은 문화(文化), 호는 영재(泠齋). 서얼 출신의 실학자. 문학과 재능이 뛰어나 규장각 검서관으로 발탁되었다. 제천군수와 풍천군수를 지냈다. 박지원의 제자로 이덕무 박제가와 함께 이용후생파에 속하였다. 저서로는『영재집(泠齋集)』이 있다.
* 서기공(徐旂公) | 서상수(徐常修)라는 인물로, 당시 서울의 유명한 서화 골동품의 수장가이자 감상가였다.
* 이원법부(梨園法部) | 장악원(掌樂院)의 별칭. 당시 장악원에는 아악(雅樂)을 담당하는 좌방(左坊)과 속악(俗樂)을 담당하는 우방(右坊)이 있었다.
* 세악(細樂) | 취타(吹打)가 아닌 장구, 북, 피리, 저, 깡깡이 따위로 구성한 군악(軍樂)을 말한다.
* 필률(觱篥) | 가로로 부는 피리. 앞면에 7개와 뒷면에 1개의 구멍이 있다.
* 철(鐵)의~있고 | 철(鐵), 안(安), 동(東), 복(卜)은 용호영에 소속된 유명한 악사로 한 악기에서 각각 일가를 이룬 것 같으나 누구인지는 확실하지 않다.
* 호궁기(扈宮其) | 18세기에 활약했던 이름난 해금 연주자 중의 한 사람. 유우춘과 짝을 이루어 이름을 날렸다.
* 금대거사(琴臺居士) | 종인(宗人)이라고 한 것을 보면 왕실의 친척인 듯하며, 성이 '유(柳)' 이므로 왕의 외척 중 한 명인 듯한데, 구체적으로 누구인지 확실하지 않다.
* 영조~토벌하여 | 영조 무신년은 영조 4년으로 그 해에 이인좌(李麟佐)의 난(亂)이 있었다. 곧 여기서 '호적(湖賊)'은 이인좌의 난을 말한다.
* 용호영(龍虎營) | 궁궐을 지키며 왕이 거동 할 때 호위하는 일을 맡은 관청.
* 십자교(十字橋) | 현재 광화문 옆 동십자각 근처에 놓였던 다리.
* 구등(篝燈) | 등불을 배롱(焙籠)으로 덮은 것.
* 조갑(罩甲) | 외투의 일종. 옷의 양 깃이 서로 마주하여 가슴 앞부분에서 작은 끈을 매도록 되어 있으며, 말을 탈 때 주로 착용하는 군복을 말한다.
* 침시(沈柹) | 소금물에 담가 떫은맛을 없앤 감. 침감이라고도 한다.
* 과명(科名) | 과체로 이름난 것.
* 혜강(嵇康) | 진(晉)나라 때 유명한 시인으로 거문고 연주를 잘하였던 사람. 죽림칠현(竹林七賢) 중 한 사람이다.
* 무계(武溪) | 서울 세검정 부근의 계곡.
* 요취곡(鐃吹曲) | 군악 계통의 곡조.
* 영산회상(靈山會上) | 석가여래가 설법하던 영산회(靈山會)의 불보살(佛菩薩)을 노래한 곡조.

장천용전張天慵傳 | 정약용*

장천용은 황해도 사람이다. 그의 옛 이름이 천용天用이었던 것을 관찰사 이의준* 공이 순행을 하다가 곡산에서 그와 함께 놀고는 그의 이름을 고쳐 천용天慵이라 하였다. 그 뒤 그는 천용天慵으로 행세하였다.

내가 곡산*의 부사府使로 부임하던 그 이듬해에 연못을 파고 정자를 세웠다. 어느 날 달밤에 조용히 앉아 퉁소 소리라도 들었으면 하는 생각에 혼자 중얼거리며 탄식하는데, 어떤 사람이 앞으로 나와 말했다.

"이 고을에 장생이란 사람이 있는데, 퉁소도 잘 불고 거문고도 잘 뜯습니다. 다만 그는 관청에 들어오기를 좋아하지 않습죠. 하지만 지금 이졸吏卒을 급히 보내 그의 집으로 가서 그를 붙들어 오면 될 것입니다."

내가 말했다.

"그리하지 말게나. 그러한 사람이라면 참으로 고집이 있을 것일세. 붙잡아서 오게 할 수는 있어도 붙들어 온들 어찌 억지로 퉁소를 불게 할 수 있겠는가. 자네가 그 사람에게 가서 내 뜻을 잘 전하고 응해 주지 않더라도 강제로 데려오지는 말게나."

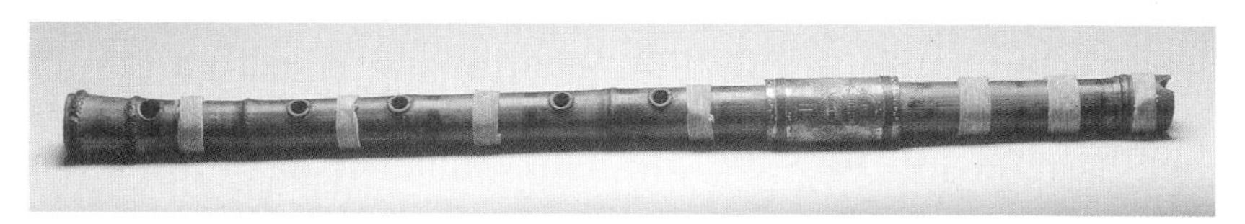

퉁소 굵고 오래 묵은 대나무로 만들며 입김을 불어 소리를 낸다. 앞에 구멍이 다섯 개, 뒤에 하나가 있다. 퉁소(洞簫)는 두 가지로 구분되는데, 정악용(正樂用) 퉁소와 민속악에 사용되는 속칭 퉁애로 불리는 퉁소다. 국립국악원 소장

얼마 뒤에 심부름꾼이 되돌아와서 전했다.

"장생이 문 앞에 당도했습니다."

이윽고 장생이 왔는데 망건도 벗었고 맨발인데다 옷은 입었지만 띠는 두르지도 않았다. 그는 한창 술에 취했으나 눈빛은 맑았다. 손에는 퉁소를 들고서도 불려고 하지 않고 그저 소주를 연신 찾았다. 내가 그와 함께 술 서너 잔을 마시니, 그는 더욱 취해 버려 깰 수 없을 정도였다. 나는 좌우에서 그를 부축하게 하고 바깥방에서 재우게 하였다.

이튿날 나는 다시 장생을 불렀다. 장생이 연못의 정자에 이르자 내가 다시 술 한 잔을 주니 그는 용모를 단정히 하고 말했다.

"퉁소 부는 것은 저의 장기가 아니라, 그림 그리는 일이 제 장기입죠."

내가 곧 비단을 가져오게 하자, 장생은 산수山水, 신선神仙, 이국의 승려, 괴이한 새, 오래된 등걸, 오래된 나무 등 수십 폭의 그림을 그렸다. 먹물이 어지럽게 칠해졌으나 덧칠한 흔적은 전혀 보이지 않았다. 그림은 모두 굳세고 기이하여 보통 사람들의 뜻과 생각을 훨씬 뛰어넘었다. 장생은 사물의 모습과 움직임을 묘사하는데 터럭 하나까지 섬세하고 오묘하게 그렸으며, 그리고자 하는 뜻을 잘 드러내어 사람들 모두 깜짝 놀라며 경탄해 마지않았다.

얼마 후 장천용은 붓을 던지고 다시 술을 찾더니, 몹시 취할 정도로 마시고는 부축을 받으며 돌아갔다. 나는 다음 날 또 그를 불렀는데 그는 벌써 어깨에 거문고 하나를 메고 허리에 퉁소 하나를 꽂은 채, 동쪽의 금강산으로 들어가 버렸다.

이듬해 봄 중국 북경에서 사신이 오게 되었다. 일찍이 장천용에게 은혜를 베풀려는 사람이 평산부*에 있는 관청의 수리를 맡게 되자, 그는 단청 칠을 장천용에게 맡겼다. 마침 장천용과 같이 일하는 사람이 상주*가 되었는데, 장천용은 그가 가지고 다니던 지팡이가 기이한 대나무에다 특이한 소리가 날 것을 알고, 그날 밤 그 대나무를 훔쳐 구멍을 뚫어 퉁소를 만들었다. 그리고 태백산 가장 높은 봉우리에 올라가서 밤이 끝날 때까지 불다가 돌아왔다. 그러자 장천용과 함께 일하던 사람이 화가 나서 장천용을 심하게 꾸짖으니, 장천용은 마침내 일을 하다 말고 떠나가 버렸다.

몇 달 뒤 나는 곡산부사를 그만두고 돌아왔다. 다시 몇 달이 지났는데, 장천용은 특별히 중국 가람산峀嵐山의 산수를 그려서 나에게 보내 주면서 금년에는 꼭 영동으로 이사해서 살 것이라는 말도 함께 전하였다.

장천용은 아내가 있었지만 얼굴이 몹시 못생겼고 일찍부터 중풍이 들었

김홍도, 선동취적도, 1779년 어린 신선이 피리 부는 모습. 옷 주름 선이 굵고 가늘게 너울거리는 것은 피리에서 울려나오는 자연스러운 소리와 썩 어울린다. 마치 장천용의 자화상을 보는 듯하다. 국립중앙박물관 소장

다. 길쌈이며 바느질에다 밥도 짓지 못하고, 아이도 낳지 못한데다 성격까지 어질지 못하였다. 그녀는 항상 누워 있으면서도 장천용에게 욕을 해댔지만, 장천용은 아내 보살피는 일을 조금도 게을리 하지 않았다. 이를 본 이웃 사람들은 모두 장천용을 특이하게 생각하였다.

* 정약용(丁若鏞) | 1762~1836년. 본관은 나주(羅州), 호는 다산(茶山)·여유당(與猶堂). 조선 후기 실학을 집대성한 학자다. 경기암행어사(京畿暗行御史)·좌부승지(左副承旨)·곡산부사(谷山府使)·형조참의(刑曹參議)를 지냈다. 1789년에는 한강에 배다리를 준공시키고, 1793년에는 화성(수원성)을 설계하였다. 1801년 천주교를 박해한 신유사옥에 연루되어 18년 동안 유배 생활을 하였다. 저서로는 『경세유표(經世遺表)』·『목민심서(牧民心書)』·『흠흠신서(欽欽新書)』 등 모두 500여 권에 이른다.
* 이의준(李義駿) | 1738~1798년. 조선 후기의 무신. 본관은 전주(全州). 1798년에 황해도 관찰사 재직중 병으로 죽었으며, 정조의 각별한 총애를 입었다.
* 곡산(谷山) | 황해도 북동부에 위치. 지금은 남북으로 나뉘어, 남쪽은 황해북도 곡산군, 북쪽은 신평군으로 되었다.
* 평산부(平山府) | 황해도에 있는 지명.
* 상주(喪主) | 장사를 주관하는 사람. 주로 장자가 부모님의 상에 상복을 입고 모든 일을 주관함을 말한다.

가자송실솔전歌者宋蟋蟀傳 | 이옥*

송실솔*은 서울의 가객歌客이다. 그는 노래를 잘 불렀는데, 특히 '실솔곡蟋蟀曲'을 잘 불러서 '실솔蟋蟀'이라는 호로 알려졌다.

실솔은 젊을 때부터 노래를 배웠다. 소리를 얻은 뒤에는 급한 폭포가 쏟아져서 웅장하고 시끄러운 곳에 가서 날마다 노래를 불렀다. 한 해 남짓 되자 노랫소리만 남고 폭포 쏟아지는 소리는 들리지 않았다.

또한 실솔은 북악산 꼭대기 높고 먼 곳에 올라 정신없이 노래를 불렀다. 처음에는 소리가 흩어져서 모아지지 않더니 한 해 남짓 되자 폭풍도 그의 소리를 흐트러뜨리지 못하였다.

이때부터 실솔이 방에서 노래하면 소리는 대들보를 울리고, 마루에서 노래하면 소리는 창문을 울리고, 배에서 노래하면 소리는 돛대를 울리고, 시냇가나 산속에서 노래하면 소리는 구름 사이에서 울렸다.

실솔의 노래는 징을 치듯 굳세고, 옥구슬처럼 맑고, 연기가 날리듯 연약하며, 구름이 가로로 걸린 듯 머무르고, 제철의 꾀꼬리처럼 자지러지며, 용이 울 듯 떨쳐 나왔다. 실솔의 소리는 거문고에도 알맞고, 생황에도 걸맞으며, 퉁소에도 알맞고, 쟁箏에도 알맞아, 그 오묘함은 극치에 이르지 않음이 없었다. 그제서야 옷깃을 여미고 갓을 바로 쓰고는 사람 많은 곳에 가서 노래를 부르노라면 듣는 이들은 모두 귀를 기울이고 허공을 쳐다보되, 노래를 부르는 그를 알지 못하였다.

당시 서평군 공자 표*는 부유하고 호탕한데다 기개가 있으며 천성이 음악

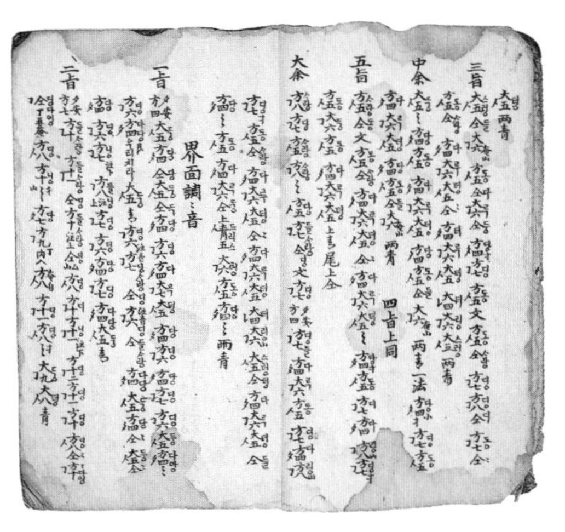

거문고의 옛날 악보인 『어은보(漁隱譜)』 중 계면조조음 한국국학진흥원 소장

을 좋아했는데, 실솔의 노래를 듣고 기뻐하여 날마다 함께 놀았다. 언제나 실솔이 노래하면 공자는 반드시 거문고로 반주를 하였다. 공자의 거문고 역시 당시 오묘한 솜씨를 보여 주었으므로 둘의 만남은 매우 즐거운 일이었다.

공자가 한번은 실솔에게 말했다.

"너는 내 거문고 반주가 쫓아가지 못하도록 노래를 부를 수 있느냐?"

그러자 실솔은 곧 만조曼調로 후정화* 가락에나 「취승곡」*을 불렀다. 그 노래는 이러했다.

장삼을 베어 내어 님의 속옷 짓고
염주를 끊어 내어 나귀 고삐 만들었네.
십 년 공부 나무아미타불
어디서 살꼬. 저리로 가 보세.

노래가 3장으로 막 바뀌는데, 별안간 '땅' 하고 중의 바라 소리를 내었다.

공자는 급히 술대를 빼서 거문고의 배를 두들겨 노래에 맞추었다. 실솔은 또 낙시조*로 바꿔 노래하며 「황계곡」*을 불렀다. 그 아래 장에 이르렀다.

벽상壁上에 그린 황계黃鷄 수탉이

긴 목을 늘어뜨리고 두 나래 탁탁 치며

꼬끼오 울 때까지 놀아 보세.

곧바로 꼬리 끄는 소리를 내고는 한 번 껄껄 웃었다. 공자는 바야흐로 궁성宮聲을 뜯는다 각성角聲을 울린다, 정신없이 하면서 여음餘音을 고르다가, 뚱땅뚱땅 미처 응하지 못하여 자기도 모르는 사이 손에서 술대가 떨어졌다. 이윽고 서평군 공자가 물었다.

"내 정말 따라가지 못했구나. 그런데 자네가 처음에는 바라 소리를 내더니 또 한 번 껄껄 웃은 것은 무슨 까닭인고?"

실솔이 답했다.

"중이 염불을 마치면 반드시 바라로 끝을 맺고, 닭 울음이 끝나면 꼭 웃는 것 같습죠. 그래서 그랬습죠."

공자와 여러 사람이 모두 크게 웃었다. 그의 익살도 이러하였던 것이다.

공자가 평소에 음악을 좋아했으므로 이세춘李世春, 조욱자趙煐子, 지봉서池鳳瑞, 박세첨朴世瞻과 같은 당대의 가객들이 모두 날마다 공자의 문하에서 놀며 실솔과 서로 사이좋게 지냈다. 이세춘이 모친상을 당했을 때 실솔은 그의 무리와 함께 가서 조문하였다. 문에 들어서면서 상주의 곡소리를 듣고 말했다.

"이건 계면조*야. 평우조*로 받아야 마땅하지."

영전에 나아가 곡哭을 하였는데, 곡이 노래처럼 되었다. 곡을 들은 사람들이 서로 전하며 웃었다.

공자는 집에 악기 다루는 사노私奴 십여 명을 길렀고, 거느리고 있는 여인들도 모두 가무를 잘하였다. 실솔은 악기를 다루며 환락을 맘껏 누린 지 20여 년에 세상을 마쳤다. 송실솔의 무리 역시 모두 몰락한 채 늙어 죽었다. 박세첨만이 그의 여자 매월梅月과 함께 지금까지 북악산 아래 살고 있다. 왕왕 술에 취하고 노래가 그치면 사람들에게 공자와 예전에 놀던 일을 말하면서, 흐느끼고 탄식함을 금치 못했다.

* 이옥(李鈺) | 1760~1812년. 본관은 전주(全州), 호는 문무자(文無子)·경금자(絅錦子). 성균관 유생으로 있으면서 소설 문체를 썼다는 이유로 벌을 받았다. 정조의 문체반정(文體反正)의 희생물이 되어 벼슬에 나아가지 못하고 불우한 삶을 살았다. 사실적이면서 개인의 정감을 중시하는 개성적인 시와 작품을 남겼다. 이옥의 친구 김려가 교정한 『담정총서(潭庭叢書)』에 수록한 11권의 산문, 시 창작론과 함께 한시 『이언(俚諺)』 65수를 남겼다.
* 송실솔(宋蟋蟀) | 송실솔에 대해 아직 밝혀진 바는 없다. 하지만 본 전에 나오는 다른 가객 이세춘(李世春)·지봉서(池鳳瑞)가 『해동가요(海東歌謠)』 「고금창가제씨(古今唱歌諸氏)」 조에 언급되어 있는데, 송실솔도 「고금창가제씨」 조에 등장했을 가능성이 있다. 「고금창가제씨」 조에 송씨 성을 가진 자는 송용서(宋龍瑞, 字 雲卿)뿐이다. 송실솔과 동일인일 가능성이 없지 않다.
* 서평군(西平君) 공자 표(檦) | 영조 대의 인물로 왕족이면서 음악에 매우 뛰어났다.
* 후정화(後庭花) | 원래 '후정화'는 '옥수후정화(玉樹後庭花)'로 중국 진(陳)나라의 후주(後主)가 지은 애잔한 가락의 악곡. 송실솔이 활동하던 당시에는 '후정화'라는 가곡창(歌曲唱)의 곡조가 있었던 듯하다.
* 「취승곡(醉僧曲)」 | 술 취한 중을 희화한 노래. 여러 가곡집에 그 가사가 남아 있다.
* 낙시조(樂時調) | 시조를 얹어 부르던 가곡창의 곡조. 원래 저음으로 구성된 '낮은 조'라는 의미였으나 영조·정조 시대에는 주로 사설시조를 얹어 부르는 것으로 변하였다.
* 「황계곡(黃鷄曲)」 | 쾌락적 유흥을 추구하는 노래. 여러 가집에 그 가사가 전한다.
* 계면조(界面調) | 국악에서 쓰는 선법(旋法) 이름. 계면조는 슬프고 처절한 느낌의 가락이다.
* 평우조(平羽調) | 국악에서 쓰는 선법(旋法) 이름. 평우조는 평조와 우조가 결합된 선법이다.

참된 삶을 찾아가다

화가

김화사명국金畵師鳴國 | 정래교

화가 김명국金鳴國은 인조 때 사람이다. 그의 가계家系는 어디에서 나왔는지 알 수 없고, 스스로 호를 연담蓮潭이라 하였다. 그의 그림은 옛것을 본뜨지 않고 자기 마음에서 얻었다. 김명국은 인물과 수석水石을 그리는 데 더욱 정교하였다. 엷은 먹물과 채색을 잘 이용하여, 그것으로 풍모와 정신, 씩씩한 기상과 격조를 이루도록 그렸다. 하지만 그는 세상에서 좋아하는 연지와 분칠로 화려하게 꾸미는 재주를 가지고, 사람의 눈을 즐겁게 하는 일은 절대로 하지 않았다.

김명국은 사람됨이 소탈하고 매이는 데가 없이 우스갯소리를 잘하였으며, 술을 좋아하여 능히 한 번에 두어 말을 마셨다. 그는 반드시 술에 한껏 취한 뒤에야 붓을 들어 그림을 그렸는데, 붓 놀리는 솜씨가 분방할수록 그리고자 하는 뜻은 더욱 조화되었다.

김명국, 달마도, 17세기 거칠지만 힘찬 필치를 보여 준다. 날카로운 붓과 몽땅 붓을 사용하여 달마의 강렬한 인상을 포착하였다. 국립중앙박물관 소장

그의 그림은 술에 취했을 때, 원기가 넘치고 신비한 운치가

김명국, 선상간안도, 17세기 일본에 소장된 김명국의 산수화로, 호방한 필치를 그대로 보여 준다.

살아 움직이는 듯하였다. 그래서 대개 김명국의 득의작得意作은 술 취한 뒤 그린 것이 많다고 한다.

김명국의 집에 가서 그림을 구하는 사람은 반드시 큰 독에 술을 담아 가져가야 하고, 사대부들이 집으로 초대할 때도 술을 많이 준비하였다. 그는 술을 실컷 먹은 뒤에라야 비로소 기꺼이 붓을 들었다. 때문에 세상에서는 그를 '술주정뱅이'라 불렀고, 그를 아는 이는 더욱 기이하게 여겼다.

일찍이 영남 지방의 한 중이 큰 폭의 비단을 가지고 와서 명국에게 저승의 그림을 그려 달라 부탁하며 고운 베 수십 필을 예물禮物로 주었다. 명국은 기쁘게 그것을 받아 집사람에게 내주며 말했다.

"이것으로 술값에 충당하여 내가 두어 달 동안 통쾌하게 마실 수 있게 해 주구려."

얼마 뒤에 중이 와서 보았는데 명국은,

"자네는 우선 물러가서 나의 뜻이 이를 때까지 기다리게."
라고 하였다. 이와 같이 서너 번을 하였다.

하루는 술을 몹시 마셔 취하자, 드디어 비단을 펼쳐 놓고 생각을 가다듬고 한참을 뚫어지게 바라보다가, 단번에 붓을 휩쓸어 그림을 끝마쳤다. 그 대궐의 위치와 귀신과 같은 모양은 색감이 삼삼하여 생기가 있었다. 그런데 거기에 머리털을 붙잡혀서 앞으로 끌려가는 자, 끌려가 형벌을 받는 자, 토막을 쳐서 불에 태워 죽는 자, 방아에 찧이고 맷돌에 갈리는 자들은 모두 중과 화상이었다. 중이 그림을 보고 깜짝 놀라 숨을 헐떡이며 말했다.

"아아 공께서는 어째서 우리의 대사大事를 그르쳐 놓았습니까."

그러자 명국은 두 발을 쭉 뻗고 웃으며 말했다.

"자네들이 일생 동안 저지른 악업은 세상을 유혹하고 백성을 속이는 일이었으니, 지옥에 들어갈 자가 자네들이 아니고 누구겠느냐?"

중이 얼굴을 찡그리며

"공이 어째서 우리의 대사를 그르쳐 놓았습니까. 원컨대 이것을 불태워 버리고 나의 베를 돌려주십시오".
하니 명국이 웃으며 말했다.

"너희가 이 그림을 옳게 완성하고자 한다면 술을 더 사오너라. 나 또한 너희를 위하여 고쳐 주겠다."

중이 술을 사 오자, 명국은 고개를 우뚝 들고 다시 웃더니 잔 가득 술을 마시고 술기운에 붓을 뽑아 들었다. 머리털을 깎았던 자에게는 머리털을 그려 주고, 수염이 없는 자에게는 수염을 그려 주고, 치의와 납의*를 입은 자는 색을

납의 못쓰게 된 낡은 헝겊을 이것저것 모아 바늘로 꿰매거나 누벼서 회색 물을 들여 입던 승려의 옷에서 유래한다. 납의라는 말이 와전되어 누비옷이라는 말이 나왔다.

곡운구곡도(谷雲九曲圖) 곡운(谷雲) 김수증(金壽增, 1624~1701년)이 조세걸한테 그리게 한 그림. 곡운구곡과 농수정(籠水亭)을 포함한 실경을 열 폭 비단에 그렸다. 구도는 다소 산만하나 실경의 특색을 잘 그려 울창한 송림 사이로 근경·중경·원경의 겹친 산이 나타나며, 그 사이로 집들이 보인다. 국립중앙박물관 소장

입혀 바꿔 놓았다. 잠깐 동안에 그림을 완성했다. 그림의 뜻은 더욱 새롭고 고친 흔적은 찾아볼 수 없었다. 명국은 그림을 마치자마자 붓을 던지고 다시 크게 껄껄 웃고 나서 잔 가득히 술을 마셨다. 중들이 둘러서서 보고는 감탄하고 기이하게 여기며 말했다.

"공은 진실로 천하의 신필神筆입니다."

그러고는 절하며 사의를 표하고 갔다. 지금도 그 그림이 남아 있어 절집의 보물이 되어 있다고 한다.

김명국이 죽은 뒤, 그의 제자들 중에 패강 조세걸*은 그의 화법畵法을 전수받아 수묵화와 인물화로 이름을 날렸다. 그러나 김명국의 신비한 운치와 알맹이는 얻지 못하였다.

내가 열다섯 살 때 어느 양반의 집에서 그의 제자라는 자를 만나 연담 김

명국의 행적을 대략 들었고, 또 마을 노인에게 저승을 그린 그림에 관한 자초지종도 들었다. 또 그가 남긴 그림을 보니 기이하고 탁월하여서 그 사람됨을 상상할 수 있다.

* 치의(緇衣)와 납의(衲衣) | 검은빛의 승복(僧服).
* 조세걸(曺世桀) | 1635~?년. 호는 패강(浿江), 본관은 창녕(昌寧)이다. 경치나 광경을 사실적이며 자세하게 그리는 데 뛰어났다. 대표작으로 『곡운구곡도(谷雲九曲圖)』가 있다.

최칠칠전崔七七傳 | 남공철*

세상 사람들은 최북崔北 칠칠七七의 가계와 본관이 어딘지 모른다. 최북은 이름 중 북北자를 두 글자로 나누어 칠칠*이라는 자字를 삼아 행세하였다. 그는 그림을 잘 그렸지만 스스로 눈을 찔러 한 쪽 눈을 잃었다. 그래서 화첩을 보고 그릴 적에는 한 쪽에 안경을 끼고 그렸다. 또 그는 술을 즐기며 떠돌아 다니기를 좋아하였다.

구룡연 이풍익 「동유첩」 중의 하나. 금강산에 있는 구룡폭포의 가을 경치를 사실대로 포착하였다. 공중의 한 부분에서 정지하여 구도를 잡은 부감법으로 그렸는데, 필치와 구도가 단원 김홍도의 것을 빼닮았다. 성균관대학교박물관 소장

어느 날 최북이 구룡연*에 들어가 매우 즐거워하며 술을 마시고 잔뜩 취해 울고 웃다가 이윽고 큰소리로 부르짖었다.

"천하의 명인名人 최북이 마땅히 천하의 명산에서 죽으리라."

그러고는 몸을 솟구쳐 못에 뛰어들려 하였으나, 곁에 구해 주는 사람이 있어 빠져 죽지 않았다. 최북은 부축을 받으며 산 아래로 내려오다가 평평한 바위에 이르자 숨을 헐떡거리며 눕더니 갑자기 일어나 길게 휘파람을 불었다. 그러자 메아리가 산속에 울려 퍼져 숲에 깃들어 있던 매들도 모두 날아가 버렸다.

최북 초상 마치 최북의 실제 모습을 보는 듯 강렬한 느낌을 준다. 개인 소장

최칠칠은 하루에 대여섯 되씩 술을 마셨는데, 술파는 아이들이 술병을 가지고 오면 칠칠은 매번 집안의 서책이나 종이, 비단을 몽땅 가져다주고 술을 샀다. 집안의 재산이 날로 줄어들고 가난해지자, 드디어 평양에서 동래로 나그네처럼 떠돌며 그림을 팔았다. 그러자 두 지역의 사람들이 비단을 들고 끊임없이 문을 드나들었다.

한번은 어떤 사람이 산수화를 그려 달라 부탁했더니 최칠칠은 산만 그리고 물은 그리지 않았다. 그림을 그려 달라고 한 이가 괴이하게 여기면서 화를 냈다. 그러자 최칠칠은 붓을 놓으며 일어나 말했다.

"아, 종이 밖이 모두 물 아니오!"

자신이 그린 그림이 자기 마음에 드는데도 돈을 적게 주면, 최칠칠은 갑자기 성내고 욕설을 해대며 그림을 남김없이 찢어 버렸다. 혹 그린 그림이 자기 마음에 들지 않는데 값을 지나치게 쳐주면 껄껄거리면서 오히려 그 사람에게 주먹질하며 문밖으로 떠밀고 나서 손가락질하고는 '저 녀석, 그림 값도 모르는구나!' 라고 웃었다. 이에 스스로 호號를 '호생자*'라 하였다.

최칠칠은 성품이 매우 오만하여 남을 따르지 않았다. 하루는 서평군*과 백금을 걸고 바둑을 두었다. 칠칠이 한창 이기려 하자 서평군이 한 수 물러 주기를 청하였다. 최칠칠이 갑자기 바둑돌을 흩어 버리며 두던 손을 거두고 말했다.

"바둑은 본래 즐기려고 하는 것인데, 무르기를 그치지 않는다면 한 해가 다 가도록 한 판도 둘 수가 없을 것이오."

그런 뒤 다시는 서평군과 바둑을 두지 않았다.

한번은 지체 높은 분의 집에 갔을 때, 문지기가 최칠칠의 이름을 부르기 곤란하여 들어가서는 최 직장*이 왔다 아뢰었다. 칠칠이 노하여

"어째서 정승이라 하지 않고 직장이라 하느냐?"

하니, 문지기가 말했다.

"언제 정승을 지내셨소?"

그러자 칠칠은

"그러면 내가 언제 직장을 지냈더냐? 차함*을 해서 기왕에 나를 높여 불러 주려 했으면 정승이라 하지 어째서 직장이라 하느냐?"

하고는 주인을 만나 보지도 않고 돌아가 버렸다.

최칠칠의 그림은 날로 세상에 알려져, 세상에서는 그를 '최산수崔山水' 라 칭하였다. 그러나 꽃과 풀, 동물, 기이한 돌, 말라죽은 나무를 더욱 잘 그렸

고, 미친 듯한 솜씨로 장난삼아 그린 것도 보통 화가들의 솜씨를 훨씬 뛰어 넘었다.

나는 이단전*을 통해 처음 최칠칠을 알게 되었다. 일찍이 최칠칠과 산방山房에서 만나 촛불을 태워 가며 담묵澹墨으로 대나무 몇 폭을 그리는데, 최칠칠이 나에게 말했다.

"나라에서 수군水軍 몇 만을 두어 장차 왜倭에 대비한다 하는데, 왜는 본디 수전水戰에 익숙하나 우리는 그렇지 못합니다. 왜가 싸움을 걸더라도 우리가 응하지 않는다면 저들 스스로 물에 빠져 죽을 것인데, 어째서 삼남*의 백성을 소란스럽게 만드는 것입니까?"

최북, 공산무인도, 18세기 『풍설야귀인(風雪夜歸人)』과 함께 그의 대표적 작품 중 하나이다. 그림 왼쪽 위에 "빈산에 사람 없지만, 물이 흐르고 꽃이 피네."라는 왕유의 시에서 따온 화제(畫題)를 적어 놓았다. 개인 소장

그러고는 다시 술을 마시며 이야기를 주고받는데 창 너머로 동이 터 왔다.

세상 사람들은 최칠칠을 주정뱅이나 화가로 생각하거나, 심한 사람은 미치광이라 일컫기도 한다. 그러나 위의 경우와 같이 그의 말에는 때로 묘한 깨달음이나 현실에 쓸 만한 생각도 있었다.

이단전에 따르면 최칠칠은 『서상기西廂記』, 『수호전水滸傳』 등의 여러 소설을 즐겨 읽었고, 시를 지은 것도 기이하고 예스러워 읊조릴 만하였는데도 감추고 내놓지 않았다고 한다. 최칠칠은 서울의 어느 여관에서 죽었는데, 그 나이가 몇이었는지 기억할 수 없다.*

* 남공철(南公轍) | 1760~1840년. 본관은 의령(宜寧). 호는 사영(思穎)·금릉(金陵). 아버지가 정조의 스승이었다. 대사성과 대제학, 이조판서를 지냈으며 14년 동안이나 정승을 역임할 정도로 정치적 역량이 뛰어났다. 『규장전운(奎章全韻)』을 편찬하는 데 참여했으며 문장에도 뛰어났다. 정조의 지극한 우대를 받았다. 저서로는 『고려명신전(高麗名臣傳)』과 『금릉집(金陵集)』이 있다.
* 칠칠(七七) | 두 글자를 합치면 북(北)자와 비슷하다.
* 구룡연(九龍淵) | 금강산(金剛山)에 있는 구룡폭포(九龍瀑布)를 말한다.
* 호생자(毫生子) | 붓으로 먹고 사는 사람을 뜻한다.
* 서평군(西平君) | 조선 후기의 종친. 선조의 왕자인 인성군의 증손. 화춘군의 아들. 종친이면서도 서민적인 성격이었으며, 학문이 깊고 당시 예인들의 후원자가 되었다. 영조에게 신임을 받았다.
* 직장(直長) | 조선시대 종7품의 벼슬. 의정부를 비롯하여 30여 개의 중앙 부서에 두었다.
* 차함(借啣) | 실제로 근무하지는 않고 직함(職銜)만 지니고 있음을 이른다.
* 이단전(李亶田) | ?~1790년. 본관은 연안(延安)이다. 그의 아버지는 병조의 아전이었고, 어머니는 계집종이었는데 어머니를 따르는 법에 따라 천인이 되었다. 신분은 비천하였지만, 시를 잘 지었다.
* 삼남(三南) | 충청도, 전라도, 경상도를 말한다.
* 최북이 태어나고 죽은 해는 정확하지 않다. 하지만 이가환(李家煥)은 태어난 해가 1712년이라 하였고 조희룡(趙熙龍)은『호산외기(壺山外記)』에서 마흔아홉에 죽은 것으로 보았다.

단원기檀園記 | 강세황*

김홍도, 기와이기 기와를 잇는 현장을 매우 역동적으로 포착하였다. 밑에서 던진 기와를 맨손으로 받고, 흙반죽 덩이를 달아 올리는 모습, 먹줄을 늘어뜨린 대목(大木)이 외눈으로 기둥의 쏠림을 점검하는 모습, 목수가 대패질하는 모습 등은 그야말로 실감나는 장면이다. 국립중앙박물관 소장

찰방* 김홍도金弘道는 자字가 사능士能이다. 어릴 때부터 내 집에 드나들었다. 그 눈썹이 맑고 뼈대가 빼어나 음식을 지어 먹는 세속 사람의 분위기가 없었다. 일찍이 뛰어난 솜씨로 이름을 날려 도화서圖畫署의 화가로 유명한 진·박·변·장 씨* 등도 모두 그의 아래에 있었다. 대체로 김홍도는 누각, 산수, 인물, 화훼, 벌레, 물고기, 짐승, 새 등을 그렸는데 그 모습이 매우 똑같았다. 그는 종종 하늘의 조화마저 빼앗을 정도의 솜씨를 보였으니, 조선조 400년 동안 예전에 일찍이 보지 못한 뛰어난 성취를 이루었다 해도 괜찮을 것이다.

김홍도는 풍속의 모습을 옮겨 그리는 것을 더욱 잘하였다. 이를테면 사람이 살아가면서 수천 가지로 나타나는 것과, 길거리, 나루터, 가게, 시장, 시험장, 연희장 등 한 번 그리면 사람들이 모두 손뼉을 치며 기이하다고 외치

니 이것이 바로 세상에서 말하는 김사능 풍속화다. 진실로 신령스런 마음과 지혜로운 식견으로 홀로 천고의 오묘함을 깨달은 자가 아니라면 어찌 이렇게 그릴 수 있겠는가?

영조 말년에 왕의 초상화를 그리라는 어명에 따라, 당시 초상화를 잘 그리는 자를 뽑으니 김홍도가 적임자로 선발되었다. 왕의 초상화를 그리는 임무를 끝내자 그 공이 알려졌다. 임금께서 김홍도의 노고를 위로하여 장공* 이라는 벼슬을 내리셨다. 이때 나도 김홍도와 함께 관직 생활을 하였다.

지난날 어린아이처럼 보이던 사람이 지금은 나와 나란히 벼슬을 하고 있지만, 나는 낮추어 부르거나 원망 살 일을 감히 하지 않았다. 김홍도도 예절을 갖추어 고개를 숙이며 더욱 공손히 하면서, 여러 번 함께 있는 것을 영광스럽게 생각하였다. 나 역시 김홍도가 자만하지 않는 점에 감복하였다.

임금께서 즉위 5년에 자신의 성대한 사업을 추억하고 기념하여 어진御眞을 그리려 하였다. 반드시 뛰어난 화가를 불러 그리려는데, 모든 벼슬아치가 한목소리로 김홍도가 있으니 다른 사람을 구할 필요가 없다고 하였다.

김홍도는 어명을 받고 대궐에 올라 마침 감목* 한종유*와 함께 삼가 복종하여 임금님의 초상을 그렸다. 얼마 후 그 공으로 경상도의 우마관郵馬官이 되었다.* 조정의 예능인으로 기록된 사람으로서 처음 있는 일이었으며, 벼슬하지 않은 김홍도의 처지로 큰 영광이었다.

김홍도는 임기가 끝나고, 도화서에 근무했는데 때때로 규장각에 들어가 맑고 공손한 모습으로 그림을 그렸다. 이는 밖에 있는 사람이 이 같은 사정을 알기란 쉽지 않았다. 임금께서 이처럼 미천한 화가조차 버리지 않으시자, 김홍도는 반드시 한밤에도 자신을 알아준 임금의 은혜에 감격하여 울면서 어찌 보답해야 할지 몰랐다.

규장각도 정조는 왕위에 오르면서 문화를 진흥시키기 위해 규장각을 설치하고 김홍도에게 규장각을 그리게 하였다. 중앙의 2층 건물 중 1층이 규장각이고 2층은 주합루이다. 창덕궁 뒷산 응봉이 뒤로 보인다. 국립중앙박물관 소장

김홍도는 음률에도 널리 통하여 거문고, 젓대*를 비롯하여 시, 문장에도 오묘한 솜씨를 보여 주었으며 풍류 또한 호탕하였다. 매번 슬픈 노래에 칼을 두드리면서 가끔 강개하며 혹 몇 줄기 눈물을 흘리기도 하였지만, 김홍도의 마음은 다만 아는 자만이 알 것이다.

그가 거처를 정했을 때, 앉은 자리는 깨끗하며 단정하고 섬돌과 담장은 그윽하며 고요하였다는 말을 들었다. 이는 세속에 있으면서도 세상에서 벗어나고자 한 뜻이 있었던 것이다.

세상에 못나고 옹졸한 사람들이 겉으로 비록 사능의 어깨를 치며 "자네" 하면서 낮추어 보지만, 그들이 김홍도가 어떠한 인물인지 어찌 알 수 있으랴? 김홍도는 항상 이유방의 사람됨을 흠모하여 자신의 호를 단원檀園이라 하고 나에게 기문記文을 부탁하였다. 김홍도는 본래 원하는 것이 없는지라 내가 기문을 지을 수 없어, 마침내 김홍도 소전小傳을 지어 벽 위에 이와 같이 적어 두었다.

* 강세황(姜世晃) | 1713~1791년. 본관은 진주, 호는 표암(豹菴). 호조참판과 병조참판을 지냈다. 그림과 글씨에 뛰어났으며, 김홍도와 같은 화가에게 많은 영향을 주었다. 저서로 『표암유고(豹菴遺稿)』가 있다.
* 찰방(察訪) | 종6품의 외관직.
* 진(秦)·박(朴)·변(卞)·장(張) 씨 | 숙종과 영조대의 대표적인 화가를 가리키는데, 진재해(秦再奚, 1691~1769년)·진재기(秦再起)형제, 진응복(秦應福, 진재해의 아들), 박동보(朴東普), 변상벽(卞相璧)·변광복(卞光復) 부자, 장득만(張得萬, 1684~1764년)·장경주(張敬周, 1710~?년) 부자를 말한다. 혹은 진재해, 박동보, 변상벽, 장득만을 이르기도 한다.
* 장공(掌供) | 궁중에서 식품을 공급하는 관직.
* 감목(監牧) | 감목관(監牧官)으로 지방의 목장(牧場)에 관한 일을 맡아보는 종6품 관직이다. 부사(府使)나 첨사(僉使)가 겸직하였으며, 30개월을 임기로 하였다.
* 한종유(韓宗裕) | 1737~?년. 조선 후기의 화가로 화가 집안의 후예다. 도화서 화원으로 감목관(監牧官)을 지냈다. 초상화 그리는 솜씨가 뛰어났다.
* 경상도의~되었다. | 1784년 정월부터 1786년 5월까지 안동의 안기찰방(安奇察訪)을 지낸 것을 말한다.
* 젓대 | 국악의 대표적인 관악기. 대금이라고도 한다.

임희지전林熙之傳 | 조희룡*

임희지는 스스로 호를 수월도인水月道人이라 하였다. 중국어中國語 역관譯官으로 사람됨이 강개慷慨하고 기개와 절개가 있었다. 둥근 얼굴에 뾰족한 구레나룻, 키는 팔 척으로 모습이 특출하여 도인道人이나 신선神仙과 같았다.

그는 술을 좋아하여 혹 밥 먹는 것조차 하지 않고 며칠씩 술에서 깨어나지 않았다. 임희지는 대나무와 난초를 잘 그렸는데, 대나무 그림은 강세황과 이름을 나란히 하였으나, 난초는 강세황보다 더 뛰어났다.

그는 그림을 그리면 문득 수월水月이라는 두 글자를 반드시 이어서 썼다. 그림에 글을 쓰면 부록* 같아 알아보기 어려웠고, 글자의 획이 기이하고 예스러워 인간의 글씨 같지 않았다. 또한 그는 생황을 잘 불어 그에게 배우려는 사람들이 많았다. 그의 집은 가난하여 특별한 보물이라고는 없었지만 거문고·칼·거울·벼루를 보관하고 있었다. 그 물건 중에 옛 옥玉으로 된 필가*의 가격은 칠천 전錢이나 되었는데, 집값의 두 배였다.

임희지는 첩 한 명을 데리고 살면서 다음과 같이 말했다.

"내 집에 꽃을 기를 만한 정원이 없는데, 이 첩이 좋은 꽃 한 송이에 해당하는 셈이구나."

그의 집은 단지 몇 개의 서까래로 지었으며 빈 땅이라고는 반 이랑도 안 되었지만 반드시 사방 몇 자尺 되는 못

한국의 전통 관악기 생황
국립국악원 소장

임희지, 묵란도, 1774년 묵란은 부드러우면서도 힘 있는 필치, 담백하면서도 변화 있는 먹의 농담으로 높은 격조를 보여 준다. 서울대학교박물관 소장

을 팠는데, 샘을 얻지 못하여 쌀뜨물을 모아 부어 물이 뿌옇게 되어 탁했다.

그는 번번이 못가에서 휘파람을 불고 노래하며 말했다.

"내 수월水月의 뜻을 저버리지 않으리니, 어찌 달이 물을 가려서 비추리."

다른 책은 보관하지 않고 오직 『진서晉書』 한 권이 있었다.

임희지가 일찍이 배를 타고 교동*을 향해 가는데 바다 가운데 이르러 거센 비바람 때문에 거의 건너갈 수 없게 되었다. 배에 탔던 사람들은 모두 정신없이 엎드려 부처님, 보살님을 부르며 울부짖었다. 그러나 임희지는 갑자기 크게 웃으며 일어나 검은 구름 거센 파도 속에서 춤을 추었다. 바람이 멎자 사람들이 까닭을 물었다. 임희지가 말했다.

"죽는 것은 늘 있는 도리지요. 그러나 바다 가운데서 비바람 치는 기이한 장관은 좀처럼 만나기 어려운 법, 어찌 춤추지 않을 수 있겠소?"

임희지가 한번은 이웃집 아이에게 거위 털을 얻어 엮어서 옷을 만들었다. 그리고 달 밝은 밤에 두 개의 상투를 틀고 맨발에 거위 털옷을 입고 생황을 비껴 불면서 십자로十字路를 다니니, 순라군이 보고 귀신이라 생각하고 모두 달아났다. 그의 엉뚱한 행동이 이와 같았다.

그는 일찍이 나를 위하여 돌 하나를 그려 주었는데 붓을 몇 번 움직이지 않고도, 돌에 주름이 잡히고 틈이 생겼으며 영롱玲瓏한 정취가 갖추어졌으니, 참으로 기이한 솜씨였다.

호산거사*는 말한다.

"이들은 모두 태평시대에 있을 만한 사람이다. 도도한 세상에서 이와 같은 사람을 다시 볼 수 있을지 의문이다. 임희지가 바다 위에서 일어나 춤을 춘 것은 기백이 있는 사람이 아니면 할 수 없을 것이다."

* 조희룡(趙熙龍) | 1789~1866년. 본관은 평양(平壤), 호는 우봉(又峰)·호산(壺山). 중인이며 추사(秋史) 김정희(金正喜)의 문인으로 시·글씨·그림에 두루 능하였다. 김정희의 측근이라는 이유로 전라도 임자도(荏子島)에 유배되었다. 글씨는 추사체(秋史體)를 본받았고, 그림은 난초와 매화를 주로 그렸다. 저서로 『석우망년록(石友忘年錄)』과 『호산외사(壺山外史)』를 남겼다.
* 부록(符籙) | 뒷날에 나타날 일을 미리 알아서 비밀로 적어 놓은 글.
* 필가(筆架) | 붓을 걸어 두는 기구.
* 교동(喬桐) | 경기도 강화도 서쪽에 있는 섬.
* 호산거사(壺山居士) | 이 글의 지은이 조희룡을 말한다.

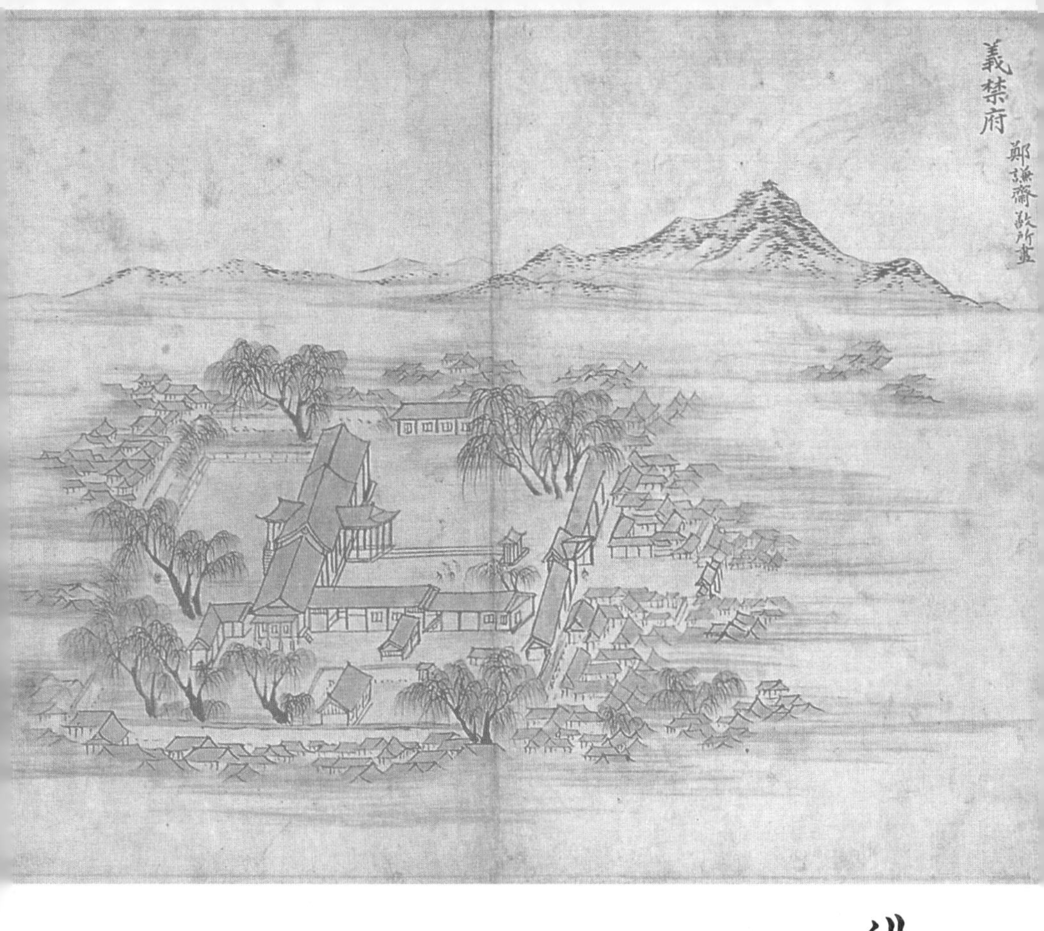

세속의 삶을 거부하다

안용복전安龍福傳 | 원중거*

안용복安龍福은 동래부* 어부의 아들이다. 그는 자라서 전선戰船 타는 법을 익혀 능로군*이 되었다. 안용복의 성품은 사나우나 영리하여 한문과 일본어를 이해하였다. 그는 어업을 부지런히 하여 입고 먹는 것을 풍족하게 마련하였다.

숙종 계유년癸酉年(1693년) 여름, 안용복이 세 사람을 따라 거룻배를 저어 바다에서 고기를 낚다가 폭풍을 만나 표류하여 울릉도에 이르렀다. 당시 대마도對馬島(쓰시마)의 왜구가 울릉도를 가리켜 죽도竹島(다케시마)라 하여 '일본 산음도*의 백기주*에 속한다.' 고 우기고 백기주 태수를 꾀어 사람들이 번갈아 울릉도에 와서 물고기를 잡고 해산물을 캐 갔다. 그러던 중 왜구들

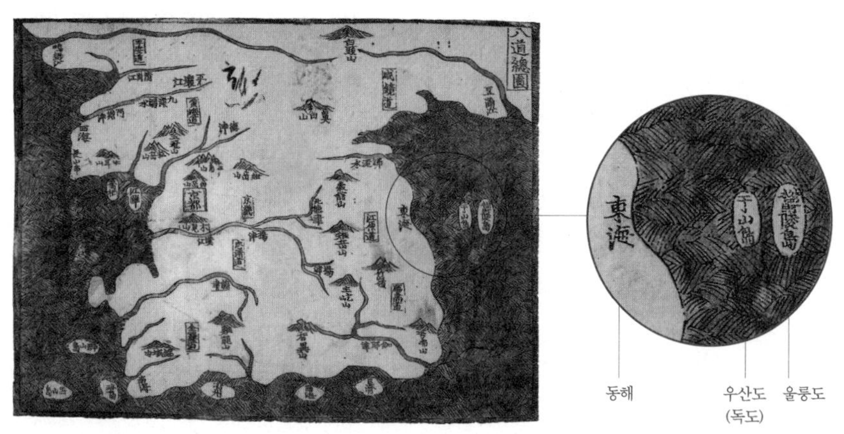

팔도총도(八道總道) 16세기에 제작된 지도. 한반도 동쪽의 바다를 '동해'로 표시하고, 우산도(독도)와 울릉도 두 섬이 행정구역상 강원도 울진현에 속한 조선의 영토임을 명확하게 밝히고 있다. 영남대학교박물관 소장

이 안용복을 보고 도리어 국경을 침범했다고 하여 묶어서 대마도 관청으로 잡아갔다.

안용복은 대마도 태수를 보고 소리를 높여 말했다.

"조선 사람이 스스로 조선 땅을 가는데 일본이 무슨 상관이기에 우리를 구속하여 여기까지 데려왔단 말이오?"

대마도 태수가 말했다.

"네가 말하는 울릉도는 바로 우리 백기주의 죽도다. 너희가 국경을 침범한 것이 아니고 무엇이더냐?"

안용복이 대답했다.

"우리나라가 울릉도를 소유한 것은 지도에 명백하게 나와 있소. 게다가 우리나라에서 울릉도까지는 하루 만에 도착하지만, 일본에서 울릉도까지는 닷새나 걸려야 도착하니, 옛 문헌을 인용할 필요도 없이 거리로 따져 보면 비록 어린아이라도 말 한마디로 분변할 수 있을 것이오."

태수가 굴복시키지 못하자, 드디어 안용복을 풀어 주고 백기주로 보냈다.

안용복이 백기주 태수를 대면하자 울릉도에 관한 일을 지적하고 반복해서 상세하게 말하고, 대마도 사람들이 속이고 모함한 정황을 설명하였다. 그러자 백기주 태수가 흔쾌히 그 말을 듣고 안용복에게 은과 폐물을 선물로 주었다. 안용복은 받지 않으면서 말했다.

"내가 은을 받지 않는 것은 단지 일본이 울릉도에 관한 일을 다시 거론하지 않기를 바라기 때문이오."

백기주 태수가 안용복을 의롭게 여겨 급히 관백*에게 보고하였다. 관백이 동래부에 서계*를 갖추어 전하는 한편, 안용복을 예우하고 보내 줄 것을 지시하였다.* 안용복의 행차가 비전주*에 이르자 비전주 태수가 서계를 보여 달라고 요구한 뒤, 서계를 보자 그 자리에서 빼앗아 돌려주지 않았다.

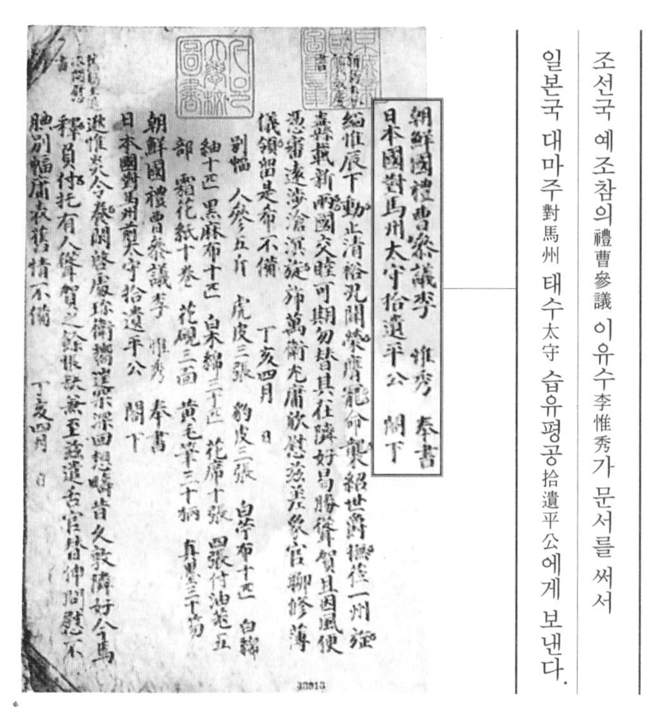
朝鮮國禮曹參議李 惟秀 奉書
日本國對馬州太守拾遺平公 閣下

丁亥四月 日

朝鮮國禮曹參議李 惟秀 奉書
日本國對馬州前太守拾遺平公 閣下

丁亥四月 日

서계 일본과 왕래한 공식외교문서 「조선통신총록」의 한 부분.

그리고 여러 곳에다 안용복을 옮긴 뒤 나중에 대마도로 보냈다.

이 무렵, 대마도의 왜구가 연일 동래의 왜관*에 가서 울릉도가 죽도라고 억지를 부렸다. 왜구들은 일이 이루어지면 마땅히 울릉도에서 생산되는 해산물과 대나무의 이익을 독차지할 수 있고, 일이 이루어지지 않더라도 오히려 동래부의 제사에 제공되는 물품을 속여 팔아 취할 수 있다고 생각하였기 때문이었다.

하지만 관백과 일본 본토 사람들은 실제로 그러한 사실을 알지 못했다. 더욱이 왜구들은 안용복이 돌아가면 저절로 그 사실과 정황의 의혹이 드러날 줄 알고, 90일 동안 안용복을 대마도에 구금하였다. 그리고 차왜*를 더 많이 보내어 장황하게 동래부를 조르고 위협하였다. 동래부도 그 날로 치계*를 보내어 상황을 보고하니, 나라에서는 진실로 일본과 틈이 생길까 근심하였다.

안용복은 대마도에 잡혀 있다가 뇌물을 써서 자신의 집에 소식을 전하니, 동래부에서 왜관의 차왜에게 말하여 마침내 풀려나 집으로 돌아오게 되었다.

안용복은 돌아와 동래부사에게 그 실상을 모두 말하고 다음과 같이 제안하였다.

"백기주 태수의 편지는 비록 비전주에서 빼앗겼지만 저 나라의 사람들은 이미 대마도 왜구의 실상을 대략 알고 있습니다. 만약 조정에서 서계를 갖추어 대마도 태수를 엄하게 문책하시고, 그들의 차왜가 바치는 일공*을 끊어버리며, 울릉도에 조사관을 뽑아 보내 그곳을 수색하여 다스리고, 물고기를 잡거나 산물을 채집하는 대마도 사람을 잡아 대마도에 보낸다면, 울릉도와 관련한 분쟁은 저절로 사그라질 것입니다."

하지만 동래부사가 안용복의 말을 믿지 않았고, 정부에 보고서도 올리지 않았다.

이듬해 접위관*이 왔을 때 안용복이 스스로 접위관에게도 호소를 하였으나 조정에서는 그의 말을 믿지 않았다. 차왜가 마음대로 협박하는 것이 더욱 심해져 조만간에 큰 소동을 일으킬 분위기였다.

안용복은 대마도의 왜구가 우리 조정을 우롱하는 것이 통탄스럽고 자신의 뜻이 이루어지지 않는 것이 분해 드디어 간단한 행장을 꾸려 울산으로 달려갔다. 마침 바닷가에서 장사하는 승려 뇌헌雷憲 등 열세 사람이 배를 가지고 해안 옆에 있었는데 안용복이 그들을 꾀어 말했다.

"울릉도에는 해산물이 풍부하고 진주조개와 보물도 많다오. 전에 한 번 갔다가 천금의 이득을 거머쥐었소. 댁들도 가고 싶다면 내 길을 안내하리다."

뇌헌 등이 따르니 안용복이 나침반을 잡고 방향을 잡았다. 깊은 바다 한 가운데 도착하자 사방이 끝없는 수평선이었다. 이윽고 안용복이 배에 탄 사람들에게 약속하며 말했다.

"이곳에 왜인이 반드시 나타날 것이오. 배에 탄 사람들 중 내 말을 듣는 자는 살아서 장차 이익을 볼 것이고, 내 말을 듣지 않는 자는 반드시 죽을 것이오."

뇌헌 등이 안용복을 매우 두려워하며 "예, 예." 하였다. 드디어 행장 중에서 깨끗한 옷을 꺼내어 스스로 군대 장교의 모습을 한 뒤 뱃사람들과 약속하여 턱으로 지시하면 기운 있게 달려가 오직 명령에 "예, 예." 복종하도록 다짐을 받았다.

울릉도에 이르니 왜인의 배 역시 동쪽에서 왔다. 안용복이 방향을 헤아려 보고 그들이 백기주 사람들인 것을 알고 배에 있는 사람들에게 눈짓하여 왜인을 포박하게 하였다. 배에 있던 사람들이 당황하고 겁먹어 손을 쓰지 못하자 안용복이 뱃머리에 서서 말했다.

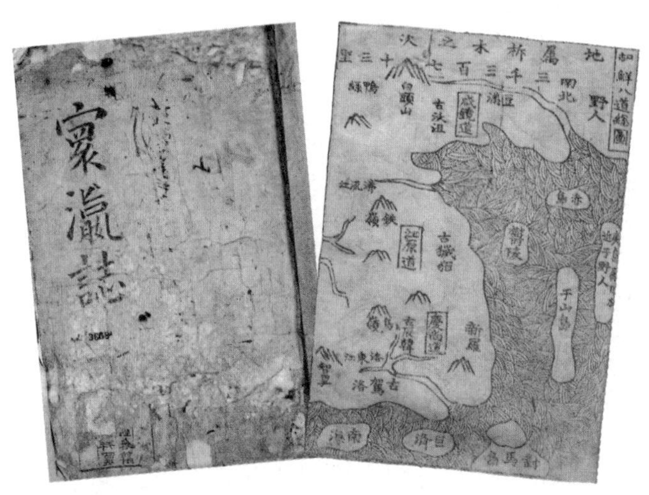

『환영지(寰瀛誌)』와 조선팔도총도(朝鮮八道總道) 조선 후기 실학자 위백규가 편찬한 『환영지』에 첨부된 지도. 울릉도 옆에 우산도(독도)가 표시되어 있다. 한국학중앙연구원 장서각 소장

"무슨 까닭으로 우리 국경을 침범하였느냐?"

왜인이 말했다.

"본래 송도松島를 향해 가는 길이었소. 당연히 떠날 것이오."

이윽고 왜인들은 돛을 올리고 동쪽으로 갔다.

안용복도 배를 띄워 왜인을 뒤쫓아 가서 송도에 배를 대고는, 다시 화난 목소리로 크게 꾸짖었다.

"여기는 우산도芋山島다. 네놈들은 우리나라에 우산도가 있단 말을 듣지 못했느냐?"

안용복은 몽둥이를 들어 그들의 작고 큰 가마솥을 부수며 잡아 묶는 척하였더니, 왜인이 크게 놀라 다시 돛을 올리고 동쪽으로 가 버렸다.

안용복이 돛을 올리고 하루 낮과 밤 동안 쫓아가 백기주에 이르렀다. 스스로 울릉도의 세금을 감독하는 관리라 칭하면서 태수와 만나게 해달라고 하였다. 백기주 태수가 안용복을 맞아 당에 올라오게 하여 손님의 예로 접대하였다.

전립(戰笠) 무인이 군장(軍裝)을 할 때 쓰던 갓. 털로 만들었다고 하여 전립, 모립(毛笠)이라고 부른다.

안용복은 털로 만든 전립이 모두 단정하고 전복이 몸에 맞아 위풍당당하니, 백기주의 태수와 좌우의 여러 사람이 모두 작년에 대마도에서 잡혀 온 안용복인 줄 몰랐으며, 안용복도 스스로 사실을 말하지 않았다.

이윽고 점잖게 백기주 태수에게 말했다.

"나는 대장의 명령을 받들어 세입稅入을 감독하는데, 울릉도에서 당신네 백기주 사람들이 우리 국경을 침범하는 것을 내 눈으로 직접 보았소. 마땅히 잡아다 대장에게 올려 나라 법

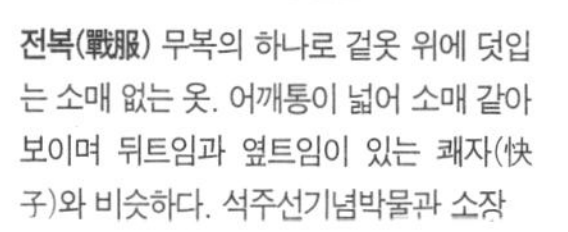
전복(戰服) 무복의 하나로 겉옷 위에 덧입는 소매 없는 옷. 어깨통이 넓어 소매 같아 보이며 뒤트임과 옆트임이 있는 쾌자(快子)와 비슷하다. 석주선기념박물관 소장

에 따라 형벌을 주어야 합니다. 그런데 국경에서 귀국의 백기주 사람들이 먼저 스스로 도망가기에 뒤를 따라 여기까지 오게 되었소. 법대로 죄인을 포박해 주시고, 내가 본국에 돌아가 보고할 수 있도록 도와줄 것을 부탁하오."

태수가 말했다.

"우리 주의 사람들이 국경을 침범한 죄는 실로 죽어 마땅하나 우선 용서를 청합니다. 우리가 직접 형벌을 주어 두 나라의 번잡한 공무를 더는 것은 어떠한지요."

안용복이 몇 차례 곤란한 체하다가 나중에 가서야 허락하였다. 그리고 말을 이었다.

"대마도 사람들의 실제 사정을 귀국이 어찌 모두 알겠소? 우리나라에서 공식적으로 무역하는 목화는 매 필 기준 서른일곱 척으로 양쪽 끝에 푸른 실로 두르는데, 대마도 사람들은 푸른 실을 잘라 내고 스무 척을 한 필이라고 합니다. 또 쌀은 열다섯 되를 한 곡斛으로 치는데, 대마도 사람들은 여섯 되를 한 곡으로 칩니다. 종이는 한 속束 세 절折을 세 속이라고 속입니다. 그런데다 오히려 숫자까지 줄여 에도의 막부*에 보고할 뿐, 나머지는 농간을 부려 다 기록하지도 않습니다. 지금 또 겉으로 울릉도와 관계된 일을 핑계 대어 일공日供을 비싸게 팔아먹으며 몇 해 동안 동래의 왜관에서 떼를 쓰고 못살게 굽니다. 우리나라는 이런 이유로 더욱 귀국의 대마도 정책이 없는 줄 알고 있습니다. 관백께서는 과연 알고 계시는지요?"

태수가 말했다.

"관백께서야 어찌 알 수 있겠습니까? 내가 마침 막부에 참여하려고 에도에 들어가니 마땅히 관백께 상세히 실상을 아뢰겠습니다."

안용복이 말했다.

"참으로 그럴 예정이시라면, 저는 장차 여기에 머물면서 기다릴 터이니 바라건대 저를 위해 편지 한 통을 에도에 전달해 주시면 다행이겠습니다."

태수가 그것을 허락하자 안용복은 편지에다 대마도 사람들이 울릉도를 빼앗으려는 일을 자세하게 적었다. 게다가 대마도 사람들이 왜관에 머물면서 벌이는 작태와 공무역公貿易에서 속여 이득을 남기는 수법 등과 같은 사실도 모두 적었다. 그런 뒤 편지를 밀봉하고 이를 에도에 전해 줄 것을 부탁하였다.

백기주 태수가 편지를 가지고 에도에 가니, 마침 대마도 태수의 아버지가 머물고 있었다. 대마도 태수의 아버지는 안용복의 편지를 보고 매우 두려워하여 백기주 태수에게 간청하여 말했다.

"이 편지가 상부에 한 번 전달되면 제 아들놈은 살아남지 못하오. 나를 봐서라도 편지를 전달하지 않게 해주십시오."

백기주 태수가 그의 처지를 불쌍하게 여겨 마침내 관백에게 고하지 않았다. 백기주 태수가 돌아와 안용복에게 그 사실을 말하고 설명하였다.

"사실 나는 대마도 태수가 형벌 받는 것을 차마 볼 수가 없었소. 그대는 속히 대마도로 돌아가 보시오. 지금부터 대마도는 반드시 자신의 잘못을 징계하고 두려워할 것입니다. 그대가 담당한 임무가 울릉도와 관련된 것이니, 만약 대마도 사람들이 다시 분쟁을 일으킨다면 우리 백기주도 잘못이 있는 것입니다. 혹시라도 다시 분쟁이 발생한다면 그대는 여기까지 올 필요는 없습니다. 사람을 보내 저에게 편지를 전해 준다면, 제가 그 즉시 관백께 보고드리겠습니다."

마침내 백기주 태수는 안용복을 잘 대접하고 은과 폐물을 여비로 주었지만, 안용복은 모두 받지 않고 말했다.

"내 비록 울릉도에 관한 일로 여기까지 왔으나 사사로이 은과 폐물을 받는 것은 예의가 아닙니다. 지금부터 귀국의 사람들이 다시 울릉도에 온다면 저는 마땅히 적으로 죄를 물어 바로 베어 살려 보내지 않을 것입니다."

태수가 말했다.

"잘 알겠습니다."

안용복은 잠시 바람을 헤아려 나침반을 보고 바다에 배를 띄워 닷새 만에 양양襄陽에 도착하여 그간의 일을 관아에 보고하였다. 또 백기주의 태수가 미처 에도에 전달하지 못한 편지의 원본도 조정에 올렸다.

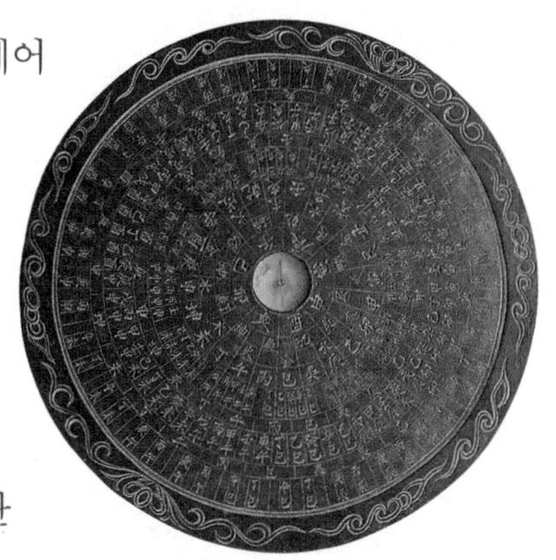

나침반 조선시대 나침반은 자기를 이용하여 방위와 위치를 측정하였다. 군사용으로 쓰기도 하였으나, 묏자리를 고르는 지관들이 가장 많이 사용하였다.

얼마 후 대마도 태수가 동래부에 편지를 부쳐 말했다.

"감히 다시는 대마도 사람들을 울릉도에 보내지 않겠습니다."

마침내 조정은 울릉도를 두고 일본과 국경을 다투는 근심을 풀게 되었다.

얼마 뒤, 대마도의 왜구가 안용복에게 약속한 약조約條 중에 '대마도에서 부산으로 가는 하나의 항로 외에는 모두 통행을 금한다.' 는 문장을 깊이 후회하였다.

그래서 대마도의 왜구가 동래부에 편지를 보내어 그것을 비난하니, 그러한 사실이 조정에 들어갔다. 조정의 의론이 모두 '그 약조는 마땅히 믿을 만하지만, 안용복의 행동은 외교 문제이므로 그의 목을 베지 않을 수 없다.' 고 하였다.

하지만 오직 영돈령부사* 윤지완尹趾完, 영중추부사* 남구만南九萬, 훈련대장* 신여철申汝哲 등은 '안용복을 죽이는 일은 그저 대마도만 기쁘게 하는 일일 뿐이다.' 라고 의논하였다. 이어서 '그 사람됨이 걸출하고 영리하니 보통 사람이 아니다. 마땅히 살려 두어 뒷날을 위해 쓰자.' 고 주장하여 안용복을 죽이지 않고 영동에 유배하였다. 그리고 장수 장한상張漢相을 파견하여 울릉도를 살펴보게 하였다.

이후 조정에서 법을 정하여 삼척영三陟營 영장*과 월송越松 만호*가 5년 간격으로 번갈아 가며 울릉도를 살피도록 하였다. 뒤에는 10년을 관례로 정했다. 마침내 안용복은 노를 젓는 훌륭한 군사로 유배지에서 죽었다.

나는 일찍이 일본의 산음도山陰道는 우리나라 영동과 마주하고 있으니, 지금 안용복이 오고간 일을 보면 과연 믿을 만하다고 생각하였다. 백기주에 미자성米子城이 있는데, 인번주*의 도취鳥取 성주城主가 함께 관할하는 곳이다. 성주 송평씨松平氏는 곧 일본 관백 도쿠가와 이에야스德川家康의 양손養孫인 원충계源忠繼의 후손이다. 광중강청光仲綱淸, 길태종吉泰宗을 거쳐 지금은 태중육泰重穆이 계승하고 있다.

아마도 안용복이 만난 사람이 반드시 이 가운데 있을 것이다. 백기주 태수가 안용복을 위하여 주선한 것을 보면, 그는 충직하고 믿음직한 인물로 대마도 태수와는 같지 않다. 그러나 일본의 본토 사람들은 실제 모두 이와 비슷하다. 우리나라 사람들은 대마도 사람만을 늘 보았으므로 '왜인의 풍속은 으레 그렇다.' 고 생각한다.

그러므로 일본의 변방에 있으면서 자기 나라에 추악한 해를 끼치는 것은 오직 대마도만 그럴 것이다. 저 안용복이란 사람은 보잘것없는데도 일본의 본토 사람과 변방 사람의 인품이 다른 것을 환하게 알았다. 그리고 나라 일을 짊어진 것을 자신의 임무로 삼았고, 울릉도를 지키려고 크게 외치며 바다를 열고 배를 띄워 대마도까지 갔다.

안용복은 강공책과 유화책을 스스로 조화시키고 지략과 용맹을 적절하게 번갈아 사용하여, 대마도 사람들의 사악한 행동을 일본 본토까지 알렸다. 그는 한 번의 행동으로 우리나라의 위신을 떨쳤으니, 저 옛날 인상여*와 감연수*와 같은 늠름한 풍모가 엿보인다. 아! 안용복은 걸출한 사람이로다.

그래서 나는 말한다.

"대마도의 왜구가 여태껏 제멋대로 행동하지 못하는 것은 우리나라에 다시 안용복 같은 사람이 있을까 두려워하기 때문이다."

* 원중거(元重擧) | 1719~1790년. 본관은 원성(原城), 호는 현천(玄川). 중인으로 문장을 잘 지었고 박제가 등이 선배 학자로 매우 존경하였다. 1763년 계미통신사(癸未通信使)로 일본을 다녀왔으며, 목천현감을 지냈다. 일본 문화를 소개한 『화국지(和國志)』와 『승사록(乘槎錄)』 등이 있다.
* 동래부(東萊府) | 지금의 부산광역시의 동래를 말한다.
* 능로군(能櫓軍) | 조선시대 수군에 속한 병사로, 전선(戰船)에서 노를 젓는 임무를 맡았다.
* 산음도(山陰道) | 일본 고대에 일본 전국을 칠도(七道)로 나누었는데, 처음에는 북해도(北海道, 홋카이도)를 제외한 육도(六道)였는데, 이후 서해도(西海道), 산음도(山陰道), 산양도(山陽道), 동해도(東海道), 동산도(東山道), 남해도(南海道), 북륙도(北陸道) 일곱 개의 도가 되었다. 칠도는 행정구역 단위지만 전국의 도로망을 표시하는 의미로도 쓴다.
* 백기주(伯耆州) | 일본 호키슈(伯耆州)를 말한다. 호키슈는 지금의 도근현(島根縣, 시마네현) 부근을 말한다.
* 관백(關白) | 일본 벼슬 이름. 천황을 보좌하여 정사를 집행하였다. 천황은 상징이며 실제 정치를 주관하던 주체였다.
* 서계(書契) | 우리나라와 일본 정부 간에 주고받던 공식 문서.
* 안용복을~지시하였다. | 1696년 1월 덕천막부(德川幕府)의 관백(關白) 아부농후(阿部農後)는 번주(藩主)들이 참석한 자리에서 울릉도·독도 영유권 논쟁에 대하여 대마도의 새로운 도주 종의방(宗義方)에게 질문하고, 이 섬은 일본으로부터는 백육십 리고 조선으로부터는 사십 리이므로 조선의 영토가 분명하다고 재확인한 뒤 이 뜻을 대마도 도주가 관리를 파견하여 조선 정부에 알림과 동시에 앞으로는 일본인들이 울릉도(및 독도)에서 고기잡이하는 것을 금지하도록 명령하였다.
* 비전주(肥前州) | 일본 서해도(西海道)에 속한 주(州). 패가대(覇家臺)라고도 하는데, 조선시대에 신라 외교관 박제상이 죽은 곳이다.
* 왜관(倭館) | 조선조 때 일본 사람이 우리나라에 와서 거주하면서 통상을 한 곳.
* 차왜(差倭) | 일본 관백(關白)의 명령을 받아 대마도주가 우리나라에 보내는 사신.
* 치계(馳啓) | 중앙 정부에 급하게 올리는 보고서.
* 일공(日供) | 각 지방에서 나는 특산물을 날마다 임금에게 바치는 것.
* 접위관(接慰官) | 일본 사신을 영접하고 위로하려고 임시로 임명하는 관직.
* 막부(幕府) | 일본의 에도[강호(江戶)] 시대에 정치를 다루던 곳. 곧 일본 정부를 말한다.
* 영돈령부사(領敦寧府事) | 조선조 때, 돈령부의 으뜸 벼슬 정1품으로 왕비의 아버지에게 맡긴다. 줄여서 영돈령이라 한다.
* 영중추부사(領中樞府事) | 조선조 때, 중추부의 으뜸 벼슬인 영사. 정1품의 무관 벼슬이며, 줄여서 영부사라고 한다.
* 훈련대장(訓練大將) | 삼군문(三軍門)의 하나인 훈련도감의 우두머리. 종2품.
* 영장(營將) | 조선조 때, 지방의 각 진(鎭)과 영(營)의 우두머리.
* 만호(萬戶) | 무관직(武官職)으로 각 도(道)의 진(鎭)에 딸린 종4품의 군직.
* 인번주(因幡州) | 일본 산음도(山陰道)의 여덟 주(州)의 하나. 인주(因州)라고도 한다. 지금의 도취현(島取縣)에 속한다.
* 인상여(藺相如) | 전국시대(戰國時代)의 명신(名臣). 염파(廉頗) 장군과 함께 조나라의 부흥을 꾀한 인물.
* 감연수(甘延壽) | 한(漢)나라의 명신(名臣). 말을 잘 타고 활을 잘 쏘았다. 원제(元帝) 때, 서역(西域)으로 사신을 가서 선우(單于)를 목 베어 그 이름을 널리 이역(異域)에 떨쳤다.

침은조생광일전針隱趙生光一傳 | 홍양호*

의원醫院은 세상에 쓸 수 있는 아홉 가지 부류의 하나인데, 대체로 잡류雜流이다. 나는 '뛰어난 의원은 나라를 다스리고 그 다음이 병을 다스린다.' 라는 말을 들은 바 있다. 이 말은 무엇을 일컫는가?

나라를 다스리는 것과 병을 다스리는 것은 이치가 같다. 다스리는 것은 오로지 의원이 해야 할 도리다. 그러나 선비는 반드시 세상에 드러나고 알려져 높은 지위에 있어야 나라에 병든 것을 다스릴 수 있다. 선비가 간혹 나라를 위해 시험할 수 없으면, 몸을 숨겨 의원이 되어 의술을 베푼다. 이는 널리 베풀어 백성을 구제한 공이 나라를 다스리는 공에 버금간다. 그러므로 옛날부터 어진 선비이면서 세상에 뜻을 얻지 못한 사람은 종종 의원이라는 직분에 은거하였던 것이다.

내 일찍이 그런 어진 사람을 몰래 구하였으나 찾을 수 없었다. 근자에 내가 타향인 충청도에 잠시 거처하게 되었다. 그곳의 풍토를 잘 알지 못하여 지역 주민에게 의원에 대해 물었는데, 한결같이

"훌륭한 의원은 없답니다."

고 하였다. 굳이 다시 물으니 조趙의원을 말해 주었다.

그의 이름은 광일光一이고 그의 선조는 태안泰安의 번창한 집안이었으나, 얼마 뒤 집안이 가난해져 나그네로 유랑하다가 충청도 합덕의 서쪽에 있는 저수지 근처에 정착하였다. 그는 특별한 능력은 없으나 침針으로 명성을 얻어 스스로 침은針隱이라고 불렀다. 조의원은 일찍이 권세 있고 지체 높은 집

에 가지 않았고, 벼슬이 높은 양반에게도 진료를 가지 않았다.

얼마 지나 동이 틀 무렵, 내가 조의원의 집을 지나가게 되었는데, 어떤 노파가 남루한 옷차림으로 엉금엉금 기어서 그 집 문을 두드리며 말했다.

"나는 아무 마을에 사는 백성으로 아무개의 어미입니다. 내 자식이 원인 모를 병이 들어 죽어가오니 제발 살려 주십시오."

조의원이 즉시 말했다.

"알았소. 먼저 가 있으면 나도 곧 따라가리라."

그러고는 일어나 뒤따라 걸으면서도 난처한 기색은 하나도 보이지 않았다.

또 한번은 길에서 조의원을 만났다. 마침 비가 내려 흙탕길이 되었는데 조의원이 삿갓을 쓰고 나막신을 신고 바삐 걸어갔다. 내가 물었다.

"어디를 그리 바삐 가시오?"

그러자 조의원이 말했다.

"아, 예 아무 마을 백성의 아무개 아비가 병들어서 지난번에 침을 한 번 놓아주었는데 효과가 없어 지금 다시 침을 놓아주려고 가는 길이지요."

나는 괴이한 생각이 들어 물었다.

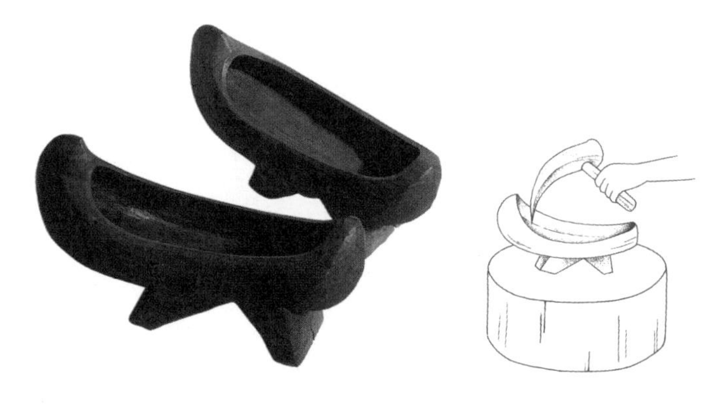

나막신과 까뀌로 나막신 바닥을 파는 모습 나막신은 비가 올 때 신던 나무로 만든 신발이다. 남자용은 투박하였으며, 여자용은 무늬를 그리거나 코를 맵시 있게 팠다. 석주선기념박물관 소장

"그대에게 무슨 이익이 된다고 이렇게 몸소 고생을 하는 것이오?"

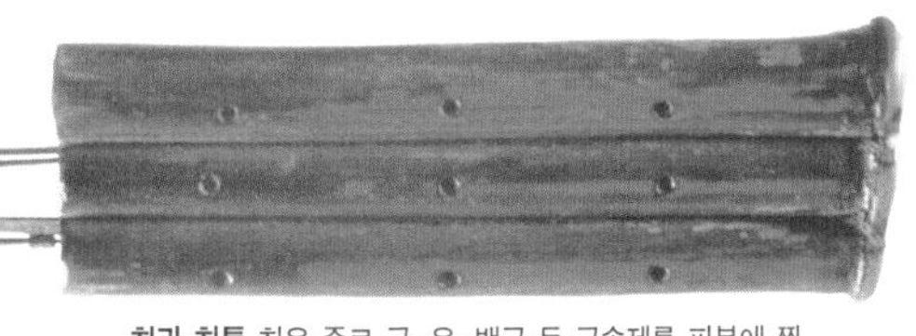

침과 침통 침은 주로 금·은·백금 등 금속제를 피부에 찔러 자극을 주어 병을 치유하거나 건강을 촉진시키는 역할을 했다. 성신여자대학교박물관 소장

조의원은 빙그레 웃기만 하고 대답도 없이 가 버렸다.

그의 사람됨이 대략 이와 같았다. 내 마음에 그의 행동이 범상치 않다는 생각이 들어, 그가 왕래하는 것을 가만히 살펴보고 마침내 그와 친분을 쌓고 교유交遊하게 되었다.

조의원은 소탈하고 너그러우며, 편안하고 곧은 품성을 지녔다. 또한 세상 사람과 어울리지 않았으며, 오직 자신이 의원이 된 것을 기뻐하였다.

그는 예전부터 내려오는 처방에 따라 약을 달여 치료하지 않고, 항상 자그만 가죽주머니 하나를 들고 다니며 치료를 하였다. 주머니 속에는 동철銅鐵로 만든 십여 개의 길고 짧고 둥글고 모난 특이한 모양의 침이 있었다. 이 침으로 종기를 터트리고 부스럼을 다스리고, 뭉쳐 있는 혈血과 막힌 곳을 뚫어 주고 풍기風氣를 통하게 하였다. 그의 침술은 쓰러지고 위독한 사람을 다스려 일으키는 데 즉시 큰 효과가 있었다. 대체로 조의원은 침술에 정밀하여 그 해법을 얻은 사람처럼 보였다.

내가 한번은 그에게 조용히 물었다.

"무릇 의원은 천한 재주며, 사람이 살아가는 방식 중 미천한 경우에 해당됩니다. 하지만 그대의 능력은 탁월합니다. 어찌 지체 높은 벼슬을 하는 사람들과 교류하여 명성을 얻으려 하지 않고 여항의 백성이나 좇아다니며 자신을 높이지 않습니까?"

조의원이 웃으면서 대답했다.

"대장부는 정승이 되지 못하면 차라리 의원이 되는 것이 낫지요. 정승은 도로 백성을 구제하지만 의원은 의술로 사람을 살리지요. 궁핍하고 높은 지위로 이름을 드러내는 것은 어떤 일을 하여 그 공을 드러내는 것에 달려 있답니다. 하지만 정승은 때를 얻어 자신이 추구하는 도를 행하더라도 행운과 불행이 있을 수 있습니다. 남의 녹봉을 받고 책임을 맡아 한 번이라도 잘못하게 되면 비난과 벌이 뒤따르는 법이지만, 의원은 그렇지 않지요. 의술로 자신의 뜻을 행하면 대개 뜻을 얻을 수 있답니다. 자신이 다스릴 수 없는 병은 내버려 두고 환자를 보내더라도 저를 탓하지 않아요. 그래서 저는 의원으로 있는 것을 좋아한답니다. 더욱이 제가 의술에 힘쓰는 것은 이익을 구하려는 것이 아니라 제 뜻을 행하려는 것이므로 환자가 귀한 사람이건, 천한 사람이건 가리지 않는 것이지요."

또 말을 이었다.

"저는 세상의 의원들이 자신의 의술을 믿고 남에게 교만하게 대하며, 문밖으로 나갈 때는 정승과 같은 권세가들의 집에서 보낸 말을 타고 술과 고기를 차린 음식상을 대접 받으며, 대개 서너 번 청탁을 받은 뒤에야 마지못해 왕진가는 것을 미워하지요.

게다가 지금 세상의 의원들은 대부분 귀하고 권세 있는 집안이나 부유한 집안으로 왕진을 가죠. 만약 병자가 가난하고 권세가 없으면 아프다는 핑계를 대고 거절하기도 하고, 어떤 경우는 부재중이라 속이고 가지 않기도 한답니다. 심지어 이들이 계속해서 백 번을 청하더라도 한 번도 왕진을 나가지 않는 경우도 있으니, 어찌 어진 사람의 마음으로서 할 수 있는 일이겠습니까?

그러므로 저는 오직 백성을 돌보며 부귀와 권세 있는 사람에게 구하지 않아 본보기를 보이려는 것입니다. 그러니 저 존귀하고 세상에 알려진 높은 자들이 어찌 나를 비난할 수 있겠습니까? 그런데 제가 슬프고 가엽게 여기는 것은 오직 여항의 곤궁한 백성일 뿐이지요. 또 제가 침을 잡고 사람들 사이에서 침술을 행한 것이 10여 년인데, 어떤 날에는 몇 사람을 살리고 어떤 달에는 열서너 사람을 살렸으니, 아마도 침술로 온전하게 살린 사람이 수천 수백쯤 될 것입니다. 제가 지금 나이 사십이니, 다시 수십 년 동안에 만 명을 살릴 수 있을 것입니다. 살린 사람이 만 명쯤 되면 아마도 제 일을 마칠 수 있을 것입니다."

나는 처음 조의원의 말을 듣고 놀라서 바라보았다. 이윽고 탄식하며 마음 속으로 생각하였다.

지금 사람들은 한 가지 재주라도 있으면 세상에 자신의 재주를 팔려고 하고, 다른 사람들에게 조그마한 은혜를 베풀면 그 증서를 잡고 대가를 받아 내려고 요구한다. 또 권세權勢와 이익利益의 사이에서 이리저리 훑어보다가, 자신이 취할 게 없으면 침을 뱉고 돌아보지도 않는다.

하지만 조의원은 의술이 높은데도 명예를 구하지도 않고 은혜를 널리 베풀면서도 그 대가를 바라지도 않는다. 병자들 중 급한 사람에게 달려가되, 반드시 곤궁하고 권세 없는 사람들을 먼저 치료하니, 그 어짊이 보통 사람보다 뛰어나다. '천 명의 목숨을 살리면 반드시 녹봉祿俸이 있고 남몰래 보답을 받는다.' 라고 하니 조의원은 반드시 이 나라를 위하는 훌륭한 후손이 있을 것이리라.

이에 내가 직접 보고 들은 것을 서술하고 조의원을 위해 전기傳記를 지어 역사를 서술하는 사람의 요구에 스스로 답하고자 한다.

* 홍양호(洪良浩) | 1724~1802년. 본관은 풍산, 호는 이계(耳溪). 대제학과 이조판서를 지냈다. 조선 후기의 실학자로 학문과 문장에 뛰어났으며 글씨를 잘 썼다. 청나라에 두 차례 다녀왔다. 저서로 『이계집(耳溪集)』과 『해동명장전(海東名將傳)』이 있다.

노학구전老學究傳 | 유재건*

구리개*에 약 가게가 하나 있었다. 하루는 한 늙은 훈장이 헤진 옷과 짚신 차림으로 시골의 점잖은 선비 같은 모습으로 불쑥 들어왔다. 늙은 훈장은 방구석에 앉더니 한마디 말도 없이 여러 시간이 지나도록 가지 않았다. 주인이 이상하게 여겨 물으니 늙은 훈장이 말했다.

"제가 어떤 손님과 여기에서 만나기로 약속했지요. 그런 까닭에 지금이 바로 기약한 때라서 귀댁 점포에 머물고 있는데, 마음이 조금 불안합니다."

주인이 말했다.

"무엇이 편치 못할 게 있습니까?"

밥 때가 되어 주인이 밥을 먹자고 하면, 늙은 훈장은 응하지 않고 문밖으로 달려 나가 시장에서 주머니의 돈으로 밥을 사먹고는 다시 돌아와 앉아 전과 같이 있었다. 이와 같이 여러 날을 하였으나 기다리는 벗은 끝내 오지 아니하였다.

갑자기 어떤 상민常民이 약 가게에 와서 말했다.

"아내가 이제 막 아이를 낳으려고 정신을 잃었으니 원컨대 좋은 약으로 구해 주십시오."

주인이 말했다.

"의원에게 물어본 뒤 처방을 가져오면 내 마땅히 약을 지어 주리다."

그러나 상민은 굳이 약 한 첩을 구하려 하였다. 늙은 훈장이 거들면서 말했다.

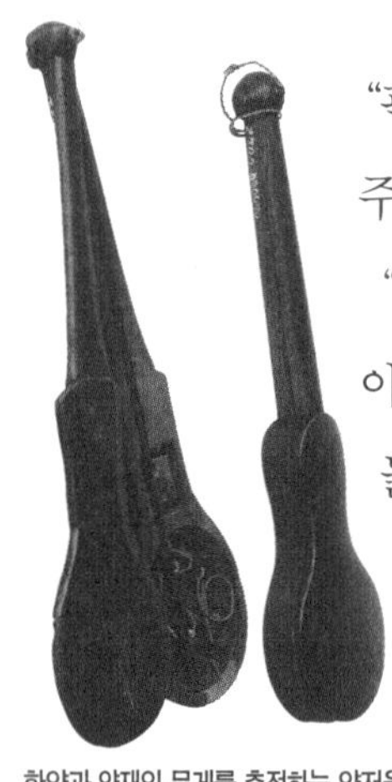

한약과 약재의 무게를 측정하는 약저울
석주선기념박물관 소장

"곽향정기산* 세 첩을 복용한다면 곧 나을 것입니다."

주인이 웃으며 말했다.

"이것은 뱃속이 뒤틀리고 더부룩한 것을 푸는 처방이니 아이를 낳을 때 쓰는 것은 옳지 않지요."

늙은 훈장은 굳이 그 처방을 고집하였다. 상민이 말했다.

"일이 급하게 되었습니다. 이 처방으로 조제해 주기를 천만바랍니다."

주인은 어쩔 수 없이 지어 주었다.

저녁 무렵에 또 어떤 상민이 와서 말했다.

"저와 제 친구인 아무개는 이웃하여 살고 있습니다. 친구의 아내가 아이를 낳다가 죽게 되었는데, 다행히 이 집에서 좋은 약을 얻어 살아났습니다. 이는 반드시 훌륭한 의원이 있어서 그러리라 싶어 찾아왔습니다. 제 아이가 갓 세 살인데, 마마를 앓아 위급하게 되었으니 진단하여 약을 지어서 살려 주시기를 빕니다."

늙은 훈장이 말했다.

"곽향정기산 세 첩을 복용하시오."

주인은 크게 그르다고 여겼으나, 그 사람이 굳이 간청하므로 또 그렇게 주었다. 잠시 후에 상민이 와서 말하길 과연 즉시 효험이 있었다고 하였다.

이후 소문을 들은 자들이 문전성시*를 이루었는데 늙은 훈장은 곽향정기산을 쓰지 않은 적이 없었다. 그렇게 처방하면 모두 나아 북채로 북을 두드리는 것보다 빨랐다.

거의 두어 달이 되었는데도 늙은 훈장은 가지 않았고, 그가 기다리는 나그네도 오지 않았다.

하루는 어떤 재상의 아들이 약 가게에 와서 부친의 병이 오랫동안 낫지 않아 백약이 무효라고 말하였다. 그리고 어제 영남의 한 유의*를 오게 하였더니 보약의 약재를 쓰라고 했다면서 특별히 새로 캔 약재를 택해 지어 달라고 부탁했다. 그는 효험이 있길 바라면서 저기 앉은 사람이 누구냐고 물었다. 주인은 이즈음에 있었던 이상한 일과 그 이전 상황을 말해 주었다.

정승의 아들은 곧 옷깃을 바르게 하고 앞으로 나아가 부친 병의 증상을 자세히 말한 뒤 좋은 처방전을 구하였다. 늙은 훈장은 얼굴빛을 고치지도 않은 채 말했다.

"곽향정기산이 가장 좋습니다."

정승의 아들은 슬며시 웃으며 물러났다. 돌아와 부친에게 말을 하다가 늙은 훈장의 일을 거론하며 한 번 웃었다. 정승이 말했다.

"이 약이 반드시 합당한 처방이 아니라고 할 수 없으니 시험 삼아 복용해 보리라."

그러자 그의 아들과 문인들이 모두 말했다.

"옳지 않습니다."

정승은 달여 온 약을 몰래 비워 버리고 주위 사람에게 조용히 곽향정기산 세 첩을 지어 합쳐 달이게 하고 세 번에 나누어 먹었다. 다음 날 아침 일어나 앉으니 정신이 맑고 기가 펴져 병의 뿌리가 이미 풀렸다. 그

한약방 안경을 낀 의원이 환자를 진맥하고 있다. 뒤에는 약을 담아 두는 약장이, 오른쪽 옆에는 약을 가는 약연이 있다. 왼쪽 벽에는 안경집과 약저울이 걸려 있으며 위로 약재가 주렁주렁 걸려 있다. 김용환 소장

의 아들이 문안을 드리니, 정승이 말했다.

"묵은 병이 이미 몸에서 빠져나갔다."

아들이 말했다.

"아무개 의원은 정말 화와 편작* 같은 명의입니다."

그러자 정승이 말했다.

"아니다. 약방의 늙은 훈장이 어느 곳 사람인지 모르겠으나 정말 신의神醫다."

그러고는 원래 약을 비우고 곽향정기산을 복용한 일을 털어놓았다.

"몇 달 동안의 질긴 병이 하루아침에 얼음 녹듯하였으니 이렇게 고마울 수가 없구나. 너는 어서 가서 그를 맞이해 오너라."

그 아들은 즉시 가서 감사의 뜻을 올리고, 함께 갈 것을 청했다. 늙은 훈장은 옷을 떨치며 일어나 말했다.

"내가 잘못 성안에 들어와 더럽고 멸시당하는 말을 듣게 되었구나. 내가 어찌 막하幕下의 식객食客 노릇을 하겠는가."

드디어 표연히 가 버렸다. 정승의 아들이 무안해하면서 물러 나왔다. 돌아와 그 사실을 고하자 정승은 그가 지조 있고 세속의 기운을 벗은 선비라고 더욱 감탄하였다.

얼마 후 임금이 병에 걸려 오랫동안 잠을 이루지 못했는데, 훌륭한 의원도 치료의 방향을 정하지 못하였다. 온 조정이 초조하고 두려워하였다. 당시에 그 정승이 약원*의 제조*를 맡고 있었는데, 마침 늙은 훈장의 일을 생각해 내고 들어가 병세를 살피고는 그때 이야기를 임금께 아뢰었다. 임금은

"그 조제법이 반드시 이로운 것은 아니나 해로울 것도 없다."

하고는 약을 달여서 내어 오도록 명하였는데, 다음 날 아침에 바로 병이 나았다. 임금은 더욱 기이한 의술에 감탄하며 그를 찾도록 명령하였지만 끝내

찾을 수 없었다.

식자識者는 말한다. 이는 이인異人이다. 대개 의서醫書에 '그 해의 운수가 순환하여 일시적으로 온갖 병이 비록 다르게 나타나더라도, 그 뿌리는 그 해의 운수가 시키는 것이다.' 라고 되어 있다.

진실로 그 해의 운수를 알아서 그에 맞게 조제한다면 비록 서로 맞지 않는 증세라도 효험이 있는 것이다. 요즘 의술을 업으로 하는 자는 이런 이치에 대해서는 전적으로 어둡다. 다만 증세에 따라 약을 써서 그 말단을 다스리고 근본은 버려두니 사람을 죽게 만드는 것이다.

이 늙은 훈장은 반드시 임금의 몸에 병이 있을 것을 알고 이 처방이 아니면 구할 수 없기에 약속을 핑계 대고 스스로 사람 사는 세상에 왔던 것이리라.

* 유재건(劉在建) | 1793~1880년. 본관은 강릉(江陵), 호는 겸산(兼山). 본래 양반이었으나 가세가 몰락하여 중인이 되었다. 시문에 능하고 글씨에 뛰어났다. 『열성어제(列聖御製)』를 편찬하는 데 공로가 커 벼슬이 상호군(上護軍)에 이르렀다. 여항인의 시모임 직하시사(稷下詩社)를 조직하여 여항문학의 발달에 크게 기여하였다. 저서로 중인층의 시집 『풍요삼선(風謠三選)』과 중인층의 전기 『이향견문록(里鄕見聞錄)』이 있다.
* 구리개 | 구름재[雲峴]라 불리는 곳으로, 보은단동과 마주 보던 지역이다. 지금의 소공동 부근을 말한다.
* 곽향정기산(藿香正氣散) | 향기가 많은 정기산(위장을 범한 외감을 다스리는 탕약)의 하나.
* 문전성시(門前成市) | 문 앞에 장사진을 칠 정도로 사람이 많이 모인 것을 말한다.
* 유의(儒醫) | 유학자이면서 의술에 능했던 사람을 말한다.
* 화(和)와 편작(扁鵲) | 두 사람 모두 중국 춘추전국시대의 이름난 의원.
* 약원(藥院) | 내의원(內醫院)의 다른 이름으로 궁중의 의약을 담당하던 관청을 말한다.
* 제조(提調) | 관직의 제도상에 있는 벼슬이 아니고, 종1품이나 종2품 관원이 특정한 일을 위해 책임을 맡아 총괄 지휘하는 자리를 말한다.

최필공전崔必恭傳 | 홍양호

신해년辛亥年(1791년) 가을, 정조正祖의 어명을 받들어 이 작품을 짓는다. 최필공崔必恭은 처음 형조刑曹에 압송되었을 때, 마음에서 천주교天主敎 신앙을 버렸다고 대답했다. 그래서 주상께서 특별히 교지를 내려 평안도 심약관*에 제수하였다. 그는 임기를 마치고 서울로 온 뒤, 다시 천주교를 믿었다. 신유년辛酉年(1801년)에 천주교 믿는 것을 금지하고 교인을 잡아들이는 일이 생기자 그는 끝내 법에 따라 죄를 받고 말았다.

정선, 의금부도, 1792년 의금부는 왕명을 받들어 죄인을 추국하고 다스리는 관청으로, 국사범, 반역죄, 강상윤리를 범한 자 등 큰 죄를 지은 사람을 다스렸다.

그래서 내가 지은 전기傳記와 논한 글이 부질없게 되었다. 하지만 내가 이 작품을 남겨 두고 버리지 않는 것은 우리 임금께서 형벌刑罰을 내려 죄인을 다스리는 것보다 은덕恩德을 내려 죄인을 교화敎化시키신 성대한 뜻을 보이기 위해서다.

맹자께서 "군자가 지나가는 곳에는 교화가 있어 그 교화에 감화를 받으며, 군자가 마음에 두고 있으면 그 뜻은 신묘神妙해진다."고 하였다. 그런데 교화의 자취를 찾을 수는 있으나, 군자가 마음에 둔 신묘한 뜻을 헤아릴 수 없는 것은 지금 최필공의 경우에서 볼 수 있다.

최필공은 서울의 여항인*이다. 그의 집안은 대대로 의약醫藥을 맡은 관사에 속해 있었다. 그는 꾸밈없는 사람이었으나 남보다 특별한 능력도 없었다. 그는 어려서 고아가 되어 집안이 가난하였으나, 생업에 종사하지는 않았다.

최필공은 서양의 천주학이 중국에서 들어오자 이를 받들고 믿는 무리가 많다는 것을 듣고는 크게 기뻐하였다. 드디어 그는 마음을 다하여 천주의 교리를 외우고 학습하였다. 최필공은 아내가 죽었는데도 다시 장가들지 않고 '온 세상에 천주학과 바꿀 만한 것이 없다.' 고 스스로 생각하였다.

그 무렵 서학西學이 세상에 성행하자 유학儒學을 배우면서 머리에 유관儒冠을 쓴 사람조차도 종종 서학에 깊이 빠져 유학의 윤리를 어그러뜨리고, 유학의 떳떳한 도리를 어지럽히는 변고變故를 범하기조차 하였다.

정조 신해년(1791년)에 간언諫言하는 벼슬에 있는 사람들이 임금께 천주학을 다스려 주기를 청하자 임금이 듣고 놀라 어명을 내렸다.

"우두머리 몇 명을 죽이고 그 머리를 조리돌려라."

이에 천주교 옥사가 일어나 이에 걸려든 자가 많았다. 최필공도 여기에 연루되어 형조의 옥에 갇혔다. 임금은 사악한 천주학의 교리가 오랜 기간

사람들을 속이고 정신을 빼앗자 한결같이 법으로만 다스릴 수 없음을 걱정하였다. 이에 훈계로 사람들을 깨우칠 것을 생각하고 형벌 담당관에게 여러 죄수를 불러오게 한 다음 어명을 내렸다.

"각성하는 자는 살고 그렇지 않은 자는 죽을 것이다."

그러자 죄수들이 모두 두려워하면서 한편으로는 감동하고 뉘우쳐 모두 사악한 천주교를 버리고 유학으로 돌아오기를 원하니 임금이 모두 풀어주도록 어명을 내렸다.

그러나 유독 최필공만 완강하게 뉘우치지 않고 버티면서 말했다.

"사람은 곧게 살아가야 하오. 내 마음이 진실로 변하지 않았는데 어찌 거짓말로 죄를 면하고자 하겠소?"

형벌 담당관이 최필공을 묶어 뜰로 끌어내며 꾸짖었다.

"여러 죄수는 모두 깨우친다는 말 한마디로 죽음에서 벗어났는데, 너만 거부하니 죽음이 두렵지 않느냐?"

그러고는 최필공에게 매에다 모진 고문을 가하였다. 살갗이 온전한 곳이 없었지만 최필공은 끝까지 마음을 바꾸지 않았다.

형벌 담당관이 이러한 사정을 임금께 보고하니 임금이 말씀하셨다.

"참으로 모질구나! 위협과 압력으로는 이런 자의 마음을 꺾을 수 없겠구나."

그러고는 임금께서 담당 관리에게 글을 내려 천주교를 믿는 무리 가운데, 먼저 천주교에서 벗어난 자 중에 천주학과 유학을 분별할 수 있는 자를 뽑아, 천주학이 올바르지 않으며 화가 되는 것과 유학이 올바르며 복이 되는 것 등을 비교하여 글을 짓도록 하였다.

마침내 조정에서 온갖 수단을 동원하여 최필공을 회유하였지만, 그는 끝내 변하지 않았다. 게다가 집안사람과 친척들도 며칠 동안 최필공의 곁에서 눈물을 흘리며 천주학을 믿지 않도록 권하였으나, 최필공은 끝까지 천주교를 버리지 않았다.

일이 이렇게 되자, 최필공의 동생은 어쩔 수 없다고 생각하고, 형의 조서를 대신 작성하여 '천주교를 믿지 않겠습니다.' 라 적고 형벌 담당관에게 바쳤다. 형벌 담당관은 크게 기뻐하면서 그 진위를 물었다.

최필공이 놀라면서 대답했다.

"소인은 참으로 모르는 일이오. 어리석은 동생이 거짓으로 지은 것입니다. 어찌 감히 하늘을 속일 수 있겠소?"

형벌 담당관이 이러한 사실을 임금께 보고하니 임금께서는

"내가 임금이 되어 끝내 저 최필공 한 사람을 교화시킬 수 없다는 게 말이 되느냐?"

하시고 최필공을 형틀에서 풀어 주고 옥에 가두어 추위와 굶주림을 면하게 한 다음 그의 행동을 잘 살피도록 하였다. 닷새가 지나자 최필공은 갑자기 무엇인가 깨달은 듯 눈물을 흘리면서 옥지기에게 말했다.

"금일에야 비로소 마음을 고쳐먹었소. 나를 위하여 관리에게 보고해 주시오."

옥지기가 형벌 담당관에게 달려가 고하니, 형벌 담당관이 최필공을 즉시 불러 다그쳤다.

"네가 진실로 깨우쳤느냐? 어찌 지난번에는 어렵게 여기더니만 지금에는 쉽게 마음을 고쳐먹었느냐?"

최필공이 머리를 조아리고 눈물을 흘리면서 말했다.

"소인은 죽어 마땅합니다. 지난밤에 골똘하게 생각해 보니 비록 죽음은 두렵지 않았소. 다만 임금께서 오직 열 번 죽어 마땅할 저에게 너그럽게 대해 주셨고, 개미처럼 미천하기 짝이 없는 저에게 과분한 은혜를 내려 주셨소. 그런데도 미련하게 마음을 고칠 줄 모른다면 짐승만도 못한 것 아니겠

소. 이대로 죽어 버린다면 임금의 은혜에 보답할 수 없기에 지금부터 천주교에 물든 것을 모두 씻어 버리고자 마음먹고 임금님의 가르침만을 생각하게 된 것이오."

형벌 담당관이 최필공의 마음에서 우러나온 말인 것을 알고 마침내 사실대로 임금께 보고하니 임금께서 말씀하셨다.

"옳은지고! 양심을 속일 수는 없는 법. 이 사람은 천주교를 버리고 유학으로 돌아온 것이 충분하구나."

임금은 즉시 최필공의 죄를 사면하여 의원의 자격을 회복시키고 봉급을 후하게 주라고 명하였다.

마침 관서 지방에 약을 관리하는 관리의 임기가 다 되었다는 보고가 있자, 임금은 담당 관리에게 최필공을 뽑아 그곳에 쓰도록 어명을 내렸다. 최필공은 죽음을 면하고 봉급도 후하게 받게 되었다. 이에 날을 받아 장가를 들고 집안 식구를 이끌고 그곳으로 부임하였다.

관찰사인 나는 사건의 전말을 듣고 기특하게 여겨 최필공을 불러 이야기하면서 넌지시 물었다.

약장 약재를 담는 도구. 본래 약국을 했던 최필공은 잠시 풀려나 평안도 관청에서 약재를 담당하였다. 온양민속박물관 소장

"네가 천주학에 정신을 빼겨 죽기로 작정하고 고치지 않더니 하루아침에 뉘우치고 깨우친 것은 무슨 이유였느냐?"

그러자 최필공이 말했다.

"소인은 유학을 업으로 삼지는 않았지만 『소학小學』 정도는 읽은 적이 있습지요. 『소학』에 '사람이 태어나서 한결같이 섬겨야 할 대상 셋(임금, 스승, 부모)이 있다.'고 하였습니다. 그런데 지금 우리 임금께서 반드시 죽어 마땅한 저를 살려 주셨으니, 이는 나를 낳아 준 부모와 같고, 봉급을 후하게 주셔서 곤궁한 홀아비인 저에게 가정을 이루어 주셨으니, 이는 나를 먹여 살리신 임금이요, 천주학을 버리고 바른 도로 돌아오게 하였으니, 이는 나를 가르쳐 준 스승입니다. 그러므로 임금님은 소인의 부모요 스승입니다.

소인이 비록 목석처럼 완고한 놈이었사오나, 저도 모르게 저절로 감동하여 깨우치게 되었사오니, 마치 잠에서 한 번 깨면 꿈속의 일을 알지 못하는 것과 같았습니다. 저도 항상 사람들에게 마음을 속이지 않아야 천당에 갈 수 있다고 가르치는 천주학을 잘 알고 있습니다. 지금 만약 임금님을 저버리고 은혜를 잊는다면 그 죄가 클 것입니다. 설령 천주학의 말과 같이 하더라도 제가 어찌 천당에 갈 수 있겠습니까? 이 때문에 바른길로 돌아올 수 있었습니다."

이 말을 듣고 나는 속으로 감탄하며 말했다.

"훌륭하구나! 성인聖人의 가르침이여! 마치 천둥과 비가 만물을 자라게 하면 사나운 새도 변하고 돼지와 물고기도 그 가르침을 믿는 것과 같다. 하물며 동식물과 다른 사람의 경우야 두말할 필요가 있겠는가?"

이제 저 최필공이 교화되었으니 온 나라의 천주학도 자연히 없어질 것이다. 이는 맹자께서 이른바 "정치와 교화를 잘하는 왕이 백성을 죽여도 원망하지 않고, 이롭게 하여도 공으로 여기지 않으며, 자신이 날마다 선으로 옮겨가면서도 누가 한 것인지 알지 못한다."는 격이다.

이에 글로 기록해 후세에 전할 수 있을 만하기에 마침내 나는 「최필공전」을 짓는다.

* 심약관(審藥官) | 궁중에 들이는 약재(藥材)를 심사 감독하려고 각 도에 배치한 관원.
* 여항인(閭巷人) | 벼슬을 하지 않는 일반 백성을 이르는 말.

기객소전 棊客小傳 | 이서구*

정생은 보성군* 사람이다. 바둑 실력이 대단한 것으로 이름이 났다. 우리나라에서 바둑을 잘 두는 사람으로 사대부에서 시정의 하인배까지 모두 덕원군을 제일로 꼽았는데, 덕원군은 왕가의 자손이었다. 정생은 먼 고을의 천한 선비였으나 하루아침에 덕원군보다 그 이름을 떨치게 되었다.

정생은 사촌 형 아무개에게 처음 바둑을 배웠는데, 5~6년 동안 문밖에 나가지도 않고 날마다 자고 먹는 것까지 자주 잊었다. 아무개 사촌 형이 그때마다 말했다.

"아우야, 너무 힘들게 하지 마라. 그렇게까지 하지 않아도 행세하기에는 오히려 족할 것이다."

그러나 정생은 더욱 노력하였다.

당시 덕원군이 죽은 지 100여 년이 지났는데, 김종기는 양익분*과 같은 부류로 당시 서울에서 이름을 드날리고 있었다. 서울의 여러 공도 모두 국수*로 대접하고 감히 견주어 보려 하지 않았다.

정생은 궁벽한 시골에서 자신을 상대할 만한 사람이 없다고 생각하고는, 발길을 한양으로 옮겨 평소 이름을 날리는 사람을 구하여 한번 겨루어 보고자 하였다. 마침내 서울에 이르니 사람들이 '국수 김종기를 대적할 사람은 아무도 없다.' 고 말하는 것을 들었다. 그러나 여러 공 가운데 관서關西를 순찰하는 사람이 때마침 종기를 불러가 정생은 결국 만나지 못하였다. 그는 오랫동안 서울에 머물렀지만 끝내 자신과 솜씨를 겨룰 만한 사람을 얻지 못하였다.

당시 대장 이장오*, 현령 정박*도 바둑에 재능이 있다고 알려졌다. 정생이 이들을 만났으나 몇 수를 두자 곧 물리쳤고, 그들은 한 수도 서로 팽팽하게 맞서지 못하였다.

정생은 더욱 무료하게 지내면서 스스로 만족하지 못하고 마침내 김종기를 찾아 관서의 평양平壤에 이르렀다. 포정문 밖에서 3일을 머물렀는데 관리들이 들여보내지 않았다. 정생이 한탄하며 말했다.

"선비가 재주를 지니고도 서로 만나지 못하는구나. 내 차마 돌아갈 수 없겠구나. 내가 떠나온 곳에서 평양까지는 거의 수천 리나 된다. 변경에서 망을 보는 험한 보루를 지나고, 타향에 머무르는 수고로움도 꺼리지 않고 여기까지 힘들게 온 것은 한 가지가 아니던가? 오직 바둑을 잘 두는 사람과 대국을 하여 서로 자웅을 겨루면서 잠시 동안 즐거움을 나누고자 하였는데……. 이제 끝내 만나지 못하고 돌아가니 어찌 처량하지 않은가?"

그러고는 정생은 3일 동안 떠나지 않았다. 순찰사가 그 이야기를 듣고서 정생을 괴이하게 여겨 김종기에게 말했다.

"이 자는 어떤 사람인가? 아마도 반드시 기이한 인물일 것이니, 너는 물러가서 내 명령을 기다리게."

순찰사는 문을 열어 정생을 안으로 불러들여, 그와 몇 마디를 나누었다. 순찰사가 물었다.

"듣자 하니, 자네는 남쪽에 살면서 지금 발에 물집이 잡힐 만큼 김종기를 찾아다니며 한 번 보고자 하는데, 자네는 김종기와 무슨 친분이 있는가?"

정생이 말했다.

"그렇지 않습니다."

그러자 순찰사가 말했다.

"그렇다면, 자네가 만나고자 하는 이유를 내 짐작하겠네. 그러나 종기가 여기에 있지 않으니 어찌하면 좋지? 자네가 싫지 않다면 내 생각을 한번 말해 보겠네. 이곳에 종기보다 바둑 실력이 비록 조금 뒤지기는 하지만 종기와 어슷비슷(막상막하莫上莫下)한 자가 있는데, 먼저 시험 삼아 둬 보겠는가."

정생이 말했다.

"황공합니다. 삼가 명을 받들겠습니다."

순찰사가 김종기를 불러 말했다.

"저 사람이 종기와 기예를 겨뤄 보려는데 지금 종기가 없으니 장차 어찌하겠는가. 자네는 종기를 대신해서 바둑 한 번 두어 보게."

곧 눈짓을 하니 김종기가 공손하게 말했다.

"황공합니다. 삼가 명을 받들겠습니다."

좌우에서 바둑판을 펴고 바둑 상자를 내고는 양쪽이 모두 포진布陳하고 바둑의 길을 균등하게 하였다. 한 수 두 수 계속되자 종기는 갑자기 수가 막혀 포석이 자유롭지 못했지만, 정생은 편안한 모습이었다. 순찰사가 성을 내면서 말했다.

"지난 날 저포*하는 놈과 대국할 때는 박수를 치고 기염을 토하면서 스스로 온 나라에 둘도 없다고 하더니, 이제는 움츠러들어 실의한 사람처럼 손놀림이 경쾌하지 못하니 어째서인가?"

한동안 이와 같이 두었는데, 종기는 점점 허약하고 혼란해져서 마침내 정생을 이길 수 없었다. 정생도 마음으로 이러한 상황을 이상하게 여겨 종기에게 말했다.

"우선 조금 쉽시다."

그러고는 말을 이었다.

"그대는 종기와 비교하면 실력이 어떠하오? 참, 종기는 지금 어디에 있소?"

종기는 아무 대꾸도 못하고 얼굴을 붉히며 잠자코 있었다. 순찰사는 더욱

신선 그림 신선과 바둑은 관련이 깊다. "신선놀음에 도끼자루 썩는 줄 모른다."는 속담도 바둑과 관련된 것이다. 신선 그림에 바둑이 자주 등장하는 것도 이 때문이다. 개인 소장

화가 났으나, 어쩔 수 없었다. 순찰사는 사실대로 말하고 사례로 금 이십 냥을 정생에게 주라고 명했다.

얼마 지나서 순찰사는 파직되어 돌아가고, 정생은 종기와 함께 서울에서 매일 함께 노닐었다. 하루는 날씨가 춥고 눈이 많이 내렸는데 종기가 아내에게 부탁해서 술을 푸짐히 차려 놓고 밤에 정생을 불러와 마셨다. 술이 취하여 종기가 직접 칼도마를 쥐고 고기를 잘라서 술을 올리며 말했다.

"선생은 진실로 현명하고 호탕하니 혹시 이 잔의 의미를 아시겠소? 제자가 할 말이 있으니 선생에게 누가 될까 합니다."

정생은 자신이 높아지는 것을 사양하며 말했다.

"나 정운창은 공의 후의를 감당할 수 없소. 공의 명예가 온 세상에 자자하여, 지금의 공경대부들도 공을 깊이 사랑하지 않는 자가 없습니다. 그 덕에 저도 다행스럽게 공과 같이 다닐 수가 있었던 것입니다. 가만히 생각해 보니, 공께서 불초한 저에게 가르침을 줄 수 없을지 모르겠습니다만, 감히 제가 가르침을 청합니다."

종기가 말했다.

"그러나 저는 일찍부터 바둑을 배워 다만 이름을 떨치는 데 오로지하였고, 여러 공 사이를 출입한 지 이미 10여 년이 지났습니다. 선생께서 저와 사귄 뒤에도 공들과 어른들이 모두 저를 일인자로 추켜세웠습니다. 저와 같은 자는 제자의 대열에도 끼지 못할 것인데, 제자가 어찌 선생과 더불어 겨루겠습니까? 다만 저는 선생께서 조금만 양보하여 앞서 이룩한 저의 명성을 얻기를 바랄 뿐입니다."

정생이 말했다.

"그러시죠."

그러고는 마침내 밤새 놀다가 갔다. 이때부터 정생은 매번 바둑 두는 장소에서 종기와 마주쳤을 때, 만일 여러 사람이 있으면 서로 뒷걸음질 쳐서 대적하지 않기로 약속하였다.

정생이 나이 마흔이 되자 그 솜씨는 더욱 정교해져서 정신을 가라앉히고 묵묵히 헤아려서 반드시 둘 수 있는 수를 본 뒤 바둑을 두었다. 비록 긴 여름날에도 바둑을 둔 것은 몇 번에 불과하였다. 혹 대국 중간에 바둑돌이 흩어졌는데도 다시 배열하면 처음과 전혀 다름이 없었다.

정생이 말했다.

"친척 아저씨는 나보다 몇 급이 높은데, 창평의 젊은이에게 배웠지요. 하지만 창평의 젊은이는 누구에게 전수 받았는지 모릅니다."

정생은 내 문하를 왕래한 적이 있었는데 성품이 교활하고 겉모습을 보면 재능이 없어 보였다. 그러나 나 역시 그가 평소에 바둑 잘 두는지 알아서 매번 그 묘한 모습을 한 번 보고 싶었다. 하지만 내가 평소 바둑을 알지 못하였고 문하의 빈객들도 모두 정생과 함께 할 기회가 없었다.

* 이서구(李書九) | 1754~1825년. 본관은 전주(全州), 호는 척재(惕齋)·강산(薑山). 우의정을 지냈다. 한시를 잘 지었다. 박제가·이덕무·유득공과 함께 4대가로 이름을 날렸다. 저서로 『척재집(惕齋集)』, 『강산초집(薑山初集)』, 『강산시집(薑山詩集)』이 있다.
* 보성군(寶城郡) | 전라남도의 군(郡)을 말함. 지금은 녹차 밭으로 유명하다.
* 김종기(金鍾基)와 양익분(梁翊份)은 모두 바둑을 잘 두는 것으로 알려진 인물.
* 국수(國手) | 재주가 그 나라 안에서 첫째가는 사람.
* 이장오(李章吾) | 1717~?년. 본관은 전주(全州)이며, 자는 자명(子明)이다. 조선 후기의 무신으로 용력이 뛰어나고 병서에 정통하였으며 사술(射術)에 능통하였다.
* 정박(鄭樸) | 1715년에 태어난 인물로 본관은 영일이며, 정익하(鄭益河)의 아들이다.
* 저포(樗蒲) | 도박의 일종으로 쌍륙이라고도 한다. 저포로 주사위를 만들어 놀이를 하였다.

김종귀전金鍾貴傳 | 조희룡

김종귀*는 바둑으로 이름이 나서, 세상 사람들이 그를 우리나라 제일의 고수高手라고 불렀다. 그는 구십여 살에 죽었다. 김종귀의 뒤에 고수 세 사람이 있었다. 김한흥金漢興, 고동高同, 이학술李學述인데, 이학술은 아직 살아 있다.

김한흥은 김종귀와 더불어 나란히 이름이 났는데, 그때 나이가 한창 젊어서 스스로 적수가 없다고 여겼다. 일찍이 김종귀와 내기 바둑을 둘 때 구경꾼이 빽빽이 모여들었다. 김한흥은 바둑판을 뚫어질 듯 보면서 종횡으로 끊고 찌르기를 준마나 굶주린 매처럼 하였는데, 김종귀는 손이 늙고 병들어 바둑돌을 놓는 것조차 무게를 이기지 못하는 듯했다. 그 형세를 살펴보니 김종귀가 이미 반국半局을 지고 있었다.

구경꾼들이 귓속말로 속삭였다.

"오늘 한 판은 한홍의 독보獨步에 양보해야겠군."

김종귀가 바둑판을 밀어 놓으며 탄식했다.

"늙어서 눈이 침침하구나. 놓아두고 내일 아침에 정신이 조금 맑아질 때를 기다려야겠다."

여러 사람이 말했다.

"옛날부터 명수가 바둑 한 판을 이틀씩 둔다는 말은 듣지 못하였소."

그러자 김종귀는 손으로 눈을 비비며 다시 바둑판을 당겨 앉아 한참동안 똑바로 들여다보더니 홀연히 기묘한 수를 내어 흐르는 물을 끊듯 관문을

바둑 두는 모습 바둑은 풍속화의 주요한 소재로 등장하는데, 19세기 후반 김준근(金俊根)의 풍속화첩인 「기산풍속도」에도 전통 놀이의 하나로 나온다. 함부르크 민속학박물관 소장

무찌르듯 하였다. 결국 다 진 바둑으로 승리를 이루니 온 좌중이 놀라 감탄했다.

"그가 잘못 두지 않는 것을 두려워하지 말고, 그가 잘못 두었을 때 두려워할 줄 알아야 한다."는 것은 이를 두고 하는 말이다.

* 김종귀(金鍾貴) | 앞에 나온 김종기(金鍾基)와 같은 인물인데, 작자가 이름의 끝 글자를 다르게 적었다.

육서조생전鬻書曺生傳 | 조수삼*

조생이 어떠한 사람인지 아무도 모른다. 다만 책 장수로 세상에 뛰어다닌 지 오래됐기에 귀하고 천하고 어질고 어리석은 사람을 막론하고 그를 보면 누구나 조생인줄 알았다.

조생은 해가 뜨면 나와서 시장으로, 골목으로, 서당으로, 관청으로 달려갔다. 위로 벼슬을 하는 대부에서 밑으로 어린 동자에 이르기까지 만나지 않는 사람이 없었는데, 달리는 것이 마치 나는 듯했다.

그는 가슴이나 소매에 잔뜩 책을 담고 다니며, 책을 팔아서 남은 돈을 가지고는 술집으로 달려갔다. 술을 사 마셔 취하고 날이 저물면 달려서 집으로 돌아갔다. 그러나 아무도 그가 사는 집을 모르며 또 그가 밥을 먹는 것도 보지 못하였다. 그는 베옷 한 벌에 짚신 한 켤레로 다녔는데, 철이 가고 해가 바뀌어도 변함없었다.

영조 신묘년辛卯年(1771년) 때의 일이다. 중국 청나라 사람 주린朱璘이 지은 『명기집략明紀輯略』에 우리나라 태조太祖와 인조仁祖를 모독하는 문구가 있었다. 중국에 잘못된 것을 바로잡으라고 요청하는 한편, 조정에서 세상에 전하는 그 책을 수집하여 불태우고 책을 팔았던 자들을 모두 잡아 죽였다.*

당시에 나라 안 책 장수들이 모두 죽었으나 조생만은 미리 멀리 달아나 죽음을 면했다. 한 해 남짓 뒤에 조생은 다시 나타나 책을 들고 다녔다. 사람들이 이상해서 혹 물어보면 조생은 웃으면서 말했다.

"지금 내가 여기 있지 않소! 내 어디로 달아났단 말이오?"

누군가 나이를 물으면 웃으며

"잊었소."

라고 하였다.

후에 또 누가 물으면 서른다섯이라고도 했다. 올해 물어본 사람이 다음 해에 다시 따져서

"어찌하여 또 서른다섯이라고 말하오?"

하면,

"허허, 사람 나이 서른다섯이 좋은 때라고 하기에, 서른다섯으로 내 나이를 마칠까 싶어서 나이를 더하지 않았거든."

이라 하였다.

또 말하기 좋아하는 자가 조생을 보고 말했다.

"조생은 나이가 수백 살이야!"

그러자 조생이 눈을 둥그렇게 뜨고 말했다.

"당신은 어떻게 수백 년 일까지 아우?"

이러는 그를 사람들이 비난할 수가 없었다. 그런데 술김에 이따금 그가 듣고 본 바를 이야기하는 것을 가만히 생각해 보면 대개 백수십 년 전 옛날 일이었다.

"괴롭게 다니며 책을 팔아서 무엇 하오?"

라고 하면

"책을 팔아서 술을 마시지."

하였다.

"책들이 다 당신 것이우? 책에 담긴 뜻은 이해하우?"

라고 하면 다음과 같이 말했다.

"내 비록 책은 없지만 예를 들면 아무개가 어떠어떠한 책들을 몇 해 동안

수장하고 있었는데 그 책의 몇 권은 내가 판 것이라오. 난 글 뜻은 모르지만 어떤 책은 누가 지었으며, 누가 주석註釋을 내었고, 몇 질帙 몇 권卷인지는 훤히 안다오. 그러니 천하의 책은 다 내 것이지요. 천하에 책을 아는 사람도 나만한 사람이 없을 것이오. 만약 천하에 책이 없어진다면 나는 책을 팔러 다니지 않을 것이오. 또 천하의 사람들이 책을 사지 않는다면 나는 날마다 마시고 취할 것이오. 이는 하늘이 천하의 책으로써 나에게 명한 셈이니, 나는 내 인생을 천하의 책으로 마칠까 하오.

옛날 모씨의 할아버지와 아버지가 책을 사들이고 몸도 출세하고 이름을 날리더니 이제 그 자손이 책을 팔아먹고 집이 가난한 것을 보기까지 하오. 나는 지금까지 책으로 많은 사람을 경험하였지요. 세상에는 슬기롭고 어리석고 어질고 불초한 사람이 서로 비슷한 사람끼리 무리 지어 다니는 것을

그만두지 아니합디다. 내 어찌 다만 천하의 책을 파는 것에 그치겠소. 장차 천하의 인간사도 자연스럽게 통할 수 있을 것이라오."

경원자*는 말한다.

"내가 일고여덟 살 때에 제법 글을 엮을 줄 알았다. 돌아가신 아버님께서 어느 날 조생에게서 『팔가문』* 한 질을 사서 어린 나에게 주시며 말씀하셨다.

"저 사람이 책 장수 조생이란다. 집에 가지고 있는 서책은 모두 조생에게서 산 것이지."

겉모양으로 보면 조생은 마흔 살처럼 보였는데, 그때가 벌써 40년 전 일이다. 그런데 조생은 아직도 늙지 않았으니 정말 보통 사람과 다른 것 같다.

나는 조생을 따랐으며 조생 역시 나를 매우 사랑해서, 자주 나에게 들렀

이형록, 책거리, 19세기 책가도(冊架圖), 문방도(文房圖)라고도 한다. 높게 쌓은 책과 서재의 일상용품을 적절히 배치한 그림으로 전통 장식화와 민화에서 중요한 부분을 차지한다. 호암미술관 소장

다. 이제 내 머리털이 희끗희끗해졌고 손자 놈을 안은 것도 벌써 몇 년이나 된다. 그러나 조생은 장대한 체구에 불그레한 뺨, 푸른 눈동자, 검은 수염이 옛날 그대로다. 신기한 일이다. 내가 한번은 조생에게 왜 밥을 먹지 않느냐고 물었다.

"불결한 것이 싫어서……"

그러고는 다시 나에게 말했다.

"사람들은 목숨을 늘리고 싶어하나 약물로 되는 것이 아닐세. 효도하며 우애하는 것을 두텁게 하고 그것을 행하는 것이 양기를 돋우는 덕德이라네. 자네, 나를 위해서 세상 사람들이 나에게 귀찮게 묻지 않도록 좀 깨우쳐 주시게."

아! 조생은 참으로 도道를 지니고 숨어서 세상을 내려다보는 사람이 아닐까. 그가 내게 들려준 말은 일찍이 노자老子, 장자莊子에게서도 듣지 못하였도다.

* 조수삼(趙秀三) | 1762~1849년. 본관은 한양(漢陽), 호는 추재(秋齋)·경원(經畹). 조선 후기의 여항시인(閭巷詩人)으로 송석원시사(松石園詩社)의 핵심적인 인물로 활동하였다. 여섯 차례나 중국을 다녀왔다. 저서로는 『추재집(秋齋集)』이 있다.
* 중국~죽였다. | 영조 31년 5월에 전 교리(校理) 박필순(朴弼淳)의 상소로 청(淸)의 주린(朱璘)이 지은 『명기집략』에 잘못된 내용이 있어 크게 물의를 일으켰고, 이때 서울의 책 장수들이 처벌을 받았다.
* 경원자(經畹子) | 작자인 조수삼(趙秀三)의 별호.
* 『팔가문(八家文)』 | 당(唐)나라와 송(宋)나라를 대표하여 고문(古文)으로 손꼽히는 여덟 명의 문장가. 한유, 유종원, 구양수, 왕안석, 증공, 소순, 소식, 소철을 말하는데, 여기서는 그들의 문장을 수록한 책을 가리킨다.

박돌몽전朴突夢傳 | 유재건

박돌몽朴突夢은 기인공인* 김씨 집안 노비였다. 능히 한문으로 자기의 뜻을 펼 만했지만 신분이 천하여 스승에게 나아가 배울 수 없었다. 김씨 집 아이가 늘 사랑마루에 앉아서 한문을 읽는데 박돌몽은 옆의 토방에 서서 넘겨다 보곤 하였다. 비록 글 뜻은 이해하지 못했지만 아이가 읽는 대목을 따라 한문의 음을 알 수 있었다. 아이가 혹 읽다가 음이 막히면 도리어 박돌몽에게 물었다.

그 이웃에 사는 정 선생丁先生이 집에서 아이들을 가르치고 있었는데 박돌몽이 장가든 뒤 정 선생을 찾아가 뵙고 배움을 청하였더니, 정 선생이 허락해 주었다. 돌몽은 새벽마다 일어나 책을 끼고 정 선생 집 앞으로 가서 기다

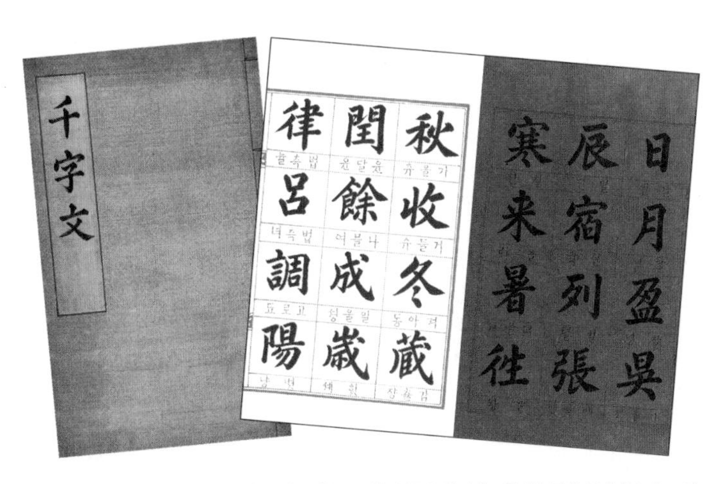

『천자문』 한문 초학자를 위한 교과서, 글씨를 배우는 교본. 본문은 정자체로 글자를 정성 들여 썼으며 그 아래에 해당 한자의 훈과 음을 가는 붓으로 깨끗하게 정서하였다. 조선 후기에 오면 천자문의 종류도 많아졌다.

리다가 문이 열리면 정 선생이 자는 창 앞으로 조심스럽게 다가가서 정숙히 기침하기를 기다렸다. 정 선생은 박돌몽이 온줄 알면 방 안에서 물었다.

"돌몽이 왔느냐?"

"예 ― "

배우는 사람들이 뒤에 이르러 마루에 다 올라간 뒤에도 박돌몽은 벙거지를 쓰고 서방님이나 도령들 사이에 끼는 것을 꺼려, 몸을 구부리고 감히 마루에 오르지 못하였다.

그러자 정 선생은 임시방편으로 그에게 절풍건*을 쓰고 나오도록 하였다. 한문 강의를 받으면서도 그는 집에 돌아가서 전처럼 일을 하였기에 김씨 집에서는 이 사실을 알지 못하였다.

한 해 남짓해서 『소학』, 『논어』, 『맹자』를 떼었고, 문장의 이치가 날로 나아져 정 선생도 매우 기특하게 여겼다. 그가 하는 일은 홰를 묶고 장작을 패는 것인데, 그는 도끼를 휘두르고 다발을 만드는 동안에도 입으로 한문을 외며 웅얼웅얼하는 소리를 그치질 않았다. 집안사람들이 그를 바보 같은 놈이라고 지목하였다.

어느 날 박돌몽이 학질이 걸려 앓고 있자, 김씨 집에서 일을 쉬고 몸조리를 하도록 하였다. 박돌몽이 자기 아내에게 말했다.

"이제 내가 한문을 읽을 시간이 왔구려."

그러고는 방으로 들어가 갓 쓰고 단정히 앉아 글을 읽었다. 학질 기운 때문에 한속寒粟이 나고 이빨이 떨렸지만 더욱더 굳게 앉아서 입으로 끝까지 외웠

『소학』, 『논어』, 『맹자』 초학 시절에 천자문을 배우고 난 후 명심보감과 소학, 사서와 삼경 등을 읽었다.

더니 3일 만에 학질이 떨어졌다.

뒤에 박돌몽이 아내와 함께 탕춘천*으로 빨래를 하러 간 일이 있었다. 개천에 평펴짐한 돌이 많이 있었는데, 박돌몽은 빨래를 치우고 돌 위로 갔다. 갓도 안 쓰고 잠방이를 걷어붙인 맨 정강이로 돌에 앉아서 돌의 파인 곳에 먹을 갈아 큰 붓을 쥐고 소학의 제목과 문장을 적었다. 그의 글씨가 돌바닥에 선명하였다. 해가 서쪽으로 기울자, 그는 나무 그늘에 누워서 소리를 뽑아 읊으니 마치 자연스러운 태도가 무엇을 얻은 것 같았다.

조판서趙判書 댁 젊은 양반이 마침 탕춘천에 봄나들이를 나왔다가 그 모습을 보고 마음속으로 이상히 여기고 다가서서 불렀다.

"너는 무엇을 하는 사람이냐?"

박돌몽은 천천히 일어서서 대답했다.

"남의 집 종이올시다."

"네 주인은 사람이 아니로구나. 어찌 경전經傳까지 공부하였는데 남의 종노릇을 하게 두었단 말이냐? 내 너를 위해 네 주인을 책망해서 너를 노비에서 면하도록 해주겠다."

그러자 박돌몽이 말했다.

"저 같은 종놈 때문에 늙은 주인이 걱정을 하게 되는 것은 인간의 의리상 감히 할 수 없는 일입니다."

이런 대답을 듣고 그 양반은 더욱 대견하게 여겼다.

김씨 집 아이가 자랄수록 버릇이 나빠져 한문 공부에 힘쓰지 않으니 아버지가 화가 나서 꾸중하였다.

"너는 빈둥빈둥 놀며 게으름을 부리니 짐승과 같구나. 도리어 저 박돌몽만도 못하다니."

김씨 집 아이가 이런 꾸지람을 자주 듣게 되자 화풀이할 곳이 없어 박돌

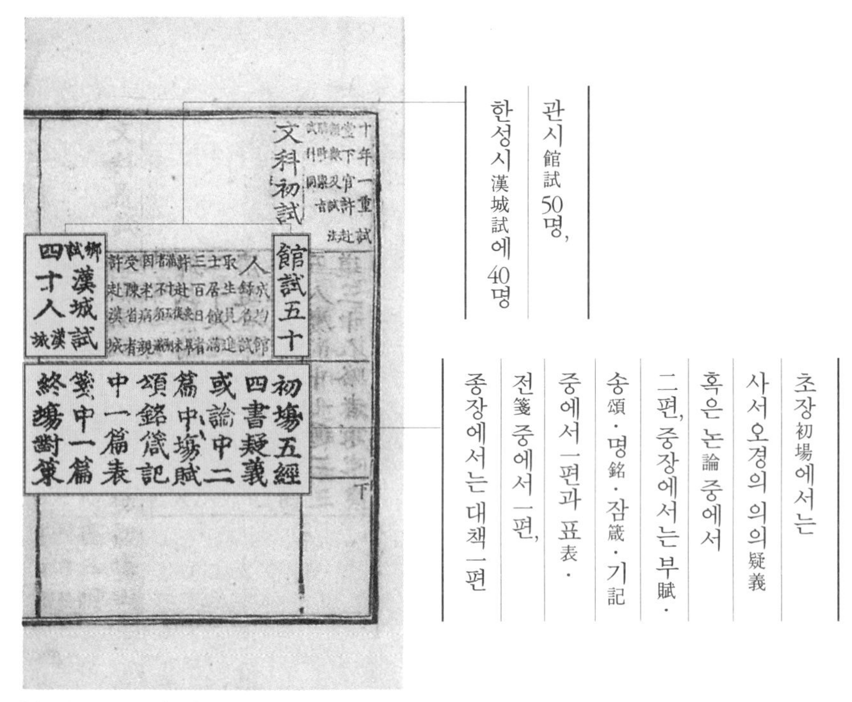

『경국대전』에 실린 문과초시 과거에 몇 명이 응시하고 어떤 과목으로 시험을 봤는지 알 수 있다.

몽을 보기만 하면 바로 대들고 매질과 주먹질을 해댔다. 그러자 박돌몽이 생각하였다.

'내가 차라리 피해서 주인 댁 부자간을 서로 화합토록 해야겠다.'

그러고는 병을 핑계로 일을 맡지 않고 자기 아내의 주인집으로 옮겨 살기로 하였다.

그 아이는 박돌몽에 대한 나쁜 감정이 풀리질 않아서 아내의 상전 집에다 몰래 다른 일로 해코지를 해서 그 집에서도 과연 박돌몽 부부를 의심하게 되었다. 박돌몽이 한숨을 쉬며 말했다.

"나의 운명이로구나, 감히 누구를 원망하리오."

자기 아내를 이끌고 뜨내기가 되어 남양南陽 땅에서 잠시 살았다. 고리를 짜서 생계를 잇는데 한 해 남짓 되었을 때 이정이 군청에 말하여 그를 속오군*에 편입시켰다. 박돌몽은 걱정하며 말했다.

"고리를 엮어 입에 풀칠을 하는데 군역의 세금으로 바칠 것은 어디서 얻어온단 말이냐."

때마침 읍내邑內에서 시골의 군사들이 과거를 보게 되었다. 박돌몽은 포수砲手로 초시*에 합격했지만 회시*에 떨어지고 말았다. 울울한 심정에 서울 생각이 나서 다시 김씨 집으로 돌아갔다.

얼마 후, 박돌몽은 감옥을 담당하는 아전이 되었는데 나이 사십에 죽었다. 그가 아전이 된 것은 조판서 댁의 힘이었던 것이다.

정 선생의 이름은 치후致厚이다. 인품이 진실하고 학문도 두터웠으며 풍수설風水說에 조예가 있었다. 젊어서 교서관*의 관리로 있다가 노년이 되기 전에 병으로 사직하고 들어앉아 학도들을 가르쳤다.

* 기인공인(其人貢人) | 공조(工曹)에 소속되어 땔나무나 숯, 홰를 청부받아 납품하는 공인을 말한다.
* 절풍건(折風巾) | 고구려 사람들이 썼던 모자. 고깔 모양이다.
* 탕춘천(蕩春川) | 탕춘대(蕩春臺) 앞의 냇물. 탕춘대는 세검정(洗劍亭) 부근에 있다.
* 속오군(束伍軍) | 임진왜란 후에 생긴 새로운 군제로 지방에 거주하는 열다섯 살 이상의 남자를 군적(軍籍)에 편입시키고 평상시에는 군포(軍布)를 납입하고 유사시에 군역(軍役)을 치르게 하였다.
* 초시(初試) | 과거 때 처음 보는 시험.
* 회시(會試) | 과거 때 초시나 소과(小科)에 합격한 사람이 보던 시험.
* 교서관(校書館) | 서책의 간행을 맡은 관청.

개성 있는 삶을 살다

임준원전林俊元傳 | 정래교

서울의 민속은 남북이 다르다. 종로 이남에서 남산에 이르는 곳이 남부다. 상인과 부자들이 많이 살아서 이익을 좋아하며 인색하고 좋은 말과 사치스러운 저택을 두고 서로 다퉜다.

백련봉* 서쪽에서 필운대*에 이르는 곳이 북부인데, 대개 가난한 집이 많고 놀고먹는 부류들이 살았다. 이따금 호걸스러운 무리가 있어 의로운 기개로 서로 사귀되 베풀기를 좋아하고 신의를 무겁게 여겨 남의 어려움을 잘 도왔다. 시인과 문인들이 계절을 따라 서로 만나 노닐어 숲과 시내, 구름과 달과 같은(임천운월林泉雲月) 즐거움을 추구하였다. 그들은 곧잘 시편을 많이 짓는 것을 자랑하고 아름다운 구절을 겨루었다. 이 역시 풍속의 기운이 그러한 것일까?

임준원林俊元의 자는 자소子昭이다. 대대로 서울의 북부에 살았다. 사람됨이 준수하고 시원스러웠으며, 기질이 기이하며 위풍당당한 몸에다 말솜씨가 뛰어났다. 그는 어릴 적에 귀곡 최기남*의 문하에서 학문을 닦아 자못 시를 잘 짓는다는 말을 들었다.

그러나 임준원은 집이 가난한데다 나이 드신 부모님이 있어서 뜻을 굽혀 내수사*의 아전 구실을 맡아보았다. 그가 근면하고 성실한데다 사무에 밝아서 내수사의 신임을 받았다. 마침내 그는 서리직의 임무를 잘한 덕에 부富를 일으켜 집의 재산이 수천 냥에 이르렀다. 이에 탄식하며 말했다.

"이제 이만하면 내게 충분하다. 어찌 자질구레한 일에 골몰할 것인가?"

즉시 서리의 일을 그만두고 집에서 글을 지으면서 스스로 만족하였다. 매일 동무들과 더불어 모임을 가졌다. 그의 집에는 신발이 항상 그득하였고, 술상이 끊이질 않았다. 그와 함께 한 동무로는 유찬홍*, 홍세태*, 최대립*, 최승태, 김충열, 김부현 같은 이가 있었다.

유찬홍은 호가 춘곡春谷인데 바둑을 잘 두었고, 홍세태는 호가 창랑滄浪인데 시를 잘 지어 당시에 널리 이름을 날렸다. 나머지 사람들도 모두 기개와 문장, 예술로 일컬음을 받았다. 그런데 유찬홍은 술을 좋아해서 한 번에 여러 말을 마실 수 있었다. 홍세태는 어머니가 나이 들고 늙었지만 가난하고 어려워 잘 모실 수 없었다. 임준원은 유찬홍을 자기 집에 머물게 하고 맛좋은 술을 대접하여 그의 주량을 채워 주었으며, 자주 재물을 주어 궁핍하지 않게 해주었다.

임준원은 번번이 좋은 철에 아름다운 자연 경치를 만나면 여러 벗을 불러 아무개 장소에서 모이도록 약속했다. 임준원이 주관하여 술과 안주를 마련해 와서 시를 읊으며 취하도록 마시고 실컷 놀다가 흩어지곤 했다. 이런 모임이 정해진 것처럼 되었지만, 임준원은 오래도록 귀찮게 여기지 않았다. 서울에서 제법 재주와 명성이 있는 사람들은 이 모임에 참여하지 못하는 것을 수치로 여겼다.

임준원은 재산이 넉넉한데다 의로운 일을 좋아하고 베풀기를 즐겨 해서 항상 남을 도와주지 못하는 것을 걱정했다. 그래서 가난한 일가나 친구들은 혼례를 치르거나 어려운 일을 당하면 반드시 그에게 부탁하였다. 그가 평소 집에 있거나 밖에 나가면 그를 부모와 형님처럼 모시며 공손하게 대접하는 사람이 수십 인이 되었다.

어느 날 임준원이 육조 앞거리*를 걸어가는데 한 아낙네가 관청 사람에게 끌려가고 있었다. 어떤 못된 녀석이 뒤따라가며 욕설을 퍼붓자 아낙네가 몹시 서럽게 우는 것이었다. 임준원은 그 이유를 묻고는 꾸짖었다.

"하찮은 빚 때문에 여자를 이렇게 욕보일 수 있느냐?"

그는 그 자리에서 아낙네가 진 빚을 다 갚아 준 다음 문서를 받아서 찢어 버리고 발길을 돌렸다. 아낙네가 뒤따라오며 물었다.

"공은 어떤 분이시며, 어디 사시는지요?"

"예법에 남녀간에는 서로 길을 비켜선다 하였소. 무엇 하러 나의 이름을 묻는 것이오?"

아낙네가 계속 물었지만 그는 끝내 말해 주지 않았다. 마침내 임준원의 이름이 백성에게까지 떨치자, 그의 사람됨을 사모해서 알고자 하는 사람의 발길이 문전에 끊이지 않았다.

귀곡 최기남이 세상을 뜨자 초상을 치르기도 어려웠다. 그 문하의 제자들이 모여서 스승의 장사를 치르는데 관棺을 부조할 만한 사람이 없었다. 그때 임준원은 사신使臣을 따라서 북경北京에 가 있었다. 좌중의 사람들이 한탄하며 말했다.

"어허, 임준원이 여기 있었더라면 우리 선생님께서 돌아가셨는데 관도 없

김준근, 제사 지내는 장면 「기산풍속도」 중의 하나

이 가시게 하지는 않았을 텐데.”

이 말이 미처 끝나기도 전에 문밖에 관을 짤 나무를 운반해 오는 사람이 있었다. 물어보니 임준원의 집안사람이었다. 임준원이 북경 길을 떠날 때 최공이 늙고 병든 것을 염려해서 집안사람들에게 미리 일러두었던 것이다. 사람들은 임준원의 높은 의리와 능히 앞일을 생각할 줄 아는 데 감복했다.

임준원이 죽자 조문객 중에는 부모님 상을 당한 듯이 통곡하는 사람들도 있었다. 늘 그의 덕을 보던 사람들은 한숨을 내쉬면서 말했다.

“우리는 이제 어떻게 살아갈 것인가?”

홀로 된 늙은 여인이 자청해서 바느질을 돕다가 성복*이 끝나서야 돌아갔다. 바로 육조 앞거리의 그 아낙네였다.

임준원은 비록 한시를 전공하지 않았지만, 그의 시는 자연스럽고 맑았으며, 시의 분위기는 마치 당나라의 시풍을 느낄 수 있었다. 창랑 홍세태 등 여러 사람과 함께 주고받은 작품이 많다. 임준원이 죽은 지 30여 년 후에 창랑 홍세태가 여항에 떠도는 한시를 모아 『해동유주』*란 이름으로 책을 만들었다. 유찬홍, 임준원 두 사람의 한시가 많이 수록되어 있다.

* 백련봉(白蓮峰) | 북악산(北岳山) 기슭 삼청동(三清洞)에 있는 지명. 백련사(白蓮社)라고도 한다. 석벽에 월영암(月影岩)이라 새겨져 있다.
* 필운대(弼雲臺) | 인왕산(仁王山) 아래 있는 지명. 꽃과 나무가 볼 만하여 봄놀이 하는 곳으로 꼽혔다. 이곳에서 나온 시를 가리켜 '필운대 풍월(風月)' 이라 했다.
* 최기남(崔奇男) | 자는 영숙(英叔), 호는 귀곡(龜谷) 혹은 묵헌(默軒)이다. 시를 잘 지었다.
* 내수사(內需司) | 대궐에서 쓰는 쌀, 베, 잡물(雜物), 노비 등에 관한 사무를 맡아보던 관부다.
* 유찬홍(庾纘洪) | 자는 술부(述夫). 정두경(鄭斗卿)에게 수학한 바 있었으며, 바둑을 잘 두어 국수(國手)로 유명했다.
* 홍세태(洪世泰) | 1653~1725년. 자는 도장(道場), 호는 창랑(滄浪). 중인 출신으로 시를 잘 지었다. 저서로 『유하집』과 『해동유주』 등이 있다.
* 최대립(崔大立) | 자 수부(秀夫), 호 창애(蒼涯) 혹은 균담(筠潭). 모친에게 효성이 지극했고 시를 잘하였다.
* 육조(六曹) 앞거리 | 지금의 광화문 앞의 길.
* 성복(成服) | 장사를 지낼 때의 한 절차로 초상(初喪)이 나서 상복(喪服)을 입는 것이다.
* 『해동유주(海東遺珠)』 | 홍세태가 편찬한 것으로 조선조 전기의 박계강(朴繼姜)부터 당시대에 이르기까지 48명의 시 230여 수를 수록한 책. 1권 1책.

가수재전賈秀才傳 | 김려*

가수재賈秀才는 어떠한 사람인지 모른다. 늘 적성현* 청원사淸源寺에 드나들었으며, 건어물 파는 것을 직업으로 하였다. 그는 팔 척 신장에 머리를 땋아 늘이고 얼굴이 숯검정 같았다. 누가 혹 성명을 물으면 늘 다음과 같이 말했다.

"나의 성은 천天이요, 이름은 지地요, 자는 현황玄黃이라오."

그러면 묻던 사람이 허리를 잡았다. 두 번 세 번 꼬치꼬치 물으면,

"나는 장사꾼이라, 성이 가*씨라우."

라고 하였기에 그는 그때부터 가수재로 통하게 되었다.

언제나 새벽이면 일어나서 건어물을 짊어지고 원근의 장터로 다녔다. 하루에 동전 오십 전만 벌면 술을 사 마셨고 평생 밥을 먹는 것 같지 않았다.

청원사는 적성현의 남쪽 한적한 곳에 자리 잡고 있는데, 지방의 유생들이 이 집을 찾아와서 글을 읽곤 하였다.

함박눈이 그친 어느 날, 가수재가 눈 속에 빠져 흠뻑 젖은 발로 유생들이 모여 앉은 사이로 불쑥 들어가 앉았다. 유생들이 화를 내며 꾸짖자 가수재는 그들을 흘겨보며 말했다.

"당신들 위세는 진시황秦始皇을 뺨치겠는걸. 나의 장사는 여불위만 못하구려.* 어이쿠 무서워라, 무서워!"

그러고는 벌떡 누워서 코를 드르렁 고는 것이었다. 유생들은 더욱 화를

김홍도, 행상 낡은 벙거지를 쓰고 지게에 새우젓 통을 진 남자, 아이를 업고 머리에 광주리를 인 여인이 행상을 떠나기 위해 헤어지는 모습이다. 국립중앙박물관 소장

내며 중을 불러 끌어내라 하였다. 그러나 무거워서 꼼짝할 수도 없었다.

이튿날 불전佛殿 위에서 누군가가 이태백李太白의 시 「원별리遠別離」를 읊는데 목청이 아주 청아했다. 유생들이 달려가 보니 바로 가수재가 아닌가. 유생들은 비로소 이상하게 여기고 물었다.

"자네, 시 지을 줄 아느냐?"

"암 짓지요."

"글씨는 쓸 줄 아느냐?"

"암 쓰지요."

유생들은 종이와 붓을 주며 시를 지어 보라고 하였다. 그러자 가수재는 벼루맡에 앉아서 미친 듯이 먹을 갈더니 왼손으로 뭉뚝한 붓을 들어서 종이 위에다 어지러운 초서*로 써 내려갔다.

청산青山 좋고 녹수綠水 좋다.

녹수청산 천 리 길에

고기 팔아 술 마시고 귀거래歸去來여!

한 백년 길이길이 이 산중에 늙으리라.

가수재는 붓을 던지고 껄껄 웃었다. 그의 글씨는 고산 황기로*와 거의 비슷했다.

그러자 유생들이 가수재를 달리 보게 되었다. 다시 시 한 수를 청하자 벌컥 성을 내어 유생을 꾸짖고 끝내 듣지 않았다.

어느 날 술에 크게 취하여 복어를 갖다 부처님 전에 공양하고 합장하여 절을 올리는 것이었다. 중들이 질색을 하고 나섰다.

"너희들, 불경을 못 본 모양이구먼. 불경에 석가여래가 복어를 잡수셨다 하지 않았나?"

"어떤 불경에 그런 말이 있나요?"

"『보리경』*에 있지. 내가 외어 보지."

그러고는 가수재가 갑자기 대불전 아래 가부좌*를 틀고 앉아 웅얼거렸다.

"여시아문如是我聞, 부처님이 일시 서양의 바다 가운데 계실 적에 파사국婆娑國에서 바친 큰 복어를 잡수시더라. 부처님 이마 위에서 천만장무외광명千萬丈無畏光明이 발해지자, 비구比丘와 모든 대중에게 고하되, '이 복어는 큰 바다 가운데 놀며 청정淸淨한 물을 마시고 청정한 흙을 먹은지라 여래如來에게 무상의 묘미妙味로다.' 하시더라."

이 말을 듣는 자들이 모두 크게 웃었다.

가수재는 청원사에 머문 지 한 해 남짓하여 어디론가 떠났다.

기이하도다, 가수재의 사람 됨됨이여! 기특한 재주를 품고 탁월한 뜻을 지녔으되 어찌하여 그다지 제멋대로 광태를 부려 사람들로 하여금 자기의 참모습을 알지 못하게 하였던가. 아마 그는 옛날의 소위 은군자隱君子의 부류일 것이다.

구성*에 사는 정씨 아저씨가 여릉廬陵으로 나를 찾아와서 이 이야기를 아주 자세히 들려주셨다. 나는 가수재를 만나 보고 싶어 청원사로 갔으나 그가 떠난 지 이미 사흘 뒤였다.

* 김려(金鑢) | 1766~1822년. 본관은 연안(延安), 호는 담정(藫庭). 시와 산문에 뛰어났다. 연산현감(連山縣監)을 지냈으며, 함양군수로 있을 때 일생을 마쳤다. 열다섯 살에 성균관에 들어가 패사소품체(稗史小品體)를 익혔으며, 이옥과 교유하면서 소품체 문장의 대표 인물로 주목받았다. 강이천의 사건에 연루되어 부령으로 유배되었다. 저서로는 『담정유고』가 있으며, 자신과 주위 문인들의 글을 모은 『담정총서』 17권을 남겼다. 특히 그가 남긴 『우해이어보』는 정약전의 『현산어보』와 쌍벽을 이룬다.
* 적성현(赤城縣) | 경기도 양성(陽城)의 옛 이름.
* 가(賈) | 상인을 가리킬 때는 음이 '고' 이나 성씨에서는 '가' 이다. 여기서는 '고' 가 옳다고 볼 수도 있겠으나 성으로 쓴 것이기에 '가' 라고 하였다.
* 여불위(呂不韋)만 못하구려 | 여불위는 대상(大商)으로 진시황의 부친인 장양왕(莊襄王)을 도와 그를 왕의 자리에 오르게 한 인물이다. 일찍이 여불위가 자기의 애첩을 장양왕에게 바쳤는데 바로 그 애첩이 진시황을 낳았다 한다. 가수재가 이 고사를 써서 유생들을 몹시 놀린 것이다.
* 초서(草書) | 한자 중 가장 흘려서 쓴 글씨체.
* 황기로(黃耆老) | 호는 고산(孤山), 자는 태수(鮐叟). 조선조 중종 29년에 진사에 합격하여 별좌(別坐)를 지냈다. 명필로 유명한데 초서에 능했다.
* 『보리경(菩提經)』 | 불경의 하나. 깨달음과 보리심(菩提心)을 비롯한 보살행 등 여러 가르침에 대해 설명한다.
* 가부좌(跏趺坐) | 승려나 수행인이 앉는 한 자세. 오른쪽 발을 왼쪽 허벅지 위에 왼쪽 발을 오른쪽 허벅지 위에 놓거나, 그 반대로 놓기도 한다. 부처가 항상 이 자세로 앉아 불좌(佛坐)라고도 한다.
* 구성(駒城) | 경기도 용인(龍仁)의 옛 이름.

유광억전 柳光億傳 | 이옥

천하가 버글거리며 온통 이익을 위하여 오고 이끗*을 위하여 간다. 세상에서 이익을 숭상하는 것이 이처럼 오래되었다. 그러나 이끗을 위해 사는 사람은 반드시 이끗 때문에 죽는다. 그렇기 때문에 군자는 이익을 말하지 않지만 소인은 이끗을 위하여 죽기까지 한다.

서울은 장인바치와 장사치들이 모이는 곳이다. 거래할 수 있는 많은 물품을 진열한 가게들이 별처럼 벌여 있고 바둑판처럼 펼쳐 있다. 남에게 손과 손가락을 파는 사람이 있고, 어깨와 등을 파는 사람도 있으며, 뒷간 치는 사람도 있고, 칼을 갈아서 소 잡는 사람도 있으며, 얼굴을 꾸며 몸 파는 사람도 있으니, 세상에서 사고파는 것이 이처럼 극도에 달하였다.

외사씨*는 말한다.

"벌거숭이 나라에는 실, 비단의 시장이 없고, 산 것을 잡아 날것으로 먹던 시대에는 솥을 팔지 않았다. 수요가 있어야만 파는 사람이 생기는 법이다. 큰 대장장이의 문 앞에서는 칼이나 망치를 선전하지 못하고, 힘써 농사짓는 집에는 지나가는 쌀 행상도 소리치지 않는다. 자기가 없는 다음이라야 남에게 구하는 것이다."

유광억은 영남 합천군 사람이다. 그는 시를 어느 정도 지을 줄 알았으며 과체*를 잘한다고 남쪽 지방에 소문이 났다. 그의 집은 가난하였고, 그의 신분은 낮았다. 과거 시골 풍속에 과거 글을 팔아 생계를 삼는 자가 많았는데, 유광억도 글 파는 재주로 이득을 취하였다.

김홍도, 부벽루연회도 평양의 부벽루에서 벌어진 연회를 그렸다. 부벽루에 장막이 드리워졌으며 그 안에 평안감사가 좌정해 있다. 좌우로 구경나온 인파들의 표정은 다양하고 해학적이다. 국립중앙박물관 소장

일찍이 영남의 향시*에 합격하여 장차 서울로 과거를 보러 가는데, 웬 부인들이 타는 수레로 길에서 맞이하는 사람이 있었다. 도착해 보니 붉은 문이 여러 겹이고 화려한 집이 수십 채였다. 그곳에 얼굴이 희고 수염이 성긴 몇 사람이 한창 종이를 펼쳐 놓고 팔 힘을 뽐내고, 글을 쓰며 차례를 기다리고 있었다. 그 집에서는 안채에 광억의 숙소를 정해 두고 매일 다섯 번 진수성찬을 바치고 주인이 서너 번씩 뵈러 왔다. 광억을 공경히 대하는 것이 마치 아들이 부모를 잘 모시듯 하였다.

이윽고 과거를 치렀는데 주인의 아들이 과연 유광억의 글로 진사에 올랐다. 이에 유광억의 짐을 꾸려 보내는데 말 한 필과 종 한 사람의 부피가 되었

다. 광억이 집에 돌아와 보니 어떤 사람이 이만 전을 가지고 왔고, 그가 빌렸던 고을의 환자* 빚은 감사에게 이미 갚은 터였다.

광억의 문사文詞는 격이 별로 높지 않으나 다만 가볍게 잔재주를 부리는 것이 장기인데, 이는 과거 글에 잘 맞아떨어졌다. 광억은 이미 늙었는데도 그의 문사는 더욱 나라에 소문이 났다.

경시관*이 영남의 감사를 만난 자리에서 말했다.

"영남의 인재 가운데 누가 제일입니까?"

감사가 말했다.

"유광억이라는 사람이 있습니다."

그러자 경시관이 말했다.

"이번에 내가 반드시 장원을 시키겠습니다."

감사가 말을 이었다.

"당신이 그렇게 골라낼 수 있을까요?"

"능히 할 수 있습니다."

마침내 서로 논란하다가 광억의 글을 알아내느냐 못하느냐로 내기를 하게 되었다. 경시관이 이윽고 과장에 올라 시제詩題를 내었다. 시제는 '영남에서는 10월에 중구회*를 여니, 남쪽과 북쪽의 절후節候가 같지 않음을 탄식하노라.' 였다. 조금 있다가 시험 답안(시권試券)이 하나 들어왔는데 그 글에

"중양절 놀이가 중음달에 펼쳐지니, 북쪽에서 오신 손 남쪽 데운 술 억지로 먹고 취하였네."

라고 적혀 있었다.

경시관이 '이것은 광억의 솜씨가 틀림없다.' 고 생각하고는, 붉은 묵으로 비점*을 마구 쳐서 이하二下의 등급을 매겨 장원으로 뽑았다. 또 어떤 시험 답안은 자못 작법에 합치되므로 이등으로 하였고, 또 한 답안을 삼등으로 삼았다. 모두 겉봉을 떼어 보니 광억의 이름은 없었다. 몰래 조사해 보니 모두 광억이 남에게 돈을 받은 액수에 따라 차이 나게 한 것이었다.

경시관이 비록 그러한 사실을 알았지만 감사가 자기의 글 보는 안목을 믿지 않을 것으로 염려하였다. 그래서 광억이 죄를 범한 사실을 증거로 얻기 위해 합천군에 사건을 이관*하여 광억을 잡아 보내도록 하였다. 그러나 실제 옥에 가둬 조사할 생각은 없었다.

광억이 군수에게 잡혀 장차 압송되기 직전에 스스로 두려워하면서 '나는 과거의 도적이라서 가면 죽을 것이니, 가지 않는 것이 좋겠다.' 고 여겨 밤에

친척들과 더불어 마음껏 술을 마시고 몰래 강에 투신하여 죽었다. 시험을 담당하는 관리가 이 소식을 듣고 애석해하였다. 사람들은 그의 재능을 모두 아까워했지만 군자는 다음과 같이 말했다.

"광억은 죽어 없어지는 것이 마땅하다."

매화외사*는 말한다.

"세상에 팔 수 없는 것이 없다. 몸을 팔아 남의 종이 되기도 하고, 미세한 터럭과 형체 없는 꿈까지도 모두 사고팔 수 있으나 그 마음을 파는 사람은 있지 않다. 아마도 모든 사물은 다 팔 수 있지만 마음은 팔 수 없는 것이 아니겠는가? 유광억과 같은 자는 마음까지도 팔아 버린 자가 아닌가?

슬프다. 누가 알았으리! 천하의 파는 것 중 지극히 천한 매매를 글 읽은 자가 한다고 했던가? 법전法典에 '주는 것과 받는 것이 죄가 같다.' 고 되어 있다."

* 이끗 | 재물의 이익이 되는 실마리.
* 외사씨(外史氏) | 전(傳)을 지을 때 작품의 끝이나 앞에서 작품의 내용을 평하는 사람을 말한다. 보통 작자 자신을 말하는 경우가 대부분이다.
* 과체(科體) | 과거를 볼 때 사용하는 문체.
* 향시(鄕試) | 지방에서 실시하는 과거 시험의 하나로 각 도에서 유생(儒生)에게 실시하던 초시(初試)를 말한다.
* 환자(還子) | 조선시대에 각 고을에서 백성에게 꿔 주었던 곡식을 가을에 받아들이는 구휼 제도이다.
* 경시관(京試官) | 조선시대에 3년마다 지방에서 과거를 실시할 때, 서울에서 파견하던 시험관.
* 중구회(重九會) | 옛 명절의 하나로 9월 9일의 모임을 말한다. 구(九)가 겹쳐 있어 중구(重九)라고 부른다.
* 비점(批點) | 시문 등을 평하여 잘 된 작품에 찍던 점.
* 이관(移關) | 공문을 보내는 것을 말한다.
* 매화외사(梅花外史) | 작자인 이옥을 말한다.

장복선전張福先傳 | 이옥

우리나라는 옛날부터 협객이 없다. 가끔 협객이라 불리던 사람은 모두 기생집에서 떼를 지어 노닐며 검술에 몸을 맡겨 옛날 청릉계青陵契와 같은 자들이었다. 그렇지 않으면 집안 살림을 돌보지 않고 술을 마시며 마작이나 하는 자들이다. 이들이 어찌 참된 협객이겠는가?

근래에 달문*이 서울에서 협객으로 이름이 났다. 달문을 협객이라 하는 이유는 나이 오십에도 장가를 들지 않고, 남루한 옷을 걸치고도 비단옷 입은 부호들과 서로 형님 동생 하고 지내기 때문이다.

달문이 일찍이 친구 집에서 놀 적에 그 친구가 은銀 한 봉封을 잃어버리자 달문을 의심하면서 물었다.

"혹시 여기에 은이 있지 않던가?"

달문이 말했다.

"그래, 거기 있었지."

그러고는 친구에게 미리 말하지 않고 가져간 것을 사과하고 그 즉시 다른 사람에게 빌려서 그 은을 갚아 주었다. 얼마 후 그 친구가 자신의 집에서 잃어버렸던 은을 찾았다. 친구는 매우 후회하는 마음으로 달문에게 받은 은을 돌려주면서 여러 번 사과하였다. 달문은 웃으며 말했다.

"괜찮네. 자넨 자네의 은을 찾았고 나는 나의 은을 돌려받은 것인데, 무어 그리 사과할 게 있겠나?"

이로부터 달문의 이름이 세상에 알려졌다.

경금자*는 말한다.

"구달문具達文은 여항의 점잖은 사람이지 협객이 아니다. 협객은 능히 재물을 가볍게 여겨 남에게 잘 베풀고, 의로운 기개를 숭상하여 남이 곤란한 상황이나 다급한 처지에 있을 때 해결해 주되 보답을 바라지 않는 것을 소중하게 생각한다. 이런 사람이야말로 협객이 아니겠는가."

장복선張福先이란 사람은 평양平壤 감영監營에서 은 창고를 지키는 창고지기였다. 지금 판서로 있는 채제공* 공公이 평안 감사로 있을 때 은 창고를 조사했더니, 없어진 은이 대략 이천 냥이나 되었다.

채판서는 복선의 집이 본래 가난한 터라 없어진 은을 추징할 수 없게 되자 법대로 사형을 집행할 수밖에 없었다. 그를 옥에 가두고 다음 날 형을 집행하려는데, 평양 사람들 모두 복선이 죽게 됨을 애석하게 여긴 나머지 앞다퉈 술과 밥을 옥중으로 들여보낸다는 소문이 있었다.

채판서가 밤중에 사람을 시켜 옥중을 엿보게 하였더니, 복선은 바야흐로 술잔을 들고 평소처럼 태연하게 사람들과 담소를 나누고 있었다. 그러다가 갑자기 종이와 붓을 찾더니 사람들에게 말했다.

"이 한 몸 죽는 것은 진실로 애석하지 않소. 허나 내가 죽은 뒤에 혹 관의 재물을 훔쳐 사사로운 욕심을 채웠다는 말을 들으면 대장부의 치욕이 될 것이 아니겠소. 내 이제 기록 하나를 남겨 그 증거로 삼고자 하오."

말을 마치자마자 종이에다 쭉 쓰기 시작했다.

"아무가 초상을 치를 때 가난해서 염도 못하고 있을 때에 내가 은 몇 냥을 주었으며, 아무의 장사에 내가 은 몇 냥을 주었다. 내가 주관하여 아무 처녀를 시집보내고, 아무 총각을 장가들일 때에 은 몇 냥을 썼고, 모씨의 환자還子와 모某 아전이 포흠*진 것을 갚아 주는 데 내가 마련한 은 몇 냥을 모두 쬈다."

다 적고 나서 셈해 보니 모두 이천 냥이 넘었다.

이튿날 아침 이미 정패*를 벌여 놓고 장복선을 뜰에 꿇리고 사형을 집행하려는데, 평양 사람들이 급히 뛰어다니며 서로서로 알렸다.

"오늘은 아전 장복선이 죽는 날이다."

남녀노소 모두 둘러싸고 이를 지켜보는데 개중에는 눈물을 흘리는 사람도 있었다. 그들 중 기생 백여 명도 모여 달비를 얹은 채 비단 치맛자락을 걷어 올려 허리띠에 꽂고 뜰아래 줄지어 꿇어앉아 서로 화답하였다.

저 사람 살리소서. 저 사람 살리소서.

장복선 저 사람 살려 줍사, 천 번 만 번 비나이다.

미동*대감 채판서님.

저 장복선을 살리소서.

장복선을 살리시면,

이번 참에 정승자리 오르시리.

정승을 못하셔도,

곱디고운 비단 댕기.

작은 도령 얻으시와, 슬하에 두시리다.

저 사람 살리소서.

저 사람 살리소서.

비나이다, 비나이다.

장복선을 용서하사 명대로 살게 하소.

노래가 끝나기도 전에 대열 중에 있던 장교가 커다란 버들상자를 땅에 던

민비녀 부인의 쪽머리에 꽂은 장식품으로 소박한 은비녀를 말한다. 성균관대학교박물관 소장

은노리개 여성들이 몸치장을 위해 한복 저고리의 고름이나 치마허리 등에 달았던 패물이다. 성균관대학교박물관 소장

지며 여러 사람에게 말했다.

"오늘은 장복선이 죽는 날입니다. 그를 살리고 싶은 분들은 여기에 은을 거두어 주시기 바랍니다."

평안도 지방은 본래 은이 많고 풍속이 사치를 숭상하는 곳이라 장식을 하지 않은 사람이 거의 없었다. 이에 사람들이 은장도나 은비녀, 혹은 부녀자들의 은가락지, 은비녀, 은노리개 따위를 던지자, 은패물이 마치 눈이 내리듯 어지러웠다. 잠깐 동안에 은 네다섯 상자를 채웠는데, 아전이 그것을 달아보니 벌써 천여 냥이나 되었다.

채판서는 백성이 원하는 대로 따르고 또 복선의 인간됨을 기특하게 여겨서 그를 석방하라고 명하고, 은 오백 냥을 내어서 도와주었다. 그 이튿날 아전이 관의 장부가 채워졌음을 채판서께 알렸다.

복선이 석방되고 사흘째 되는 날, 먼 고을에서 은을 싣고 온 사람이 두셋 있었다. 모두 이야기를 듣고 복선의 석방을 기뻐하면서 자기가 뒤늦게 도착한 것을 부끄러워하였다.

경금자는 말한다.

장복선 같은 자야말로 정말 협객이 아니겠는가? 그가 관의 재물을 축내면서 사사로이 은혜를 베푼 것은 법으로 마땅히 사형을 집행할 만한 일이다. 그러나 만약 장복선의 집에 쌓인 재산이 있었던들 어찌 관의 재물을 훔쳐 나라의 법을 범했겠는가? 우리나라 사람들은 성격이 무디고 옹졸할뿐더러 재물에 인색하여 남의 어려움을 잘 돕는 것으로 이름난 자가 드물다.

장복선은 지방의 보잘것없는 말단 아전이지만, 저 옛날 큰 협객의 풍모가 넉넉히 남아 있다. 특히 우리나라의 관서 지방은 풍토와 기질이 다른 지방과는 약간 다르다. 관서 지방 사람들은 재물을 가벼이 여기고 의리를 중히 여기며, 기개와 절개를 숭상하고 명예를 좋아하는 풍속이 있어서 그러한 것이 아닐까?

요 몇 해 사이 어떤 객이 평양을 지나는 길에 장복선을 찾았더니 그는 마침 안주安州에 가서 돌아오지 않았다고 한다.

* 달문(達文) | 영조 때 서울 시정에서 활동하여 일세에 소문이 났던 인물로 광문(廣文)이라고도 한다.
* 경금자(絅錦子) | 작자 이옥의 호(號). 작자인 이옥 자신을 말한다.
* 채제공(蔡濟恭) | 1720~1799년. 본관은 평강(平康), 자는 백규(伯規), 호는 번암(樊巖)이다. 1743년 문과에 급제하였고, 1755년 평안도관찰사를 지냈으며, 형조판서, 우의정, 좌의정 등을 역임하였다.
* 포흠(逋欠) | 관청의 물건을 사사로이 소비하는 것.
* 정패(旌牌) | 관원이 행차할 때 앞에 세우는 깃발 등속.
* 미동(美洞) | 지금의 서울 시청 부근. 이곳에 채제공의 서울 집이 있었다.

이홍전李泓傳 | 이옥

예전 사람들은 소박하였는데 요새 사람들은 기지機智를 좋아한다. 기지는 기교를 낳고, 기교는 간사를 낳으며, 간사는 속임수를 낳는다. 속임수가 유행하면 세상의 도리가 날로 어지러워진다.

서울의 서대문에 큰 시장이 있는데, 이곳은 가짜 물건을 파는 자들의 소굴이다. 가짜 물건을 파는 자들은 백통*을 가리켜 은이라 주장하고, 염소뿔을 가지고 대모*라 우기며, 개가죽을 가지고 초피*로 꾸며 진짜라고 우긴다.

심지어 부자와 형제간에 서로 물건을 흥정하는 척하며 값이 비싸다느니 싸다느니 다투면서 왁자지껄한다. 시골 사람이 이를 흘낏 보고 진짜인가 싶어서 부르는 값을 주고 사면, 판 놈은 자기가 꾸민 꾀가 들어맞아서 한 번에 열 곱이나 백 곱의 이익을 본다.

어떤 경우는 소매치기도 그 사이에 껴 있다. 소매치기는 남의 자루나 전대 속에 무엇이 든 것 같으면 예리한 칼로 째어 빼간다. 피해자가 소매치기를 당한 줄 알고 쫓아가면 소매치기는 요리조리 식혜 파는 골목으로 달아난다. 꼬불꼬불 좁은 골목이다 싶어 거의 따라가 잡을라치면 대광주리*를 짊어진 놈이 불쑥 나타나,

"광주리 사려!"

하고 튀어나와 길을 막아 버려 더는 쫓지 못한다. 이런 이유로 시장에 들어서는 사람은 전장 터에서 진陣을 지키듯 돈을 간직하고 시집가는 여자 몸조심하듯 물건을 간수하지만 곧잘 속임수에 걸려들곤 한다.

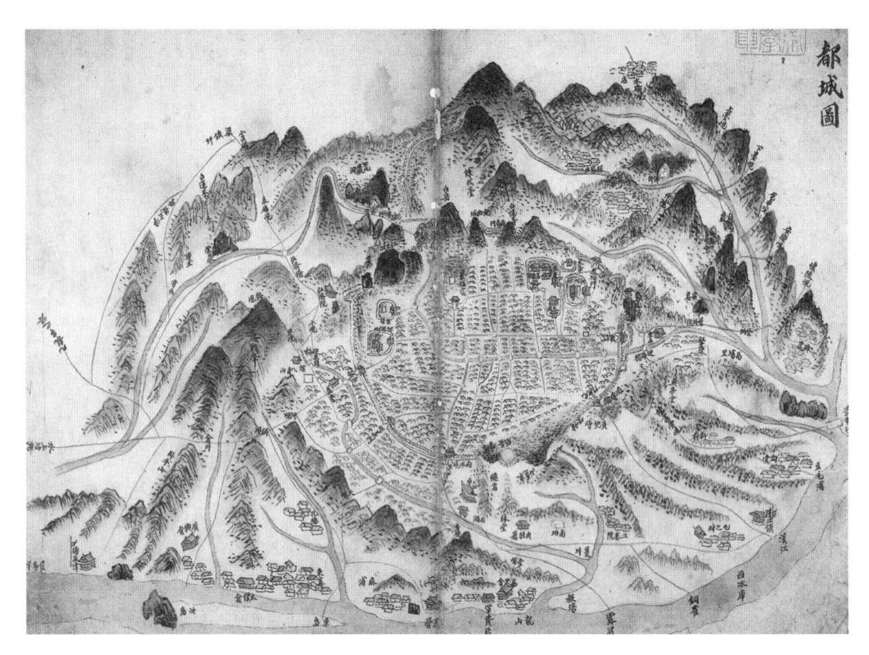

도성도, 19세기 서울의 성 안을 그린 채색지도다. 도성 안팎에 집들이 빼곡히 들어차 있다. 당시 서울의 번성한 모습을 보여 준다. 서울대학교 규장각 소장

삼한三韓의 백성이 옛날엔 순박하다고 일컬어졌으나 근래에는 백면선白勉善 같은 부류처럼 사기꾼으로 유명한 자도 많다. 혹시 백성의 풍속이 날로 타락하여 순박한 사람들이 간사하게 되어 그렇게 된 것일까? 과연 까마득한 옛날, 어리석고 사리에 어둡던 세상에도 간사한 무리가 끼어 있었을까?

이홍李泓은 서울 사람이다. 풍채가 헌칠하고 얼굴도 잘 생긴데다 말솜씨도 유창해서 처음 대하는 사람은 전혀 사기꾼인 줄 모른다. 이홍의 성격은 재물을 가벼이 여기고 의복과 음식을 좋아해서 겉보기는 그럴듯해 보이지만, 실은 집이 가난하였다.

일찍이 이홍은 큰 가문의 거족巨族에 출입하면서 관개공사의 이로움을 말하였다. 마침내 이홍은 거족에게 수만 냥의 돈을 얻어 내 청천강淸川江에서 공사를 벌였다. 그는 매일 소를 잡고 술을 거르고 이웃에 이름난 기생을 불렀는데, 이홍이 부르면 오지 않는 기생이 없었다. 유독 안주安州의 기생 한 명이 재주와 미모가 평안도의 으뜸으로 감사의 총애를 받고 있었다. 그 기생은 아무리 별성* 행차라도 그 낯짝조차 엿볼 수가 없었지만, 이홍도 그 기생만은 불러올 방법이 없었다.

이홍은 자신이 직접 안주로 가서 열흘 이내에 일을 성사하고 돌아오기로 동무들과 내기를 했다. 그러고는 말에 짐을 싣고 비단 쾌자를 걸치고서 구종*도 없이 갓 쓴 사람 하나만을 데리고 채찍을 울리며 안주 성내로 들어갔다. 사리를 구별할 줄 아는 사람이라면 이홍을 보고 누구나 '개성의 대상大商'으로 인정하였다.

이홍은 그 기생의 집을 찾아가서 숙소를 정했다. 기생의 아범은 군교軍校로 늙어서 주막을 낸 자였다. 이홍은 다음과 같이 약속을 하며 말했다.

"내가 가진 것은 값진 물건이라네. 주막에 다른 손님은 받지 말게나. 내 이번 걸음에 사람을 기다려야 하는데, 그 사람이 늦게 올지 금방 올지 예측할 수 없다네. 떠나는 날 모든 걸 청산함세. 내가 원래 입이 짧으니 아침과 저녁을 각별히 신경 써서 차려 주게. 값이 많고 적음을 염려치 말고 연채*는 주인 마음대로 정하시게나."

쾌자 군복의 하나. 왕 이하 서민과 하급 군인이 겉옷 위에 덧입는 옷. 쾌자는 둥근 옷깃에 옆트임과 뒤트임이 있는 전복과 비슷하나, 어깨통이 좁다. 온양민속박물관 소장

벼루 먹을 가는 문방구. 한국국학진흥원 소장

기생 아범이 보니 사람은 장사치요, 싣고 온 짐은 가볍지 않고 묵직한 모양새가 대개 은돈인가 싶었다.

"옳지, 좋은 손님이로구나."

그러고는 머무를 방을 깨끗하게 치워 이홍을 맞이했다. 이홍은 머무를 방에 들어가서 사방을 둘러보더니 잔뜩 상을 찌푸리고 시종侍從을 불렀다.

"얼른 장지*를 사 오너라. 사람이 단 하루를 묵더라도 이런 데 누워 있어서야 되겠느냐?"

시종이 방 안 도배를 말끔히 끝내자, 이홍은 짐을 머리맡에 옮겨다 놓고 양털 요와 비단 이불을 깔았다. 행장 속에서 두툼한 장부 한 권, 주판, 조그만 벼루를 꺼냈다. 그러고는 문을 닫아걸고 시종과 함께 계산을 했는데, 일이 종일토록 끝나지 않았다.

기생 아범이 문틈으로 귀 기울여 들으니 둘이서 비단이며 향료며 약재 등의 물품을 셈하는 것이 아닌가. 기생 아범이 자기 여편네인 퇴기退妓와 의논하였다.

"저 손님은 거상巨商이야. 저도 우리 아이를 보면 영락없이 반할 테지. 반하면 소득도 적지 않을 거야. 아무렴 감사님 덕에 비기겠나."

이렇게 생각하고 딸을 평양 감영에서 살짝 불러왔다.

"귀하신 어른이 누추한 곳에 오래 머물러 계시기로 젊은 주인이 감히 현신*하옵니다."

"이러지 말게. 여주인이 하필 이럴 것이 있겠나?"

주판 서울역사박물관 소장

이홍은 분주한 듯이 계속 주판알을 굴리면서 어린 기생을 안중에 두지 않은 듯 행동하였다. 기생 아범이 속으로 생각했다.

'저 양반 대단한 거상이로구나. 안목이 워낙 높고 도도한 것을 보니 아마 재물이 많기 때문이렷다.'

그리고 저녁에 다시 조용히 말했다.

"제 아이가 보시기에 누추하신지요? 손님께서 아주 냉담하시니 우리 아이가 지금 매우 무색한 모양입니다."

이홍은 여러 차례 사양하고 별로 의향을 보이지 않다가 마지못해 응하는 듯했다. 기생은 주안상을 차리고 손님과 더불어 노래하고 춤추며 한껏 아양을 떤 뒤에야 겨우 동침할 수 있었다. 그 뒤 기생은 사나흘 동안에 틈틈이 손님과 만났다.

하루는 이홍이 눈썹을 찌푸리고 근심하는 기색으로 주인을 불러서 물었다.

"최근 서도*에 명화적*이 안 났다던가?"

"없었지요."

"의주義州에서 여기까지 며칠이면 오던가?"

"아마 며칠쯤 걸립죠."

"그럼 날짜가 지났는걸. 말이 병이 났나?"

"손님, 무슨 걱정되는 일이라도 있으신가요?"

"북경에서 오는 물건이 며칟날 압록강을 건너 며칟날 여기 닿기로 약조하였다네. 그런데 여태 나타나지 않으니 걱정인걸."

근심어린 얼굴로 이홍은 시종을 불러 말했다.

"너 서문西門 밖으로 나가 보아라."

시종이 저녁 때 돌아와서 소식이 전혀 없다고 아뢰었다.

그 후 이홍은 근심으로 날을 보내더니 사흘째 되는 날 주인을 불러 말했다.

"내가 지금 귀중한 재물을 가지고 있으므로 나가 보지 못한다네. 이제 자네는 나와 한 집안이나 다름없다네. 내 갑갑해서 병이 날 것 같아 도저히 앉아 기다릴 수 없구먼. 내 물건을 자네에게 맡길 터이니 잘 좀 간수해 주게. 내 나가서 알아보고 옴세."

그러고는 머물고 있던 방을 잠근 다음 총총히 나갔다. 이홍은 바로 샛길로 빠져 청천강으로 돌아왔으니, 과연 동무와 내기한 대로 전후 열흘이 걸렸다.

기생의 집에서는 손님이 영 돌아오지 않는 것을 이상하게 여겨 이홍이 남기고 간 행장을 열어 보았다. 행장에는 거위알만한 조약돌이 가득 들어 있을 뿐이었다.

한 시골 아전이 군포*를 바치러 돈 천여 꿰미를 가지고 상경하였다. 이홍이 여관을 정하지 못하고 있는 아전을 자기 집으로 데리고 가서 꾀수를 썼다.

"내게 한 가지 술수가 있소, 노자나 해웃값*쯤은 벌 것이오."

아전은 좋아하면서 가진 돈을 몽땅 이홍에게 맡겼다. 아전이 보니, 이홍이 아침저녁으로 조금씩 돈냥이나 버는 것 같았다. 십여 일이 지났다. 갑자기 이홍이 남산南山 경치가 좋다고 떠벌렸다. 그래서 술 한 병을 들고 아전을 앞세우고 팽남골彭南洞 인적이 드문 곳으로 올라갔다. 이홍이 혼자서

조선시대 화폐와 엽전궤 놋쇠로 만든 옛날 주화. 가장 널리 사용한 엽전(葉錢)은 상평통보로 종류만 해도 300여 종이 된다. 서울역사박물관 소장

술 한 병을 다 마시더니 목을 놓아 우는 것이었다.

"원, 술 한 병도 못 이기고 이러우?"

"서울이 이렇게 아름다운데 이곳을 버려야 하다니…… 내 어찌 눈물이 나지 않겠소."

말을 마치자 이홍은 소매에서 줄 한 가닥을 꺼내 소나무 가지에 걸고 목을 매려 했다. 아전이 크게 놀라서 손으로 막고 곡절을 물었다.

"당신 때문이라우. 내가 어디 남의 돈 한 푼을 속일 사람이겠소. 남을 잘못 믿고 그만 당신 돈을 몽땅 떼이고 말았구려. 물어내자 하니 가난한 놈이 도리가 없고 그냥 두자니 당신이 성화같이 독촉할 것이라 죽느니만 못하니 말리지 마시오."

이홍은 금방 목을 매고 밑으로 뛰어내릴 기세였다. 이에 아전은 당황해서 발돋움을 하며 말했다.

"죽지 말아요. 내 당신에게 돈에 대한 말은 않으리다."

"아니야, 당신이 시방 내가 죽으려니까 이런 말을 하는 게야. 말이야 무슨 문서가 되우. 나중 당신의 말을 무엇으로 막는단 말이오. 지금 아예 죽느니만 못하지."

아전은 혼자 '저 사람이 죽으나 사나 돈 못 받기는 마찬가지고, 죽으면 또 뒷말이 있을 것이다.' 생각하고, 분주히 주머니에서 붓과 먹을 꺼내 돈을 받았다는 증서를 써 주고 죽지 않도록 타일렀다.

"당신이 정 이런다면야 내 하필 죽을 까닭이 없을 것 같소."

이홍은 옷을 훌훌 털고 집으로 돌아갔다. 그날 저녁에 당장 그 아전을 몰아내고 대문 안에 들어서지도 못하게 하였다. 법관法官이 이 사실을 바람결에 듣고 이홍을 잡아다가 볼기 백 대를 갈겼다. 이홍은 거의 죽게 되었으나 아주 죽지는 않았다.

이홍은 활 쏘는 것을 배웠지만, 아무 해에 무과에 오른 것은 활 쏘는 솜씨로 합격한 것이 아니었다. 합격을 알리는 방榜이 나붙자, 이홍은 합격자 중에서도 유가*의 치레를 가장 으뜸으로 하였다.

악공들은 모두 청모시 철릭*을 입고 침향사* 석 자를 늘였다. 이홍은 이들에게 수건, 전錢, 포布 외에도 각기 모란 병풍 한 벌과 포도서장도* 하나씩 주었던 것이다. 사람들은 이홍이 먼 시골로 나가서 남의 집 분묘를 많이 벌초하더니 그 제위전*을 팔아서 쓰는 것이라고 수군거렸다.

이홍의 집은 서대문 밖에 있었다. 어느 날 이홍은 꽃무늬 비단 창옷을 입고 왼손으로 만호 갓끈*을 어루만지며 호박 선추*를 굴리고 어슬렁어슬렁 남대문으로 들어섰다. 마침 남대문 앞에서 한 중이 권선*을 하여 경쇠를 치며 시주를 구하는 중이었다.

이홍이 그 중을 불렀다.

"스님, 예서 며칠이나 서 있었나요?"

"사흘 동안입죠."

"몇 푼이나 들어왔어요?"

"겨우 이백여 푼밖에 안 됩죠."

"저런, 늙어 죽겠구먼. 종일 '나무아미타불' 을 외쳐대 사흘 동안에 고작 이백 푼이라니. 우리 집은 부자이고 아이들도 많다네. 진작부터 부처님을 위해 한 가지 아름다운 일을 하려고 하였다네. 스님 오늘 복을 만났어. 내 무엇으로 시주할까?"

철릭 고려시대에도 사용하였으나 조선시대에는 여러 계층에서 다양한 용도로 사용하다가 점차 보편화되었다. 조선 말까지 무관의 공복(公服) 및 교외 거동 때 시위복(侍衛服)으로 널리 쓰였다.

그러고는 이홍이 생각에 잠겼다가 이윽고 물었다.

"유기鍮器가 있는데 쓰임이 있을까?"

"유기로 불상을 지으면 그보다 더 큰 공덕이 없습죠."

"그래! 나를 따라오게."

이홍은 앞장서서 남대문으로 들어갔다. 등불이 비치는 집을 가리키면서 말했다.

"스님, 좀 쉬어 가세."

술어미가 술을 데우고 푸짐한 안주를 내놓았다. 홍은 거푸 십여 잔을 비우고 나서 비단주머니를 만지작거리다가 껄껄 웃으며 말했다.

요령(搖鈴) 부처님 앞에서 절할 때 흔드는 작은 종을 요령 혹은 경쇠라 한다. 송광사 소장

"오늘 나오면서 술값을 잊고 왔네. 스님, 우선 자네 바랑 속의 것을 좀 빌리세. 가서 곧 갚음세."

중이 술값을 치렀다. 그리고 나와서 길을 가다가 중을 돌아보며 소리쳤다.

"스님, 따라오는가?"

"예예, 따라가고 말굽쇼."

"유기가 오래된 물건이야. 사람들이 혹 막을지 몰라. 잘 가져가야 할걸."

"주시는 건 시주님께 달렸고 가져가는 건 중에게 있습죠. 그것도 잘 못하겠습니까?"

"그래야지."

이홍은 다시 또 술집으로 들어가서 중의 돈으로 술을 마셨다. 서너 차례 술집을 들락거리는 동안에 중은 돈을 홀랑 털리고 말았다.

걷다가 또 중을 불렀다.

"스님, 사람이란 무슨 일에나 눈치가 있어야 하는 법일세."

"소승은 이와 같이 한평생을 보낸 사람이죠. 남은 거라곤 눈치밖에 없습죠."

"그래야지."

다시 몇 걸음 옮기다가 머리를 돌리고 중에게 말했다.

"스님, 유기가 원체 커. 무슨 힘으로 가져가려나?"

"크면 클수록 좋지요. 주시기만 한다면 만 근이라도 무엇이 어렵겠습니까?"

"그래야지."

이때 이미 대광통교*를 건너가고 있었다. 이홍은 동쪽 거리로 돌아서면서 부채를 들어 종각 속의 인정종*을 가리켰다.

"스님, 유기가 저기 있어. 잘 가져가야 하네."

중은 이 말을 듣고 자기도 모르게 발딱 몸을 돌이키더니 남산을 바라보고 한참을 멍하니 서 있다가 달음질쳐 사라졌다.

그러자 이홍은 어슬렁어슬렁 철전 다리* 쪽을 향하여 걸어갔다.

이홍의 생애는 대개 이러하였다. 이는 그의 가장 유명한 일화들만 들어본 것이다. 그는 사람을 잘 속이는 것으로 이름이 났거니와, 이 때문에 나라의 벌을 받아 먼 곳으로 귀양을 가게 되었다 한다.

외사씨*는 말한다.

큰 사기는 천하를 속이고 그 다음은 임금이나 정승을 속이고, 또 그 다음은 백성을 속인다. 이홍 같은 속임수는 질이 썩 나쁜 것이니 시비할 것까지도 없다. 그런데 천하를 속이는 자는 천하의 임금이 되며, 그 다음은 자기 몸을 영화롭게 하며, 그 다음은 집을 윤택하게 한다. 이홍 같은 자는 속임수로 마침내 법에 걸려들었으니, 이는 남을 속인 것이 아니고, 실은 자신을 속인 셈이니 또한 슬픈 일이다.

* 백통[白銅] | 구리와 니켈의 합성으로 은백색이 나지만 은은 아니다.
* 대모(玳瑁) | 열대 · 아열대 지방에서 서식하는 거북의 일종으로, 등껍데기를 대모 혹은 대모갑(玳瑁甲)이라 하여 공예품과 장식품으로 귀중하게 쓴다.
* 초피(貂皮) | 담비 종류. 동물 모피의 총칭.
* 대광주리 | 참대를 엮어서 만든 광주리.
* 별성(別星) | 왕명(王命)으로 지방을 순찰하는 관리를 이르는 말.
* 구종(驅從) | 관원(官員)을 모시고 다니는 하인.
* 연채(烟債) | 음식을 먹고 치르는 음식 값.
* 장지(壯紙) | 조선시대 종이의 한 가지. 두껍고 질기며 질이 아주 좋다.
* 현신(現身) | 아랫사람이 윗사람을 처음으로 뵙고 인사하는 것.
* 서도(西道) | 황해도와 평안도 지방에 대한 범칭.
* 명화적(明火賊) | 조선조 후기의 떼도둑의 명칭.
* 군포(軍布) | 군적(軍籍)이 있는 사람에게 군대의 임무를 면해 주는 대가로 받는 삼베나 무명.
* 해웃값 | 기생과 함께 잠을 잔 후 치르는 화대(花代).
* 유가(遊街) | 과거에 오른 사람이 광대를 거느리고 풍악을 잡으면서 거리를 돌며 좌주(座主), 선진자(先進者), 인척들을 찾아보는 일.
* 철릭〔천익(天翼)〕 | 무관(武官)들이 입던 제복의 하나. 허리에 주름이 잡히고 큰 소매가 달렸다.
* 침향사(沈香絲) | 침향 비단실로 만든 장식용 끈을 말한다. 본래 침향은 침수향(沈水香)이라고도 하는데, 불전에 사루는 향의 일종. 나무 고갱이가 굳어서 물에 잠긴다 하여 '침향(沈香)' 이라는 이름이 붙어졌다.
* 포도서장도(葡萄犀粧刀) | 포도무늬의 무소뿔로 자루를 만든 장도칼.
* 제위전(祭位田) | 제사의 비용을 위해 마련한 논과 밭. 제위답 또는 제수답(祭需畓)이라고도 함.
* 만호(曼胡) 갓끈 | 무늬가 없고 거친 갓끈.
* 선추(扇錘) | 부채고리에 매다는 장식품.
* 권선(勸善) | 불교에서 신자들에세 보시(普施)를 청하는 일.
* 대광통교(大廣通橋) | 현재 남대문로를 통과하는 청계천에 놓였던 다리. 돌난간이 있었으며 서울에서 가장 큰 다리였다고 한다.
* 인정종(人定鐘) | 현재 종로 2가 종각(鐘閣)의 종. 서울 도성 내의 통행금지와 해제를 알리기 위해 저녁과 새벽에 이 종을 쳤다.
* 철전(鐵廛) 다리 | 지금의 종로구 관철동(貫鐵洞)에 있던 다리. 철물교(鐵物橋)를 가리킨다.
* 외사씨(外史氏) | 작가인 이옥을 말한다.

이오위장충백李五衛將忠伯 | 유재건

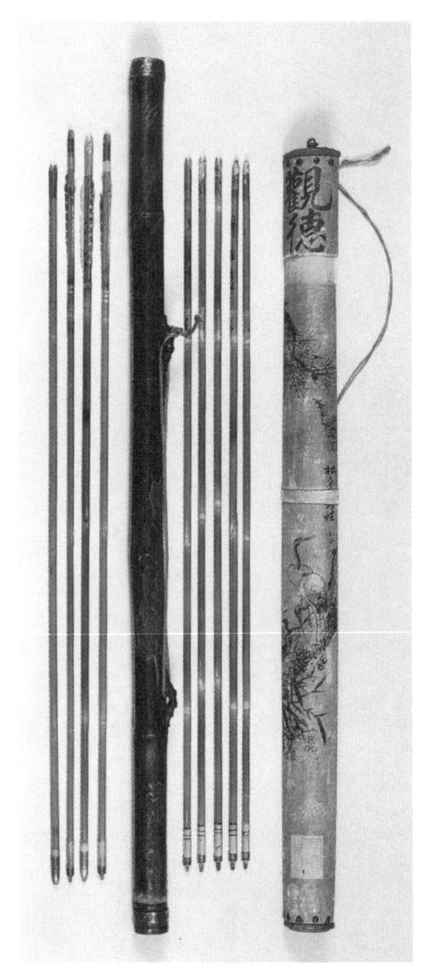

전과 전통 화살은 전(箭)·시(矢) 또는 살이라고도 한다. 화살을 담는 전통은 전실(箭室)·시통(矢筒)이라고도 부른다. 성균관대학교박물관 소장

이충백李忠伯은 평양의 대협객이다. 그는 술 마시고 기운 쓰기를 좋아했다. 심기가 불편할 때면 갑자기 사람을 마구 때려서 죽이니, 그가 출입할 때면 사람들은 감히 곁눈질도 못했다.

광해군 시절에 박엽*이 평안도 관찰사가 되어 왔는데, 그는 호랑이처럼 사나워 하루도 사람을 죽이지 않으면 마음이 풀리지 않는 성격을 지녔다. 박엽이 항상 "사람 천 명을 죽여야 내가 화를 면할 것이다."라 말하니, 평양 사람들이 걸음을 멈추고 숨을 죽인 채, 벌벌 떨면서 아침저녁으로 죽기를 기다리는 형편이었다.

한 기생이 얼굴이 곱고 아름다워 박엽이 몹시 사랑하였는데, 충백이 몰래 그 기녀와 간통하다가 발각되었다. 박엽은 급히 기마병을 내보내

뒤쫓아가서 잡아오도록 하였다. 잡으러 가는 자를 앞에 불러 활과 화살을 직접 주면서 경계하며 말했다.

"산 채로 잡아올 수 없거든 사살하라."

충백이 피하여 달아나다가 마둔포麻屯浦 어귀에 이르렀다. 봄물이 넘쳐흐르고, 추격하는 병사가 바로 뒤에서 쫓아오고 있었다. 충백은 어쩔 수 없이 벌거벗고 헤엄쳐서 급히 달아나 애포艾浦의 민가에 숨었다. 얼마 후 충백은 갑자기 마음이 불안하고 초조하여 여러 일가친척에게서 베 백 필을 얻어 말에다 싣고 남쪽으로 내려갔다. 추격하는 병사가 과연 충백이 숨었던 민가에 도착하여 온 마을을 샅샅이 뒤졌으나 충백을 찾지 못하자 그냥 돌아가고 말았다.

충백은 서울로 들어와서 개백정, 도박꾼들과 어울려 다니면서 호탕하고 구속받지 않은 행동을 마음껏 하였다. 어느 날 저녁 충백이 기방妓房에서 자는데 기생의 서방인 악소년惡少年이 가만히 소문을 듣고는 밖에서 들어왔다. 그는 지게문을 발로 차서 넘어뜨리고 재빨리 등불을 켜서 방 안을 비추었다. 그의 한 손에는 예리한 비수가 번뜩이고 있었다. 충백은 기생을 껴안고 누워서 꼼짝도 하지 않았다. 악소년은 더욱 성을 내어 큰소리로 호통 쳤다.

"너는 어떤 놈이기에 이 칼을 겁내지 않느냐?"

"나는 평양의 장사 이충백이다."

"그렇다면 네가 나와 같이 술을 마실 수 있느냐?"

"있고말고."

충백이 즉시 일어나서 옷을 입으니, 악소년은 기생에게 소리를 지르며 말술과 큰 고기를 가져오게 하였다. 그러더니 악소년은 선 자리에서 커다란 잔을 끌어당겨 스스로 한 잔을 마시고는 바로 잔에 술을 부어 충백에게 주었다. 충백이 단숨에 다 마셔 버리니, 악소년도 칼끝에 고기를 꽂아서 충백의 입에 넣어 주었다. 충백은 입을 크게 벌리고서 덥석 받아먹었다.

악소년은 그제야 조금씩 충백을 어려워하였다. 충백이 이에 자신이 차고 있던 칼을 빼어 소의 넓적다리 살을 베어가면서 씹고 마시는 모습이 태연하여 아무 일 없는 듯하였다. 악소년이 머뭇거리면서 말했다.

"당신은 참으로 장사로세. 나는 당신만 못하이."

드디어 두 사람은 죽음을 맹세하는 친한 벗이 되었다. 이후 충백의 명성이 자자하여 서울의 모든 악소년이 우러러보게 되었다.

처음 충백이 도망갔을 때, 박엽이 충백의 아버지를 잡아다가 옥에 가두고 말했다.

"네 아들이 오지 않으면 너를 풀어 주지 않을 것이다."

그런 지 반 년이나 지난 뒤 충백은 '감사가 날마다 아버지를 들볶는다.'는 소문을 듣고, 드디어 칼을 잡고 평양으로 내려갔다. 때마침 감사가 관아에 앉아 있었는데, 그 주위 병사들의 위엄과 의식이 매우 장엄하였다. 충백은 곧장 들어가서 뜰 아래 서서 말했다.

"이충백이 감히 감사를 뵈러 왔습니다."

박엽이 뜻밖의 일이라 한참 동안이나 충백을 노려보았다. 충백의 옷차림이 단정하고 매우 용맹스러워, 박엽의 성난 빛이 약간 누그러졌다.

마침 김한풍金漢豊이 장교로 감사를 옆에서 모시고 있었는데, 박엽이 시험삼아 김한풍에게 충백과 씨름을 해보라고 하였다. 충백은 내심 죽음을 면할 것을 다행으로 여기면서도 마음속으로 김한풍이 자기보다 힘이 세다는 것을 느끼고, 가만히 김한풍에게 눈짓을 보냈다. 김한풍은 속으로 알아차리고 일부러 승부를 내지 못하는 체하면서 오래 끌었다. 그러자 충백이 김한풍의 느슨함을 틈타서 단숨에 넘어뜨렸다. 박엽이 주시하고 있다가 크게 웃으면서 말했다.

"내가 하마터면 장사를 잘못 죽일 뻔하였구나."

곧 이충백에게 술을 내리고, 자신의 막하幕下에 있게 하였다.

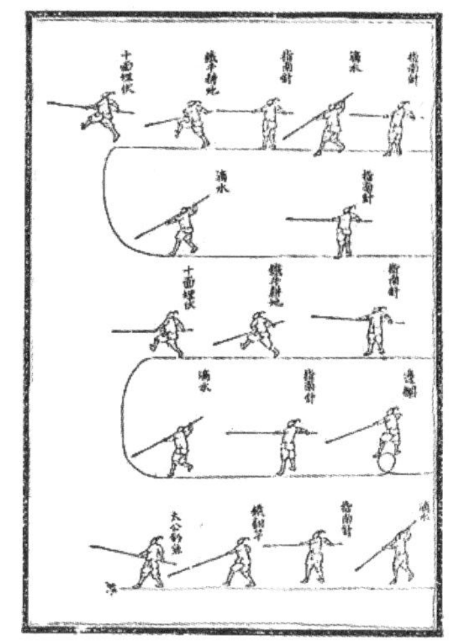

『무예도보통지(武藝圖譜通志)』 중 장창전총도
긴 창의 무예를 그림으로 나타냈다. 정조의 명으로 편찬한 『무예도보통지』는 무인들의 무예 훈련을 위한 교본으로 구체적인 무예 기술을 그림과 함께 설명하였다. 서울대학교 규장각 소장

이충백은 인조 정묘년丁卯年(1627년) 호란胡亂에 적을 벤 공으로 특진特進하여 호군*의 품계를 받았는데, 그때 그의 나이 스물일곱이었다. 얼마 뒤, 그는 집에서 나와 도원수 김자점*의 중군*으로 차출되어 오위장*에 임명되었다.

병자년丙子年(1636년)에 이충백은 돌격장으로서 평안도 절도사 홍명구*의 군대를 따라 왕을 호위하는 병사로 금화金化로 가다가 길에서 적을 만나 적의 머리 몇 급을 베었다.

또한 그는 백전柏田의 싸움에서는 큰소리로 호통을 치며 곧바로 전진하여 적의 선봉을 죽였다. 전투에서 패한 뒤에는 절도사 유림*의 군에 투신하여 용기를 다하여 힘껏 싸웠다. 이충백은 남한산성이 함락되고 싸움이 그쳤다는 말을 듣고는 고향으로 돌아가서 다시는 벼슬을 하지 않았다.

* 박엽(朴燁) | 1570~1623년. 선조 때 문과에 급제하여 황해도 병마절도사, 평안도관찰사 등을 지냈으나, 인조반정 후에 사형을 당했다.
* 호군(護軍) | 조선시대 군대 편제인 오위(五衛)의 정4품 벼슬. 명종 이후에는 실직이 아닌 명예직이었다.
* 김자점(金自點) | ?~1651년. 영의정을 지냈으나 효종의 반청 정책에 반대하고 역모를 꾀해 사형 당했다.
* 중군(中軍) | 전체 군진(軍陣)에서 중앙에 자리 잡고 있는 군대. 또는 주장(主將)이 거느리는 정예 부대.
* 오위장(五衛將) | 오위(五衛)의 우두머리. 종2품 또는 정3품의 무관직.
* 홍명구(洪命耉) | 1596~1637년. 문과에 급제하여 평안도 관찰사를 지냈다. 병자호란 때 근왕병(勤王兵)을 이끌고 금화(金化)에서 싸우다가 전사했다.
* 유림(柳琳) | 1581~1643년. 선조 때 무과에 급제하여 삼도수군통제사, 총융사 등을 지냈다. 병자호란 때는 평안도 병마절도사로 금화(金化)에서 적을 크게 무찔렀다.

장오복전張五福傳 | 조희룡

장오복張五福은 영조 때 사람인데 협객으로 소문이 났다. 장오복이 이부吏部의 아전이 되었을 때 이부의 어떤 낭관*이 젊고 아름다운 자태를 지니고 있었다. 오복은 그의 등을 어루만지면서 말했다.

"자식을 낳으려면 마땅히 이 정도는 되어야지."

그러자 낭관이 성을 내며 그를 파면시키려고 했지만 얼마 뒤 포기하였다.

길을 가다가 사람들이 싸움을 하고 있으면, 오복이 가만히 옆에서 그 장면을 지켜보았다. 무릇 강한 자가 약한 자를 업신여기거나 굽은 것을 억지로 곧다고 주장하는 자가 있으면 반드시 강한 자를 억누르고 사리를 분별하여 그 사람에게 사과를 받고 복종케 한 뒤라야 그만두었다. 사람들은 이 때문에 그를 두려워하였다. 간혹 분쟁이 있어서 옆에 있는 사람들이 해결하지 못할 때는 갑자기 "장오복이 온다."는 말로 위협하기도 하였다.

일찍이 장오복이 술에 취해 광통교廣通橋를 걸어가고 있을 때, 한 옥교가 지나가는데, 여자 종과 수행원들이 심히 호사스러웠다. 가마꾼들은 오복이가 술이 취해 가마를 부딪치고 가는 것을 보고 손으로 그를 쳤다. 오복이 성을 내며 말했다.

"어느 천한 종놈이 감히 이 같은 짓을 한단 말인가! 이것은 바로 가마 속의 사람 때문이리라."

그러고는 칼을 가지고 가마 밑을 찔렀는데, 공교롭게도 요강에 적중하여 쨍그랑 소리가 났다. 저자사람들은 모두 놀랐다. 가마에 원수元帥 장지항*

옥교 덮개가 있는 가마로 주로 당상관의 부인이나 며느리만 탈 수 있었다. 서울역사박물관 소장

이 사랑하는 첩이 타고 있었기 때문이었다. 원수는 이때 포도대장*으로 있었는데, 이를 알고 군졸을 풀어 오복을 포박해 죽이려고 하였다. 오복은 조금도 두려워하지 않고 오히려 크게 웃었다. 원수가 성을 내며 그 까닭을 물으니, 오복이 대답했다.

"장군께서 윗자리에 계시니 도적들은 자취를 감추고, 소인이 아래에 있으니 분쟁이 점점 사라졌습니다. 지금 세상의 대장부는 오직 장군과 소인뿐이온데, 한낱 천한 계집 때문에 장부를 죽이고자 하시니, 제가 한 번 죽는 것은 두려울 것이 없지만 적이 장군께서 장부답지 않은 처사에 웃는 것이옵니다."

원수는 웃으면서 그를 풀어 주었다.

이웃에 가죽신을 만드는 장인匠人이 있었는데, 달마다 가죽신 한 켤레를 오복에게 바쳤다. 오복이 괴이하게 여겨 그 까닭을 물었다. 장인이 말했다.

"가만히 한 가지 요청할 일이 있지만 감히 말씀드리지 못하겠습니다."

오복이 말했다.

"우선 말해 보시게."

가죽신 조선시대 사대부가의 남녀가 신던 갖신이다. 남성용으로 태사혜와 흑혜가 있고, 여자용으로는 당혜, 운혜, 수혜(꽃신) 등이 있다. 성균관대학교박물관 소장

그러자 장인이 말을 이었다.

"아무개 기생을 항상 짝사랑하고 있으나 제 힘이 미치지 못합니다. 원컨대 소인을 위하여 이 일을 성사시켜 주십시오."

오복이 대답했다.

"어려운 일일세. 한번 생각은 해보리다."

어느 날 오복이 장인을 불러 한 계책을 주면서 말했다.

"대담하게 행동하시게. 그렇지 않으면 실패할 것이네."

다음 날 오복은 장인이 마음속에 두고 있는 기녀의 집에 가서 앉아 있었는데, 많은 젊은이가 마루에 가득하였다. 장인은 부랑아 행세를 하며 윗옷을 풀어헤치고 팔을 걷어 올리면서 들어와, 젊은이들에게 물었다.

"장오복이 게 있느냐?"

그러자 오복은 그 소리를 듣고 바라지문으로 달아났다. 여러 젊은이가 말했다.

"장오복을 만나면 어찌하려고 그러시오!"

그러자 장인이 말했다.

"저 사나운 놈은 마을의 걱정거리가 되기에 내가 마을 사람들을 위해 그를 없애려 하오."

여러 젊은이가 서로 속삭였다.

"이 사람은 장오복도 두려워하는 사람인데, 하물며 우리쯤이야!"

그러고는 모두 흩어져 갔다. 장인이 기녀에게 말했다.

"내가 여기에 하룻밤 머물면서 오복을 기다리겠다."

기녀는 그에 대한 대접을 더할 수 없이 하였다. 하룻밤의 기쁨을 마음껏 누리고 집으로 돌아와 오복에게 감사하다는 인사를 하니, 오복이 말했다.

"급히 돌아가 일을 하시게. 그리고 그 사실에 대해서는 조심하고 말하지 말게나."

* 낭관(郎官) | 육조(六曹)의 정5품관인 정랑(正郎)과 정6품관인 좌랑(佐郎)의 자리에 있는 관료.
* 장지항(張志恒) | 1721~1778년. 무과에 등과한 이후로 전라좌도 수군절도사, 용호위대장, 어영대장, 총융사를 거쳐 1776년에 금위대장이 되었다. 정조가 즉위하면서 훈련대장이 되었지만 그 뒤 국문(鞫問)을 받다가 죽었다.
* 포도대장(捕盜大將) | 포도청(捕盜廳)의 장관. 좌 · 우포도청에 각 1명씩이며, 품계는 종2품으로 약칭 '보장(捕將)'이라고도 한다.

김중진전金仲眞傳 | 유재건

오이를 쪄서 무르게 초간장을 치고 생강·후추 등을 섞어 놓으면 연하고 맛있어 이가 없는 노인에게 드릴 만하다. 그것을 속명으로 오이무름(과농)이라 한다.

정조 때 김중진金仲眞이란 사람이 늙기 전에 이가 모두 빠졌으므로 사람들이 놀리면서 '오이무름' 이라 불렀다. 그는 익살스런 농담과 상말을 잘하였

정수영, 백사동인야유회도, 1784년 백사(白社)는 학맥과 친교에 의해 결성된 모임이다. 도성 서편 삼문 밖에 거주하는 사대부들이 은퇴하여 한가로이 노년을 지내면서 한담과 시회의 모임을 가졌다.

는데, 그의 세태와 인정에 대한 이야기는 곡진하고 섬세한 데가 있어 종종 들을 만하였다.

그의 '세 선비 소원담'은 다음과 같다.

옛날에 선비 세 사람이 하늘에 올라가서 옥황상제에게 호소하면서 각기 그 소원을 이야기하였다. 첫째 선비가 말했다.

"저는 이름난 가문에 태어나서 모습은 관옥 같고 오거서*의 책을 독파하고 삼장*에 모두 장원으로 뽑혀, 맑고 깨끗한 벼슬과 요긴한 벼슬에 모두 재주가 적합하고, 절충*과 보필*에도 그 임무를 다할 수 있는 재능을 가지면 좋겠습니다. 그리하여 저의 모습이 그림으로 그려져 운대*나 능연각*에 들어가고, 제 이름이 역사책에 나오는 것이 바로 제 소원입니다."

상제가 주위 신하들을 돌아보며 말했다.

"어쩌면 좋겠는가?"

그러자 문창성이라는 별이 말했다.

"그는 항상 남모르는 덕을 베풀어 남에게 미치고 있으니 이런 보답을 받아도 지나치지는 않을 것입니다."

상제가 말했다.

"소원대로 들어주어라."

둘째 선비가 말했다.

"사람이 살아가는 데 가난하고 궁색한 것은 실로 견디기 어려운 일입니다. 떨어진 옷이 살을 가리지 못하고 술지게미와 쌀겨도 달게 먹어야 하며, 아내의 울음과 아이의 울부짖음은 오히려 제 귀에 들어오지 않습니다. 오직 굶주림과 추위가 제 몸에 절박한 지라 항심恒心조차 보존하기 어렵습니다. 원컨대 부자로 늙어, 반드시 내 손으로 돈꿰미 수만금을 저장하고 종자 수

염라왕상 이승의 삶에 따라 선악을 판결하는 염라왕과 그 판관들을 그린 목판화. 한국학중앙연구원 장서각 소장

천 명을 부릴 수 있게 해주십시오.

또 어버이를 섬기고 처자식을 돌보는 데 형제들을 괴롭히지 않으며, 관혼상제에 그 예를 다하고 가난한 친척과 곤궁한 친구를 돌봐주며 나그네와 거지의 숙식과 동냥을 제공하는 데 어려움이 없도록 해주십시오. 그래서 그들의 환심을 다 살 수 있다면, 진실로 만족하겠습니다. 다른 소원은 없습니다."

상제가 말했다.

"어허! 슬프구나. 그 가난함이여. 지극한 소원이 이것뿐이더냐?"

문창성이라는 별에게 명령하여 대신 판결하게 하였다. 사록이 명령을 받들고 나가 섬돌 위에 서서 말했다.

"너는 들어라. 전생에 부를 믿고 가난한 사람을 업신여겨서 남의 급한 처지를 생각해 주지 않았으며, 술을 즐기고 여색에 빠져 은과 비단을 허비하였고 달면 삼키고 쓰면 뱉어서 오로지 자신의 입과 배를 위한 일을 일삼았다.

그리고 너는 정한 것을 가리고 추한 것을 싫어하며 처자를 꾸짖을 뿐만 아니라, 하늘이 주신 만물을 함부로 낭비하여 아까운 줄도 모르고 지나치게 사용하여 절제가 없었도다. 이는 네가 스스로 취한 것이다. 누구를 원망하고 누구를 탓하랴. 다만 너의 선대 조상들이 겸손하고 검소하며 의로운 것이 아니면 취하지 않았으므로 네 소원을 들어주겠노라. 이는 너를 보아서가 아니고 네 조상들 때문이로다."

두 사람은 빠른 걸음으로 나갔다. 남은 선비 한 명이 홀로 팔짱을 꽉 끼고 뜰 구석에 서서 눈을 껌벅껌벅 멀리 바라보면서 말이 없었다. 상제가 말했다.

"네 소원은 무엇이냐?

선비가 곧 얼굴빛을 가다듬고 무릎을 굽혀 향안* 앞에 나아가 엎드려 헛기침을 두세 번 하고 나서 아뢰었다.

"신의 소원은 두 사람과 다르옵니다. 신의 사람됨과 성격은 맑고 한가로운 것을 사랑하여 부귀와 공명 모두를 바라지 않습니다. 원하는 것은 다음과 같습니다.

산을 등지고 물을 굽어보는 곳을 찾아서 간소하게 띳집 몇 칸을 짓고, 논 몇 이랑과 뽕나무 몇 그루를 둡니다. 하늘에는 물난리와 가뭄이 없고 땅에는 세금과 부역이 없으며 아침에 밥 저녁에 죽을 배불리 먹고, 오직 겨울에 솜옷을 완전하게 입고 여름에 갈옷을 깨끗하게 입습니다. 자식들이 일을 나눠 맡아, 제가 훈계하고 타이르는 일로 수고롭지 않고 노비도 부지런히 노력하여 시키지 않아도 스스로 밭 갈고 베 짜는 일을 맡습니다. 그러면 안으로 복잡한 일로 누累가 되는 것이 없으며 밖으로 방문객의 번거로움이 없을 것입니다.

신은 이에 이리저리 느긋하게 돌아다니며 스스로 만족하고, 한가롭게 마음껏 놀면서 마음에 애써 하는 일도 없게 될 것입니다. 이렇게 하면 제 몸도 평안하고 건강하여 나이 구십이나 백 세가량 되어 병 없이 죽을 것이오니, 이것이 신의 소원입니다."

그가 미처 말을 마치기 전에 상제는 갑자기 의자를 어루만지며 말했다.

"아아, 이것이 이른바 청복淸福이도다. 대저 청복이란 세상 사람들이 모두 원하는 것이지만 하늘에서 매우 아끼는 것이다. 만약 사람마다 구하고, 구한다고 다 얻을 수 있다면 어찌 너만 구하겠느냐. 마땅히 내가 먼저 차지하여 누릴 것이지 다시 무엇 때문에 수고스러운 이 옥황상제 노릇을 하겠는가."

이어서 말한다.

"담론이란 것이 조금만 적중하여도 어지러운 사람의 마음을 풀어 준다. 이른바 오이무름이란 사람은 비록 당시 사람의 어지러움을 풀어 주었다고 말할 수는 없겠지만, 그가 즉흥적으로 비유를 취한 것은 큰일을 깨우칠 만한 것이라 하겠다."

* 오거서(五車書) | 다섯 수레의 책, 즉 많은 책을 칭하는 말.
* 삼장(三場) | 문과(文科)의 초시(初試), 복시(覆試), 전시(殿試)를 말한다.
* 절충(折衝) | 어려운 문제를 대결하고 해결하는 것. 주로 외교관계에 대하여 사용하는 말이다.
* 보필(輔弼) | 높은 관료들이 제왕을 보좌하는 것.
* 운대(雲臺) | 중국 후한 때 공신 28명의 초상을 걸어 두었던 곳.
* 능연각(凌煙閣) | 중국 당나라 공신 24명의 초상을 그려 두었던 곳.
* 향안(香案) | 향로나 향합을 올려놓는 상. 여기에는 옥황상제 앞에 있는 책상을 두고 한 말.

민간 속 다양한 생활 모습

추재기이 秋齋紀異 | 조수삼

序

나는 총기가 일찍 트여서 예닐곱 살 때 벌써 경사*를 외고 자집*을 읽었으며, 붓을 쥐고 글짓기를 배웠다. 이런 까닭에 선생이나 어른들이 나를 유난히 귀여워하시며 옆에 앉히곤 하였다. 나도 그분들의 이야기에 끌려서 한시도 곁에서 떠날 줄을 몰랐다. 그분들은 대개 칠십 이상의 노인인데 매번 듣고 본 이야기를 하면서 술잔을 나누고 시를 주고받는 것으로 소일하였던 것이다. 나는 이야기를 하나하나 기억하고 낱낱이 간직하여 작은 주머니에 가득 넘칠 지경이었다.

어른이 된 후, 나는 직접 사방을 돌아다니고 세상 풍진도 많이 겪어서 견문이 더욱 풍부해졌다. 가만히 생각을 더듬어 보니, 마치 장서가의 서책이 층층이 쌓여서 각 부류별로 책들이 놓인 듯하여 내심 기뻤다.

그러나 타고난 성품이 게으른데다 보고들은 것을 책으로 만들어도 '요임금堯 · 순임금舜 · 주공周 · 공자孔' 의 도에 아무런 도움이 없이 한갓 패관* 야설野說로 돌아가기에 차라리 지어내지 않는 게 나을 듯했다. 이러구러 선뜻 붓을 들지 못했던 것이다.

* 경사(經史) | 『논어』, 『맹자』와 같은 경서와 『삼국사기』, 『고려사』와 같은 역사서를 말한다.
* 자집(子集) | 『한비자』, 『순자』와 같은 제자백가(諸子百家)와 『연암집』, 『여유당전서』와 같은 문집(文集) 등을 말한다.
* 패관(稗官) | 옛날 중국에서 임금이 민간의 풍속이나 정사를 살피려고 가담항설(街談巷說)을 수집케 한 관직.

올해 나는 병으로 거의 죽었다가 살아났다. 여름철이 찌는 듯이 무더웠다. 거처가 답답하여 숨을 헐떡이며 날씨를 겁내 지루한 하루해도 보내기가 어려웠다. 옛날 기억을 돌이켜 보니 열에 하나 둘도 남아 있지 않았고, 남은 것도 초고처럼 '오서낙자*'가 수두룩하였다. 아! 내가 이렇게 노쇠하였는가.

이제 드디어 손자에게 붓을 잡히고 퇴침에 기대어 기이紀異한 이야기를 짓고 각기 '짧은 전기의 글 소전小傳'을 붙였다. 합쳐 보니 약간의 편이 이루어졌다. 혹 남의 시비나 나라의 정사와 법도에 저촉될 이야기는 하나도 싣지 않았다. 단지 언급하기 싫어서가 아니고 이미 기억에서 사라진 것이다.

슬프다! 이것은 한갓 초개와 같이 버려진 청운靑雲의 뜻을 슬퍼하며 쇠잔한 여생을 탄식하는 것에 지나지 못한다. 애오라지 지루한 여름날의 졸음이나 막아낼 것이로다.

무릇 나와 같은 사람들이 이것을 보고 늙어 망령이 들었음을 가엽게 여기고 "'괴이한 힘과 어지러운 귀신怪力亂神'은 우리 공자孔子께서 말씀하시지 않은 것"이라고 책망하지 않으면 그나마 다행일까 한다.

더욱이 내가 쓴 문장도 급히 얽어 내느라 잠꼬대 같은 말이 섞였을 것이니 인사불성의 비난을 면하기 어려울 듯하다.

취적산인吹笛山人

취적산인은 어떠한 사람인지 잘 모른다. 그는 매년 단풍이 한창 물들면 피리를 불며 북한산성北漢山城에서 내려와 동대문東大門을 나가 철원鐵原 보개산寶盖山으로 향해 갔다. 머리에 삿갓을 쓰고 등에 도롱이를 걸치고 발에 짚신을 신고 나는 듯 지나갔다. 그를 보았다는 사람이 많다.

삿갓을 쓰고 오시는 날은

가을바람 소슬하다.

신선도 귀신도 아닌 산인山人이시니

한 가락 철피리에

어디로 가시는가

단풍은 청산에

해마다 타오른다.

송생원宋生員

송생원은 가난하여 집이 없었다. 그러나 시를 잘 지어 일부러 미친 사람처럼 놀았다. 누가 운자韻字를 부르면 '입으로 호응하여 바로 짓는 것應口輒對'이 마치 북장단에 맞추는 듯했다. 그는 시 한 구절에 돈 일 전을 구걸했다. 그러나 손으로 돈을 바치면 받고 땅에다 던져 주면 돌아보지 않았다.

그는 이따금 아름다운 시도 지었다. 「같은 고향의 역졸을 보내면서送同鄕驛子」라는 구절을 보면 다음과 같다.

천 리 타향에서 벗을 만나

만 리 길을 보내노라.

강성江城에 꽃이 지고

비는 부슬부슬 뿌린다.

그러나 일찍이 시 한 편을 온전히 지어 사람들에게 보인 적은 없었다.

* 오서낙자(誤書落字) | 글이 잘못되고 글자가 없어진 것.

은진恩津 송씨宋氏 일가들이 송생원을 불쌍히 여겨서 몸을 의탁할 집을 주선해 주어 다시 떠돌아다니지 않게 되었다.

강성에 꽃이 지고
비는 부슬부슬 뿌린다.
이 한 구절 아름다운 시구가
세상에 단돈 일 전의 값이라니!
해가 떠서 쟁반처럼 둥글면
송생원 뒤에는 조무래기들이 따른다.

매과옹賣瓜翁

대구大邱 성 밖에 참외 장수 노인이 있는데, 해마다 좋은 참외를 심었다. 참외가 익으면 길가에 지나가는 사람들에게 따서 권했으나 돈이 있는지 없는지는 묻지 않았다. 돈이 있으면 받고 없으면 인심을 쓸 따름이다.

동릉東陵의 좋은 종자
열 이랑에 심었더니*
참외가 익는 날은
삼복의 무더위라.
참외 깎는 칼날 위에
찬 이슬이 내리네.
목마른 길손이여!
값이야 아무렴
이 참외 먹고 가소.

여전승畬田僧

평안남도 덕천의 향교鄕校 가까이에 넓은 골짜기가 있다. 땅이 기름졌으나 좋지 못한 나무와 돌덩이만 널려 있어 쓸모없는 곳으로 보였다.

어느 날 한 스님이 나타나서 아뢰었다.

"골짜기 땅에 밭을 일구어 3년 뒤 법에 따라 곡물을 바치겠으니 개간을 허락하여 주옵소서."

마침내 향교의 승낙을 받았다. 스님은 이튿날 밥 먹기 전에 떡 여러 말을 싸 짊어지고 손에 도끼 한 자루를 들고 나타났다. 떡을 다 먹어 치우고 물을 마신 다음에 골짜기로 들어가, 손으로 나무를 뽑고 도끼로 찍고 발로 돌을 차서 밑으로 굴리기도 했다. 해가 한낮이 되기도 전에 나무가 우북하고 바윗돌이 울퉁불퉁하던 땅이 어느덧 평평해졌다. 그는 뽑아낸 나무를 불에 태우고 내려왔다.

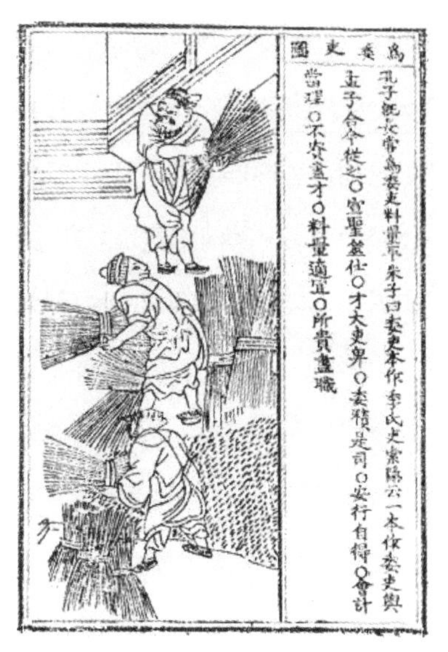

위위리도(爲委吏圖) 회계를 담당한 관리를 그린 목판화. 곡식을 수확하여 골고루 나누어 준 스님의 행동은 공자의 인(仁)을 실천한 것과 같다. 한국학중앙연구원 장서각 소장

그리고 이튿날은 한 손으로 따비를 밀어 이쪽 언덕에서 저쪽 봉우리까지 갈기 시작했다. 스님은 이곳을 가로 세로 위아래 따비로 일구어 금방 수천 묘畝의 밭을 만들었다. 스님은 그 땅에 기장 씨를 여러 섬 뿌린 다음 옆에 움집을 세워 거처를 정했는데, 가을철에 서숙을 천육백 섬이나 거두어들일 수

* 동릉~심었더니 | 진(秦)나라 때에 소평(邵平)이 벼슬을 버리고 장안(長安) 성동에서 특별히 품종 좋은 오이를 재배했다.

있었다. 스님은 다음해에도 그만큼 추수했고, 그 다음해에도 그만큼 추수하여 기장을 3천여 섬이나 쌓았다.

스님이 다시 관가로 가서 말했다.

"불제자가 농사만 짓고 있겠습니까? 불도를 닦아야지요. 소승은 이제 돌아가려 하옵니다. 밭은 향교에 바칩니다."

그 다음 날 스님은 본읍과 인근 고을의 백성 3천 호를 불러 모으고 집집마다 기장 한 섬씩을 나누어 주었다. 그러고는 훌훌 떠나갔다.

한 손으로 따비를 밀어도
소 열 마리의 힘이더라.
3년의 수확으로
서숙 동산을 만들었다.
춘궁에 흩어 주고
표연히 사라지네.
여러 고을 백성이
주림을 면했도다.

홍봉상洪峰上

홍생은 본래 선비인데 누구도 어디에 사는지 모른다. 봄, 가을마다 명일名日이 오면 노래나 풍악을 하는 사람들이 수십 리 밖의 먼 곳에서도 빠지지 않고 모여들었다. 마주 보이는 산봉우리 위에 홍생이 높이 앉으면 기생, 풍각쟁이, 소리패가 모두 놀라 외쳤다.

"봉상峰上이 오셨다."

그러고는 술과 고기를 실컷 마시며 즐기다가 흩어졌다.

이백

풍악이 성내를 울리고

흥겹게 노닐었다.

봄철은 남한南漢

가을철은 북한北漢이네.

노래와 풍악은

사람을 꼬이나니

홍애 선생洪崖先生이

산마루에 앉았도다.

급수자汲水者

물길이는 오랫동안 성城 서쪽에 살았다. 동리 사람들은 그가 늘 굶는 것을 딱하게 여겨 이따금 밥을 갖다 주었다. 성 서쪽은 산이 많고 조금만 가물어도 물이 마른다. 물길이는 밤에 산속으로 들어가서 샘이 솟는 곳을 지키고 누웠다가, 닭이 울 때 물을 길어서 친한 사람들 집에 나눠 주었다.

"왜 일부러 이런 고생을 하는가?"

하고 물으면 물길이는 대답한다.

"밥 한 그릇, 죽 한 사발의 은혜라도 보답해야지요.

돌베개 하고 모래 위에 누웠다가

새벽닭이 울면 물을 긷는다.

묻지 마오, 가난이 죄지.

밥 한 숟갈의 은혜라고 갚지 않으리.

오시吾柴

'내 나무吾柴'는 나무장수다. 그는 '나무 사시오'라 하지 않고 '내 나무'라고 한다. 눈보라가 심하여 혹독하게 추운 날씨에는 나뭇짐을 지고 얼어붙은 이 골목 저 골목 돌아다니며 '내 나무'라 외치고, 그렇게 추운 날이 아니면 거리에 앉아서 팔았다. 나무장수는 나무를 사러 오는 사람이 뜸해지면 품속에서 책을 꺼내 읽었다. 책은 '오래된 경서古本經書'였다.

서울 장안 열두 거리에
풍설이 휘몰아 들면
남촌南村길 북촌北村길에
내 나무 하고 외친다.
속없는 아낙네들
웃지를 마오.
송나라 판 경서經書를
품속에 품었다오.

공공空空

공공은 최씨 댁 하인인데 본래 사람됨이 어리석고 고지식했다. 죽과 밥 외에 다른 무엇이 있는지 모르다가 중년에 비로소 술맛을 알게 되었다. 공공은 탁주 한 잔을 두 푼에 사먹을 수 있는 줄 알고부터는 날마다 인가로 놋그릇을 닦으러 돌아다녔다. 그는 사람들이 놋그릇을 내주면 별로 힘들이지 않고 반들반들 광택이 나도록 닦아 놓았다. 그릇 주인이 주는 품삯이 두 푼을 넘으면, 공공은 그 나머지는 버리고, 이 전만 들고 선술집으로 향했다.

우직한 저 공공은

바보가 아니라네.

돈을 벌어도

두 푼이면 족하지.

놋그릇 닦아 주고

주는 대로 받아서

선술집에 막걸리

한 잔을 마시노라.

임옹林翁

조동* 안씨安氏 집 행랑에 품팔이하는 아낙이 있었다. 그 남편은 노인인데, 닭이 울면 일어나서 문밖과 골목을 쓸기 시작하여 멀리 있는 동네까지 깨끗이 했다. 그리고 아침이면 문을 닫고 혼자 방 안에 들어가 주인도 그의 얼굴을 대한 적이 드물었다.

어느 날 그 아낙이 밥상을 남편에게 바치는 것을 보니 상을 눈썹 가지런히 들어올려, 공경하는 품이 손님을 접대하는 듯했다. 주인은 어진 선비라 생각하고 예의를 차려 문을 두드렸는데, 노인이 사양하며 말했다.

"천한 사람이 어찌 주인에게 예禮에 맞는 대접을 받겠습니까. 이는 죄가 되는 것이오니 장차 떠나야겠습니다."

그러고는 이튿날 어디론가 행방을 감추어 버렸다.

* 조동(棗洞) | 서울의 지명이나 어디인지 확실하지 않다.

새벽이면 일어나 골목을 쓸고
낮에는 문을 닫고 들어앉으니
골목길 지나는 이들 상쾌하구나.
상을 들되 눈썹 가지런히 공경을 하니
누가 알았으리오,
행랑에 양홍*이 있었던 것을.

마경벽자磨鏡躄者

다리에 장애가 있는 사람의 집이 동성東城 밖에 있었다. 매일 문 안으로 들어가서 안경 가는 일을 업으로 하였다. 내가 일고여덟 살에 그 사람을 보았는데 육십쯤 되어 보였다. 일흔이 넘는 이웃 노인이 "초립둥이* 시절부터 이미 그이를 보았다."고 했다.

그는 날이 저물어 취하여 집으로 돌아가다가 달이 떠오르는 것을 보면 걸음을 멈추고 달을 바라보며 심호흡을 한다. 그리고 그 자리를 오랫동안 떠나지 않고 말했다.

"달이 떠오르는 것을 보고 안경 가는 법을 깨닫지요."

썩 운치 있는 말이 아닌가.

초립(草笠) 관례(冠禮)를 치른 소년이 쓰던 갓. 초기에는 선비나 상민이 함께 사용하였으나 점차 관례한 소년이 갓을 쓸 때까지 관모로 사용하게 되어 '초립둥이'라는 말도 생겼다.

마경노인 돌아가는 발걸음이 더디니
동성에 뜨는 달을 취하여 바라본다.
하늘에 숨을 내쉬면 달무리가 희고
구름이 흩어지며 고운 달이 나타난다.

정초부鄭樵夫

나무꾼 정씨는 양근* 사람이다. 젊은 시절부터 시를 잘해, 볼 만한 시도 많았다. 그의 시 한 수를 들어 보자.

붓과 묵에 놀던 몸이 나무하여 늙어 가니
어깨 가득 가을 색을 지고 쓸쓸하게 내려온다.
동풍이 서울 길에 불어 소슬한데
새벽녘 동문東門 제이교*를 밟노라.
동호*에 봄물은 쪽빛보다 푸르른데
백구白鷗 두세 마리 한가로이 떠 있다.
노 젓는 소리에 백구는 날아가고
석양의 산그늘이 빈 못에 가득하다.

이러한 시가 많았다는데 시집詩集이 전하지 않아 유감이다.

새벽녘 동문 제이교를 밟고
어깨 가득 가을빛을 짊어지고
쓸쓸히 내려온다.

* 양홍(梁鴻) | 중국 동한(東漢) 때 사람으로 학문이 높고 절개가 있었다. 부인 맹광(孟光)도 현숙한 부인이었는데, 부부가 예를 잘 지켰다. 처 맹광은 상을 차려 들일 때 눈썹 가지런히 받들어 올릴 정도로 예를 지켰다고 한다. 여기서 거안제미(擧案齊眉)의 고사가 나왔다. 여기서는 주인집 행랑에 사는 아낙이 남편에게 예를 갖추어 공경하는 것을 말한다.
* 초립둥이 | 초립을 쓴 어린 남자아이. 초립동이라고도 한다.
* 양근(楊根) | 현재 경기도 양평(楊平)을 말한다.
* 제이교(第二橋) | 지금 종로 5가에서 6가 사이에 있었던 다리.
* 동호(東湖) | 지금의 노량진(鷺梁津)에서 흑석동(黑石洞) 쪽의 한강에 대한 별칭.

이백오

동호의 봄물은 예처럼 푸르른데

어느 누가 기억하리

나무꾼 시인을!

김금사金琴師

금사琴師 김성기金聖器는 거문고를 왕세기王世基에게 배웠다. 왕 선생이 새로운 소리를 얻으면 감추어 두고 좀처럼 가르쳐 주지 않자, 김성기는 밤마다 왕 선생 집으로 가서 창 앞에 귀를 대고 엿들었다. 이튿날 아침에 김성기가 왕 선생의 새로운 곡을 하나도 착오 없이 옮기자 왕 선생은 매번 그것을 의심쩍게 여겼다.

어느 날 밤에 왕 선생이 거문고를 타다가 곡이 끝나기 전에 갑자기 창문을 열어젖히자, 김성기가 놀라서 땅에 넘어졌다. 이에 왕 선생은 김성기를 매우 기특하게 생각하고는 자기의 작품을 전부 성기에게 물려주었다고 한다.

몇 장의 신곡新曲을

감추어 두었는고?

창문을 열어젖히자

신비한 솜씨에 탄복하네.

물고기 뛰고 학이 깃드는 악곡을

이제 모두 너에게 물리노니

경계하노라.

예*의 활일랑 당기지 말아 다오.

정 선생鄭先生

성균관*의 동쪽 편은 송동*이다. 동네에는 꽃과 나무가 많고 배우는 곳이 한 채 있었으니 곧 정 선생이 가르치는 곳이다. 아침저녁으로 경쇠가 울리면 학생들이 모이고 흩어졌다. 그 중에는 학문을 성취한 사람도 많았다. 그래서 반촌* 사람들이 정 선생이라고 불렀던 것이다.

가르치는 집 앞 뜰의 꽃나무 샛길로
아침저녁 경쇠 소리에 모이고 흩어진다.
사방의 자제를 가르치는 분
도포에 띠를 매신 정 선생이로다.

고동노자古董老子

서울 사는 손孫 노인은 원래 부자였다. 골동품을 좋아했지만 그것을 감상할만한 안목은 없었다. 사람들은 허다히 진품이 아닌 것을 속여서 많은 값을 받아내곤 하였다. 이런 까닭으로 집은 마침내 여지없이 몰락하였다.

그러나 손 노인은 자신이 속기만 했다는 사실을 깨닫지 못했다. 빈방에 홀로 쓸쓸히 앉아서 단계석 벼루에 오래된 묵을 갈아 향기로운 먹 냄

단계석 보통 흑색 · 청색 · 녹색 · 자주색 · 갈색 등 여러 색을 띠는데, 그 중 자주색과 갈색이 최상급이다. 단계석은 결이 치밀하고 매끄럽기 때문에 옛날부터 벼룻돌로 애용하였으며, 오래된 것은 값이 비쌌다. 성균관대학교박물관 소장

* 예(羿) | 중국 하(夏)나라 때 유궁(有窮)의 임금으로 명궁(名弓)이었는데, 제자 한착(寒浞)의 화살을 맞고 죽었다.
* 성균관 | 지금의 서울 종로구 성균관대학교 안에 있는 성균관을 말한다.
* 송동(宋洞) | 성균관의 동쪽 편 산기슭으로, 수목이 볼 만하였다 한다.
* 반촌(泮村) | 성균관을 일명 반궁(泮宮)이라 하며, 그 주변의 마을을 반촌이라 불렀다.

새를 감상하고 한漢나라 때의 다기에 좋은 차를 달여 다향茶香을 음미하곤 만족하면서 말했다.

"춥고 배고픈 것쯤 무슨 근심이랴."

이웃의 한 사람이 그를 동정해서 밥을 가져오자

"나는 남들의 도움을 받을 것이 없소."

하면서 손을 저어 돌려보냈다.

갓옷 대신 골동을 품고

향을 사르고 차를 마시자 추위가 달아난다.

초가집에 밤눈이 석 자나 쌓였는데,

이웃에서 보낸 아침 밥 손 저어 물리친다.

달문達文

달문은 성이 이李씨로 마흔의 노총각이다. 약주릅*을 해서 부모를 봉양했다.

어느 날 달문이 아무개의 약국을 들렀다. 약국 주인이 백금 한 냥 값에 해당하는 인삼 몇 뿌리를 보이면서 물었다.

"이게 어떤가?"

"참으로 물건이 좋습니다."

곧 주인은 안으로 들어갔고 달문은 등을 돌리고 창 밖을 바라보고 있었다. 이윽고 주인이 나와서 물었다.

"달문이, 인삼이 어디 갔어?"

달문은 고개를 돌려 인삼이 없어진 것을 보고 웃는 얼굴로 대답했다.

"내가 마침 살 사람이 있기에 팔았지요. 곧 값을 치르러 올 것입니다."

이튿날 약국 주인이 쥐잡기를 하다가 궤 뒤에서 종이에 싼 물건이 나와서 끌러 보니 어제 가져온 그 인삼이었다. 주인이 깜짝 놀라 달문을 불러서 이야기했다.

"자네 어제 왜 인삼을 못 보았다고 말하지 않고 거짓말로 팔았다 하였던가?"

"인삼을 나밖에 본 사람이 없는데, 갑자기 없어진 걸 내가 만약 모른다고 대답하면 나를 도둑으로 보지 않겠소."

주인은 부끄러이 여기고 여러 번 절을 했다.

당시 영조대왕이 백성 중에 가난해서 늦도록 장가를 못 든 사람들을 딱하게 여기고 나라의 재물을 내려 주어 혼례婚禮시킨 일이 있었는데, 달문도 그때 비로소 결혼을 했다.

달문은 늘그막에 영남으로 낙향해서 집의 자식들을 모아 장사를 시키며 살았다. 매번 서울 사람을 만나면 눈물을 흘리고 나라에서 혼인을 시켜 주신 임금의 성대한 은덕을 회상하였다.

웃으며 인삼 값을 내주더니
늙은 부자 이튿날 총각에게 절을 하였네.
남녘에서 서울의 길손을 대하면
선왕의 은혜에 눈물이 그렁그렁

전기수傳奇叟

전기수는 동대문 밖에 살았다. 국문 소설책을 잘 읽었는데 이를테면 『숙향

* 약주릅 | 약재(藥材)를 사고 파는 일을 중개하는 사람.

전淑香傳』, 『소대성전蘇大成傳』, 『심청전沈淸傳』, 『설인귀전薛仁貴傳』 같은 것이다. 달마다 읽는 장소를 다르게 하였다.

매달 첫째 날은 제일교* 아래, 둘째 날은 제이교 아래, 그리고 셋째 날은 배오개*에, 넷째 날은 교동校洞 입구에, 다섯째 날은 대사동* 입구에 앉아서, 그리고 여섯째 날은 종각鐘閣 앞에 앉아서, 이렇게 올라갔다가 다음 일곱째 날은 도로 내려왔다.

이처럼 내려갔다가 다시 올라가고 또 올라갔다가 내려오고 하여 한 달을 마쳤다. 다음 달에도 또 그렇게 한다. 워낙 재미있게 읽기 때문에 청중들이 겹겹이 담처럼 둘러쌌다.

그는 읽다가 가장 절실하고 재미있는 대목에서는 갑자기 읽기를 멈추었다. 그러면 청중은 다음 편이 궁금해서 다투어 돈을 던졌다. 이것을 일컬어 요전법邀錢法이라 한다.

아녀자는 슬픔에 젖어 눈물을 뿌리지만
영웅의 승패는 결단키 어렵도다.
읽다가 그치는 곳 '요전법' 이다.
인정의 묘한 데라 다음 편 궁금하지.

농후개자弄猴丐子

원숭이를 놀려 저자에서 빌어먹는 거지가 있었다. 그는 원숭이를 퍽 사랑하여 한 번도 채찍을 든 적이 없으며, 저물어 돌아갈 때에 언제든지 원숭이를 어깨에 얹는다. 몹시 피곤해도 그대로 하였다.

거지가 장차 병들어 죽게 되자, 원숭이가 눈물을 흘리며 병자의 곁을 떠나지 않았다. 거지가 굶어 죽어서 화장을 하는데, 원숭이는 사람들을 보고

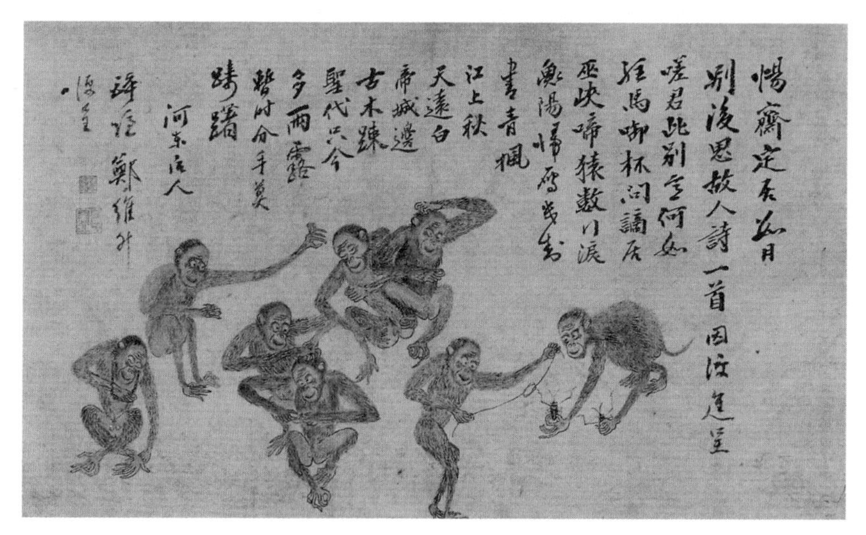

정유승, 군원유희도 원숭이들이 노는 장면을 아주 생동감 있게 그렸다. 간송미술관 소장

우는 시늉을 하며 절을 굽실굽실하고 돈을 빌자, 사람들도 모두 불쌍히 여겼다. 장작불이 빨갛게 타올라 거지의 시신이 반쯤 탔을 때 원숭이는 길게 슬픈 소리를 지르더니 그만 불길 속으로 뛰어들어 죽었다.

굿마당에선 채찍을 들지 않고

굿하고 오는 길엔 어깨에 앉히더라.

주인을 따라서 죽으리라 결심하고

만나는 사람 앞에 장례 비용 구걸하네.

* 제일교 | 동대문에서 종로 쪽으로 제일 첫번째 다리. 현 명륜동(明倫洞) 계곡에서 발원하여 충신동(忠信洞)을 거쳐 청계천으로 빠지는 개천에 있던 다리임. 초교(初橋).
* 배오개 | 현 종로 4가에서 5가 사이에 있던 지명. 이현(梨峴).
* 대사동(大寺洞) | 현 파고다공원에서 안국동(安國洞)으로 들어가는 데 있던 지명.

혜금수嵇琴叟

내가 대여섯 살 때로 기억된다. 해금을 켜면서 쌀을 구걸하는 사람을 보았는데 얼굴이나 머리털이 예순쯤 되 보였다. 매번 곡曲을 켤 때에 갑자기 부른다.

"해금아, 네가 아무 곡을 켜라."

그러면 해금이 응답하는 듯 켜기 시작했다. 마치 영감과 할멈이 대화하는 것 같았다. 콩죽 실컷 먹고 배가 아파 크게 소리소리 지르는 시늉이라던가, 빠른 소리로 석서*가 장독 밑으로 들어갔다고 외치는 시늉이라던가 남한산성南漢山城의 도둑이 이 구석 저 구석으로 달아나는 흉내를 낸다던가 하는 따위를 참으로 그럴듯하게 한다. 그게 모두 사람을 깨우치는 말이다.

내가 회갑이 되던 해에 그가 다시 나의 집으로 와서 옛날과 마찬가지로 쌀을 구걸하였다. 그의 나이는 이미 백 살이 넘은 듯했다. 아! 기이하구나. 기이해!

영감 — 할멈 —

콩죽 먹고 배탈이 났네.

석서가 장독 밑을 뚫지 못하게 하여라.

어이 — 조카 하며 스스로 묻고 답을 하는데

가만히 들어 보면

이 모두 사람을 깨우치는 말이구나.

권주고勸酬酤

수유리水踰里 숫막* 동쪽 언덕배기에 긴 소나무 숲과 맑은 시내가 있는데 술 파는 영감이 그곳에 앉아 있었다. 행인이 술을 사먹으러 들어오면 우선 한 잔을 따르면서 말했다.

"감히 술 한 잔을 따르는 예절을 차리겠습니다."

그러고는 자기가 먼저 쭉 들이켜고 나서 잔을 씻고 다시 술을 따라 손님에게 권했다. 손님이 여러 잔을 마시면 자기도 따라서 여러 잔을 들이켰다. 손님이 여러 사람 들어오더라도 손님 수대로 상대하여 각각 잔을 주거니 받거니 했다. 하루 으레 오륙 칠팔십 잔을 마시게 되지만 한 번도 술기운에 비틀거린 것을 본 적이 없다.

한 사발 탁배기에 돈 두 푼.

주인이 따르고 손이 권하니

주도酒道가 여기 있도다.

50년 지난 지금 흔적조차 없고

소나무만 예처럼 맑은 시내 가리었네.

건곤낭乾坤囊

조석중趙石仲은 구 척 장신에 눈썹이 짙고 배가 크며 손재주가 많은데, 특히 말갈기로 망건과 갓을 잘 만들었다. 하루 걸려 망건 하나, 사흘 걸려 갓 하나를 만드는데, 망건 값은 일백 전이고, 갓 값은 팔백 전이다. 돈이 생기면 바로 어려운 사람을 도와주었다. 술을 잘 마시며, 친구를 좋아하고 신의를 중하게 여겼다. 거처할 곳도 없었는데, 대신 언

갓 성인 남자가 머리를 보호하고 장식하며, 신분이나 의례에 따라 격식을 갖추기 위하여 머리에 쓰던 관모(冠帽). 머리를 덮는 모자(帽子)와 얼굴을 가리는 양태(凉太), 끈으로 이루어진다. 성균관대학교박물관 소장

* 석서(鼫鼠) | 다람쥐과에 속하는 작은 동물. 다람쥐와 비슷하게 생겼다.
* 숫막 | 주막의 옛말.

망건(網巾)과 망건집 망건은 상투를 틀고, 머리카락이 흘러내리지 않도록 머리에 두르는 장식품. 그 위에 갓을 쓴다. 주로 말총으로 만든다. 성균관대학교박물관 소장

제나 커다란 자루를 가지고 다녔다. 그는 쌀 한 섬이 담길 만한 크기의 자루를 '건곤낭'이라 부르며, 가재도구와 의관 신발가지를 모두 그 안에 넣었다. 그러고는 스스로 그 시대의 미륵불이라 불렀다.

말총 갓, 말총 망건 그림보다 절묘하다.
건곤낭의 그림자가 우람찬데
세상살이 일체를 그 속에 담았으니
부끄럽다, 세상에 바랑 진 스님들.

손고사孫瞽師

앞을 볼 수 없는 손아무개는 점치는 데는 어두우나 가곡歌曲을 잘했다. 그는 우리나라의 이른바 우조*니 계면조*니 하는 24성聲에 두루 통달하였다. 손아무개는 도시의 거리에서 가느다란 소리로 노래를 불렀는데, 그의 노래가 한창 절정에 이르면 청중이 사방에서 비오듯 돈을 던졌다. 손으로 더듬어 보아 돈 백 전이 될 양이면 툭툭 털고 일어서면서 중얼거렸다.

"이것만 가지면 한 번 취할 수 있는 밑천은 되겠지."

사광*의 옛일같이 눈 찔러 앞을 못 보던가.
동방의 가곡 이십사성 통하였다지.
백 전만 얻으면 취코자 일어서니
점장이 엄군평*도 부러울 것 없도다.

일지매一枝梅

일지매는 도둑 중의 협객이다. 매번 탐관오리들의 부정한 뇌물을 훔쳐 병들고 살기 어려운 사람들에게 나누어 주었다. 그는 처마와 처마 사이를 날고 벽에 붙어 기어가는 것이 귀신처럼 날랬다. 도둑을 맞은 집은 어떤 도둑이 들었는지 몰랐지만, 스스로 매화 한 가지 붉게 찍어 자신의 표시를 해놓았다. 대개 혐의를 남에게 옮기지 않으려는 까닭이었다.

매화 한 가지 붉은 표시를 찍어 놓고
부정의 재물 풀어 가난한 자 돕노라.
때 못 만난 영웅은 예로부터 있었으니
오강 옛적에 비단 돛이 떠오는구나.*

홍씨도객洪氏盜客

남양南陽 홍씨洪氏 중에 부자가 있었는데 손님을 좋아하였다.

어느 날 길손이 비를 피하여 대문 앞에 서 있는 것을 보고 사랑으로 맞아들였다. 이야기를 나누어 보니 그 길손은 시를 잘 짓고 술도 잘하며 바둑 장기도 잘 두었다. 주인은 매우 반가워서 길손을 머물게 하였는데, 진종일 비가 내렸다.

그날 밤중에 손은 피리를 꺼내더니 말했다.

* 우조(羽調) | 음악의 곡조 중의 하나. 그 가락이 용맹하고 장엄하다.
* 계면조(界面調) | 음악의 곡조 중의 하나. 그 가락이 슬프고 처절하다.
* 사광(師曠) | 춘추(春秋)시대 진(晋)나라의 음악가인데, 귀를 예민하게 하려고 스스로 눈을 찔렀다고 한다.
* 엄군평(嚴君平) | 한(漢)나라 때 사람으로 점을 쳐서 생계를 이어갔다.
* 오강(吳江)~떠오는구나. | 중국 삼국시대(三國時代) 감녕(甘寧)의 고사를 말함. 감녕이 한때 도적 무리로 돌아다니며 오강에서 비단 돛을 달고 다녔다는 것이 고사의 내용이다.

"이게 관경골*이랍니다. 한 곡 들어 보시겠소?"

한 곡을 뽑는데 피리 소리가 더없이 청아하고 고요하게 흘러나왔다. 어느덧 비가 개고 구름 속에서 달이 나와 뜰에 맑게 비추고 주인은 자못 흥취가 높아갔다. 이때 갑자기 길손이 단검을 뽑아 들자, 서릿발 같은 기운이 등불에 부딪쳐 칼빛이 발했다. 주인이 깜짝 놀라 부들부들 떨고 있는데 창 밖에서 말소리가 들렸다.

"저희들 다 도착했습니다."

길손은 칼을 뽑아 왼손으로 주인의 손을 잡고 말했다.

"여러 물건을 반으로 나누어 실어 가라. 저 검정 나귀는 나눌 수 없으니 남겨 두어라. 이것은 어진 주인이 손님을 잘 대우 해준 것에 대한 보답이도다."

"예—"

그러고는 다시 아뢰었다.

"임무를 다 마쳤습니다."

길손은 일어나서 예를 갖추고 떠났다. 주인이 가재도구를 조사해 보니 크고 작음에 관계없이 모두 반으로 나눠 가져갔고 집안에 상한 사람이 하나도 없었다. 그런데 검정 나귀도 함께 보이지 않았다. 주인은 집안사람을 단속해서 입을 덮어 두게 하였다.

이튿날 오정쯤에 검정 나귀가 등에 꼴망태를 얹고 돌아왔다. 꼴망태에 혁제서*가 들었는데 사연은 '사납고 악한 부하가 명령을 어겨서 삼가 그 머리로써 삼갑니다.' 고 하였다.

등불 앞에 칼이 번쩍

가을 물결 춤추고

관경골 피리 소리에

날이 맑게 개는구나.

온갖 물건 반으로 나누매

한 부하 명을 어겨

꼴망태에 머리 담아

주인에게 보내누나.

김오흥金五興

김오홍은 서강*에서 사람이나 물건을 배로 실어 나르는 일을 직업으로 하였다. 그는 용기와 힘이 뛰어나서 능히 읍청루* 처마에 올라가서 기왓골에 발을 걸고 거꾸로 가는데, 제비나 참새보다 민첩했다. 길에서 무슨 말썽이 일어난 것을 보면 대뜸 약한 자를 편들고 기우는 쪽을 부축하여 자기의 목숨까지도 돌아보지 않았다. 김오홍이 있어서 마을 사람들은 옳지 못한 일을 감히 행하지 못했다.

높다란 다락집이 강가에 우뚝한데

날랜 몸 뛰어올라 나는 새와 같더라.

약자를 두둔하고 궁한 자를 도우니

억울한 사람이 이웃에 그 누구더뇨.

* 관경골(鸛脛骨) | 황새 정강이뼈.
* 혁제서(赫蹄書) | 뒤에 들추어 보려고 쪽지에 간단하게 기록한 글.
* 서강(西江) | 지금의 서강대교 일대를 말한다.
* 읍청루(挹靑樓) | 서울의 훈련도감(訓練都監) 별영(別營)에 속했던 유명한 정자. 지금의 마포 근처에 있었다.

팽쟁라彭掙羅

팽彭씨는 부잣집 아들인데 십만의 재산을 가지고도 성에 차지 않았다. 장사를 해서 큰 이익을 얻으려고 한번은 산갓을 독점하고자 했다. 먼저 3천 꿰미를 들여 산갓 밭에서 나오는 것을 몽땅 사 버렸다. 서울 장안에 산갓이 씨가 말랐으리라고 생각했는데 가을철이 되자 산갓을 파는 사람이 끊이지 않았다. 다시 2천 관을 더 들여서 매입하였더니 산갓이 품귀하게 되었으나, 민간에서 세 개에 일 전錢 하는 쓴 산갓을 누가 비싼 값에 사 가겠는가? 사 가는 사람이 한 명도 없었다. 겨울이 지나고 봄이 되자 산갓이 썩고 벌레가 일어 물속에 내다버릴 수밖에 없었다.

팽씨는 손해 본 것을 채우려고 눈이 뻘겋게 날뛰었으나 다시 무슨 일 때문에 또 낭패를 보았다. 재산을 모두 날리고 빈주먹만 쥐고 나서게 되자 병이 들어 미치고 말았다. 그러고는 산갓가루를 쥐에다 묻혀서 씹어 먹으며 거리를 돌아다니는 것이었다. 팽씨의 집은 원래 쟁라로 날을 보냈기 때문에 시정 사람들이 '팽쟁라' 라고 불렀다 한다.

> 해진 저러고 쭈그렁 갓에 머리는 헝클어지고
> 어칠비칠 걸어가며 죽은 쥐를 씹는다.
> 누가 알랴, 그 옛적 십만전十萬錢 부자 팽씨인 줄!
> 쟁라 집이 본래는 산갓을 독점하였네.

설랑說囊

이야기 주머니 김옹은 이야기를 아주 잘하여 듣는 사람들은 모두 다 배를 잡고 깔깔거렸다. 김옹이 바야흐로 이야기의 실마리를 잡아 살을 붙이고 양념을 치며 착착 자유자재로 끌어가는 솜씨는 참으로 귀신이 돕는 듯하였다.

한마디로 익살의 제일인자다. 가만히 그의 이야기를 음미해 보면 세상을 조롱하고 개탄하고 풍속을 깨우치는 것이다.

지혜가 구슬처럼 둥글어 힐중詰中에 비할 만한데
『어면순』*은 우스갯소리의 으뜸이라.
산꾀꼬리 들따오기가 서로 재판을 하니
늙은 황새나리 판결은 공정도 하다.*

임수월林水月

임희지*는 자字를 희지 또는 수월水月이라 했는데 역관*이다. 그는 술을 좋아하며, 생황을 잘 불고, 난초와 대나무를 잘 그렸으며, 천성이 기이한 것을 좋아했다.

사는 집은 뜰 앞에서 말 한 필을 돌릴 수 없을 만큼 좁았는데, 그 가운데 못을 파고 옆으로 길을 내어 겨우 혼자 지나갈 수 있었다. 임수월은 못에 연꽃을 심고 물고기를 키웠다.

그는 눈 내린 겨울 새벽달이 밝으면 쌍상투를 올리고 몸에 새 깃으로 지은 옷을 떨쳐입고 제오교第五橋 위에서 생황을 불었는데, 지나가던 사람들은 신선이 아닐까 의심마저 하였다.

쌍상투에 우의羽衣로 생황을 부는 밤

* 『어면순(禦眠楯)』 | 이야기책의 일종. 연산(燕山)·중종(中宗) 시대에 송세림(宋世林)이 지은 책이다.
* 꾀꼬리와 따오기가 서로 노래 자랑을 하여 황새의 판결을 받는 이야기.
* 임희지 | 정조(正祖) 때의 역관(譯官). 역관으로는 드물게 서화(書畵)로 이름이 났음.
* 역관(譯官) | 조선시대에 통역을 맡아 보던 관리.

제오교 두 눈 위에 달빛이 희다.
술기운 도도히 흐르는 손끝으로
대나무와 난초 신명나게 그렸네.

강확시姜攫施

강석기姜錫祺는 서울의 악소년이었다. 매일 술에 취해서 사람을 구타하지만 아무도 말릴 사람이 없었다. 한 번은 권선문*을 파는 스님의 바리때*에 돈이 약간 쌓였음을 보고 말을 붙였다.

"스님, 돈을 시주하면 극락 가우?"

"그렇지요."

"스님, 이 돈을 집어 가면 지옥 가우?"

"그렇지요."

강석기는 히죽 웃으며 말했다.

"스님이 받은 돈이 이만큼 많은 걸 보면 극락 가는 길은 틀림없이 어깨가 걸리고 발이 밟혀서 가기 어려울 게야. 누가 그런 고생을 사서한담. 스님, 나는 지옥 길을 활개 치며 갈 테요. 그러려면 이제 불가불 스님 돈을 집어다가 술이나 먹어야 되지 않겠소?"

그러고는 바리때에 담긴 돈을 한 푼도 남기지 않고 몽땅 쓸어가 버렸다.

사람 사람 시주하면 극락에 가려니와
앗아가면 모름지기 지옥을 간다네.
비좁은 극락 길 구태여 갈 게 있나.
차라리 지옥 길을 활개 치며 가리라.

탁반두卓班頭

탁반두의 이름은 문환文煥으로 나례국*의 변수*다. 어려서 황진이 춤에 만석 중 놀이*를 잘하여 양반의 자제들 가운데 아무도 따라올 자가 없었다. 늘그막에 사신을 잘 대접한 수고로 가선*이라는 품계品階를 하사받았다.

진랑眞娘은 사뿐사뿐 걸어 나와 미모를 드러내고
만석이라는 스님은 비틀비틀 고깔과 장삼으로 춤춘다.
번작신마旛綽新磨라는 사람은 누구일까?
반두班頭 탁동지를 먼저 헤아리더라.

* 권선문(勸善文) | 스님이 착한 일을 권하는 글로 시주를 청하는 것.
* 바리때 | 나무로 대접처럼 만들어 안팎에 칠을 한 스님의 공양 그릇.
* 나례국(儺禮局) | 나례(儺禮)의 행사를 맡은 관청. 나례는 본래 마귀나 사신(邪神)을 쫓기 위한 의식인데, 왕의 행차나 중국 사신이 올 때 앞길에 잡귀를 물리치는 의미로 행해져 일종의 오락적인 성격을 지녔다.
* 변수(邊首) | 장인들의 우두머리인 '편수'.
* 만석(萬石) 중 놀이 | 만석이라는 중이 황진이에게 파계한 내용을 놀이로 꾸민 무용.
* 가선(嘉善) | 가선대부(嘉善大夫)의 준말. 조선시대 종2품의 품계.

작품 해설 | 진재교

조선 후기 '전傳'에서 찾은 주체적 인간

'전傳'과 조선 후기 '인물전人物傳'

전傳이란 중국에서 형성된 문학 장르다. 전은 한자 문화권에서 인간의 삶을 서술하는 전기문학으로 보편적인 지위를 누렸다. 또한 사관史官의 공식적인 역사 서술이라는 점에서 역사서의 중요한 부분을 차지한다. 이 점에서 전은 '사관이 역사서에 기록한 인물의 전기'라 할 수 있다. 이를 흔히 '사전史傳'이라 부른다. 우리가 알고 있는 사마천의 『사기史記 열전列傳』과 김부식의 『삼국사기三國史記 열전列傳』이 대표적이다.

그런데 사관이 전에서 한 인물의 생애를 서술하는 방식, 즉 입전立傳하는 방식과 대상 인물은 후대로 오면 바뀌게 된다. 사관이 공식적인 역사서 속의 전에서 인물을 입전하는 것은 물론, 문인이나 학자들이 그들의 문집이나 글에서 실존 인물을 주목하여 입전하는 경우도 생겨난다. 대개 이러한 전은 역사서가 아니라 개인의 문집에 수록된다.

이러한 전은 국가의 공적인 역사 기록이 아니라, 문인이나 학자가 사사롭게 기록했다는 점에서 '문인이나 학자가 자신의 문집에 기록한 인물의 전기'라 할 수 있다. 이를 '사전私傳'이라 부른다. 문인이나 학자가 특이한 삶을 살았던 '인물'을 주목하여 입전하였으므로 '인물전人物傳'이라 할 수도 있다. 연암 박지원의 「양반전」과 「예덕선생전」 등이 대표적이다.

원래 전은 인물의 선행과 미덕을 담는 문학 장르다. 그래서 입전 대상은 당대 사회가 지키고자 했던 이념과 규범을 위해 자신을 희생하거나 이를 적극 실천하여 역사적으로 기릴 만한 인물이 대부분이다. 나라와 국왕을 위해 생명을 희생하거나, 애국 활동을 한 인물, 부모를 위해 효를 다한 인물, 남편을 위해 열을 실천한 인물, 형제와 친구를 위해 우애와 신의를 다한 인물이 바로 이들이다.

하지만 조선 후기에 오면 입전 대상 인물도 바뀌게 된다. 역사적으로 기릴 만한 인물이 아니라, 오히려 당대 사회가 추구하던 이념과 규범에서 벗어난 인물이 전의 주인공으로 떠오른다. 이들은 사대부도 아니며 충신·열녀·효자도 아니고, 당대의 시정 공간에서 흔히 만날 수 있는 평범한 사람들이다. 이를테면 여항에서 활동한 민중의民衆醫, 민간외교가, 환쟁이로 불렸던 화가, 음악가, 천주교도, 하층의 여성 등이다.

이전 시기 같으면 입전 대상이 되기는커녕, 전혀 주목을 받을 수조차 없던 인물들이다. 심지어 이들은 당대의 규범과 이념에 맞서 새로운 삶을 추구한 점에서 오히려 반사회적이기까지 하다.

조선 후기의 일부 전은 전을 입전한 작자 층과 함께 전의 성격도 함께 변화한다. 사대부 문인은 물론 여항 문인들이 인물전의 작자로 대거 참여하여 이전에 비해 작자의 폭을 넓혔다. 작자 의식과 전의 성격도 변모한다. 작자가 역사를 서술한다는 의식은 희미해지고 인물전도 역사서와의 관련성이 점차 줄어든다.

이 시기 작자들은 뚜렷한 문학 인식 하에 전기 문학의 한 형태로 창작하기 시작한다. 이러한 전은 역사적 인물과 사건의 인멸을 염려하여 이를 보충하는 본래의 구실에서 벗어난다. 일부 작자들은 입전 인물의 삶의 진면목을 생동하게 보여 주기 위해 있는 사실을 다소 윤색하거나 허구를 삽입하고, 상상력을 동원하여 작품을 서사화하는 등 새로운 서사 수법을 보여 주기도 한다.

『조선 후기 인물전』도 그렇지만 대체로 전은 '인정기술人定記述 - 인물의 행적 - 작자의 논찬論贊'으로 구성되는 것이 일반적이다. 인정기술에서는 입전 대상 인물의 가계, 신분, 성명, 거주지 등과 같이 신원 사항을 서술한다. 행적에서는 그 인물이 보여 준 선행과 미덕을 기술하며, 논찬에서는 작자가 입전 인물의 삶을 비평한다.

조선 후기의 일부 전은 이러한 구성을 준수하면서도 이전과 다른 양상을 보여 주기도 한다. 이를테면 작자가 전 시기와 다른 새로운 인물을 포착하여 입전하면서 인정기술 부분을 약화하거나, 인물의 행적을 보다 선명하게 하기 위해 치밀한 서사 수법을 동원하는 등 새로운 면모를 드러낸다. 이 경우 전은 소설화 경향을 보여 준다.

『조선 후기 인물전』은 문인 학자들의 문집에 실려 있는 '전'을 가려 뽑고 알기 쉽게 우리말로 옮긴 것이다. 여기에 뽑힌 작품의 주인공은 대부분 중하층의 인물로 당대 사회의 규범과 인습에 맞서 개성적이고 주체적인 삶을 살았던 사람들이다. 『조선 후기 인물전』에 실린 작품은 조선 후기 '전'의 변화는 물론 서사 문학사에서 의미 있는 특징을 담고 있다.

『조선 후기 인물전』의 몇 가지 특징

이 책에서 소개하는 『조선 후기 인물전』은 몇 가지 점에서 이전 시기의 인물전과 다른 모습을 보여 준다.

첫째, 입전 대상 인물을 다양하게 담고 있다. 사대부 문인의 작자는 물론 여항(중인)의 작자들이 대거 참가하며, 상층 인물과 중하층 인물을 두루 입전한다. 『조선 후기 인물전』은 주체적인 인물의 행적을 주목하여, 각양각색의 인물을 전의 주인공으로 포착하였다. 『조선 후기 인물전』처럼 하층 인물에 보인 관심은 조선 후기 전의 변화를 알 수 있는 중요한 지표가 된다. 여성으로 집안의 원수를 갚은 박효랑, 자기 재산을 털어 가난한 백성을 구제한 만덕, 기생으로 특이한 삶을 살았던 계섬, 넉넉한 품성을 지녔던 여자 형사 다모가 그러하다.

오직 예술적 자아를 지키기 위해 고단한 생애를 보낸 인물들도 마찬가지다. 음악가의 외로운 길을 추구한 김성기와 민득량, 환쟁이를 넘어 전문 예인이기를 바랐던 최북과 김홍도, 전문 바둑 기사로 오직 인생의 목표를 바둑에 걸었던 정생과 김종귀, 천주교 지도자였던 최필공, 책 장수 조생, 사기꾼 이홍, 울릉도와 독도를 지키기 위해 민간외교가로 홀로 고군분투한 안용복이 그러하다. 이들은 이전에 쉽게 볼 수 없는 개성적 인물이며, 자신의 삶을 외롭게 개척한 주체적 인물이다.

둘째, 설화를 적지 않게 수용하거나, 허구적 상상력을 도입한다. 작자가 중하층 인물을 입전할 때, 주인공의 가계와 행적과 같은 개인사를 정확하게 모르는 경우도 있고, 인물의 행적과 사건에 대한 구체적인 정보를 습득하지 못하는 경우도 있다. 이 경우, 작자는 구연口演되던 이야기나 자신이 보고 전해들은 정보에 의존하기 마련이다. 이 과정에서 설화를 수용하거나, 더러 상상력을 동원하기도 한다. 이전 시기 인물전에도 설화를 수용하는 경우가 간혹 있었다.

하지만 『조선 후기 인물전』은 설화를 단순히 수용하는 것에 머무는 것이 아니라, 이를 윤색潤色하고 허구를 보태는 등 원래의 내용을 의도적으로 변개하거나 확장하기까지 한다.

흔히 전에서 작자가 입전 인물의 행적을 드러내고 기릴 때 정확한 자료에 근거하고, 실사實事 안에서 그려내는 것이 전의 일반적인 서술 태도다. 『조선 후기 인물전』은 일반적인 전의 서사 문법에서 허용되는 범위를 뛰어 넘기도 한다. 인물간의 대화를 임의로 창조하거나, 실사를 실재보다 길게 확장시키고, 인물의 행동이나 사건의 장면을 소설처럼 구체적이며 매우 자세하게 재현하는 것에서 확인할 수 있다. 심지어 일부 전의 작자는 사실에 근거하지 않은 채 인물의 독백을 보여 주기도 하며, 대담하게 독백을 삽입하여 서술하기도 한다.

이는 「노학구전」에서 볼 수 있다. 여기서 작자는 사실에 근거하여 인물과 사건을 기술하는 전통적인 전의 서술 태도와 달리, 이야기를 받아들이고 이를 적극 활용한다. 게다가 허구적 상상력을 적지 않게 동원하고, 심지어 실재 있지도 않은 문맥의 숨은 뜻까지 서술하기도 한다.

셋째, 사실보다 흥미를 추구하는 성향을 보여 준다. 작자가 중하층 인물의 특이한 삶을 주목하여 입전하다 보면, 그들의 행적과 관련하여 상상과 허구를 통해 재현하는 경우가 많다. 이때 작자는 인물의 특이한 행적과 사건을 따라 서술하기 때문에 작품은 흥미를 추구하는 성향을 보여 준다.

원래 전은 흥미를 위해 창작하는 것이 아니라, 도덕적 동기와 교훈을 위해 창작한다. 작자가 전의 중요한 창작 동기를 '흥미'로 삼는다는 것은 독자에게 도덕적 가치를 확인시키거나 교훈적 의미를 보여 주려고 하기보다, 오히려 독자에게 주인공의 독특한 경험에서 느낄 수 있는 흥미로운 사실을 강조하고, 그러한 소재에 관심을 기울인 결과이다.

전이 흥미를 추구할 경우, 도덕적 규범성이 약화되는 것은 필연적이다. 작자가 한 인물의 특이한 삶을 주목하다 보면, 인정세태나 입전 인물의 삶을 가장 근접해서 확인하고 이를 드러내며, 한편으로는 입전 인물과 그 인물이 겪는 사건을 둘러싼 이러저러한 사실을 함께 드러내는 경우가 많다. 여기서 독자는 입전 인물의 삶과 사건을 통해 새로운 가치와 삶의 의미를 발견하기도 한다.

「유광억전」, 「이홍전」, 「장오복전」 등에 나오는 주인공이 그러한 사례에 해당된다. 뛰어난 글 솜씨로 과거 시험을 대신 치러 주고 생활하였던 유광억, 뛰어난 사기 행각으로 민중의 입에 오르내렸던 이홍, 호탕한 행동과 기개로 이름을 날린 장오복 등은 기존의 규범과 가치를 뛰어넘는 모습이다. 당시의 관점에서 보면, 이러한 인간들은 그야말로 사회적 질서와 규범에 반하는 인물이다. 하지만 우리가 이들의 행적과 삶을 면밀히 추적하다 보면, '도덕적 교훈'에 도전하는 면을 엿볼 수 있다.

요컨대 작자는 이러한 작품들에서 위인이나 도덕적으로 깨끗한 인물을 입전하는 대신 악한惡漢이나 사기꾼을 끄집어냄으로 기존의 규범과 가치를 확인하는 것을 폐기하고 새로운 규범과 가치를 추구하는 데 초점을 맞추고 있다.

넷째, 입전 대상 인물의 개성을 중시하여 이를 잘 드러낸다. 이전 시기 인물전에서도 작자가 인물의 개성을 중시한 바 있지만, 조선 후기만큼 인간의 삶과 개성을 주목한 경우는 없다. 『조선 후기 인물전』은 한 인물의 독특한 행적과 삶의 본질에 주목하여, 도덕적 시선을 벗어 던지고 대상 인물 자체의 진면모와 특성을 드러내는 데 시선을 할애한다. 이 경우, 작자는 인물의 내면 모습과 심리적 갈등까지 제시하면서 인물의 개성을 보다 구체적으로 잡아낸다.

자신의 억울한 누명을 스스로 해결한 김은애, 수동적인 삶을 거부하고 자신의 삶을 스스로 개척하여 자신이 선택한 남자와 결합한 합정이 여기에 해당된다. 나아가 예인으로서 예술적 자아를 추구하며 힘든 삶을 살았던 예술가 최북과 김성기, 민중을 위해 의술을 베푼 민중의民衆醫 조광일, 1791년 천주교 박해 때 순교한 평민 지도자 최필공, 「추재기이」에 나오는 다양한 인물들이 여기에 해당된다.

독자는 이러한 인물을 통해 당시 사회가 추구하던 획일적 가치와 규범의 틀을 찾을 수 없고, 오히려 주체적 삶을 추구한 인물들에서 인생의 발랄함과 생기를 엿보게 된다. 여기서 자아를 각성하고 삶의 개성을 추구한 인물들을 통해 우리는 새로운 인생의 가치를 감지할 수 있다.

다섯째, 서사 구성과 문체가 변화한다. 『조선 후기 인물전』은 민간에 떠돌던 이야기나 설화를 대폭 수용하므로 이를 담아내는 구성 방식도 변모한다. 이를테면 다양한 시점을 활용하여 작품을 구성하며 '액자 구성'을 통해 인물의 삶을 더욱 부각시킨 경우가 그것이다.

다양한 시점의 활용은 작자와 주인공, 등장인물 등의 시점이 교차하는 것을 말하며, 액자 구성이란 '내부 이야기' 밖에 별도의 서술 상황이나, 서술 시점을 설정하는 것을 말한다.

기본적으로 '전'은 사건과 함께 작자의 논찬이 있기 때문에 액자 구성을 하고 있다. 하지만 『조선 후기 인물전』은 이를 새로운 모습으로 변형시키는 경우가 있다. 간혹 작품의 앞에 액자에 해당되는 논찬이 있기도 하며, 심지어 앞과 뒤에 논찬이 모두 있는 경우도 있다. 「계섬전」, 「침은조선생광일전」, 「유광억전」, 「장복선전」이 여기에 해당된다.

또한 『조선 후기 인물전』은 이전과 다른 문체의 특징을 보여 준다. 이전 시기의 인물전은 문체가 엄숙하고, 장중한 경우가 많다. 이에 반해 『조선 후기 인물전』은 기존의 문체를 포함하면서도, 경쾌하고 발랄한 문체, 심지어 비리하며 감각적이고 풍자적인 문체를 보여 준다. 이는 야담이나 한문소설과 같은 문체와 서로 통하는 바 있거니와, 작자의 문학적 개성을 보여 줄 뿐만 아니라, 작품 속에서 인물의 특징을 십분 보여 주는 데 기여한다.

『조선 후기 인물전』의 문학적 의미

한 인물의 삶을 포착하여 그 삶의 가치를 음미하는 것이 서사와 소설의 중요한 측면이라면, 인물전은 여기에 가장 적합한 장르다.

한국을 비롯한 중국의 서사 문학은 지괴志怪나 전기傳奇처럼 허구와 상상에서 소설로 나아간 경우와, 전傳처럼 역사와 실사實事에서 소설로 나아간 경우가 있다. 전기의 경우 김시습의 『금오신화金鰲新話』가 대표적이며, 전의 경우 『조선 후기 인물전』에서 확인할 수 있다.

다른 장르와 달리 『조선 후기 인물전』은 인간의 삶을 포착한다는 점에서 당대 사회의 현실과 매우 관련이 깊다. 그래서 작자의 서술 시각 역시 사실적이며, 당대의 실상을 담아낸다는 점에서 다른 장르에서 볼 수 없는 역사성과 시대상을 담고 있다. 뿐만 아니라 작자는 진지한 태도로 시대를 헤쳐 나온 인물의 견결한 삶의 자세와 내면을 들여다보고 그들의 고뇌와 좌절 그리고 염원을 충분히 이해하고 서술하는 경우가 많다. 따라서 다른 장르가 넘볼 수 없는 감동과 실감을 전해 준다. 여기서 독자는 삶의 의미와 가치를 되돌아보게 될 것이다.

『조선 후기 인물전』에 보이는 인간형은 국문 문학에서 흔히 보이는 재자가인才子佳人도 아니고, 영웅도 아니다. 당대 현실의 시공간에서 나온 전형적 모습이며, 조선 후기 사회와 여항의 뒷골목에서 흔히 만날 수 있는 인물이다. 이들은 새로운 인생관으로 삶의 지표를 설정하는 한편, 성리학의 규범과 이념으로 짜여진 사회의 틀을 거부하고 인생의 참된 가치를 실천하는 사람들이다. 이러한 인간형은 조선 후기 문학에서 볼 수 있는 인간 유형의 폭을 확장시켜 놓았을 뿐만 아니라, 이들 삶의 행적은 문학의 가치와 의미를 새롭게 보여 준다.

『조선 후기 인물전』의 작자 또한 주목할 만하다. 사대부 작자와 여항의 작자들이 다수 포함되어 있다. 조선 후기 서사 문학에서 여항(중인)의 작자들이 문학 담당 층으로 다수 등장하는 것은 의미 있는 일이다. 다양한 작자가 시대와 맞서 주체적 인생행로를 추구한 인물에 주목하고 그들의 행적을 형상한 것은 다른 서사 문학에서 쉽게 찾을 수 없는 미덕이다.

이처럼 다양한 계층의 작자들이 주체적인 인물들의 삶을 포착하여, 당대

인의 의식 속에 내재되어 있던 현세적 삶을 넘어 새로운 이상과 염원을 우회적으로 담아내기도 하였다. 이는 역사의 이면에 묻혀진 이들의 삶을 끄집어내어 문학의 마당에 부활시킴으로 조선 후기 문학의 폭과 넓이를 보다 튼실하게 하였다는 점에서 의미가 있다.

그리고 『조선 후기 인물전』은 인물에 대한 서사의 폭을 확대하는 한편, 서사 수법상 뚜렷한 진전을 보여 준다. 『조선 후기 인물전』의 작자들은 인물의 행적을 단순하게 나열하는 것을 피하고 인물의 내면까지 이해하고, 그 바탕 위에서 삶의 행적을 형상하는 등 탁월한 서사 수법을 보여 준다. 특히 액자 구성을 통한 다양한 시점의 활용은 『조선 후기 인물전』이 서사 문학에 남긴 공헌일 것이다.

이러한 몇 가지 점을 찬찬히 음미한다면, 우리는 『조선 후기 인물전』에서 다른 서사 장르에서 섭취할 수 없는 맛과 느낌을 새삼 맛볼 수 있을 것이다.

끝으로 이 책은 본문에 다양한 전통 그림과 옛 지도, 그리고 내용에 부합하는 풍부한 사진 자료를 적재적소에 배치하였다. 독자들은 이러한 시각 자료를 통해 무겁고 딱딱한 내용을 보다 쉽고 흥미롭게 읽을 수 있다.